Anselm Neft

HELL

ANSELM NEFT

HELL

Roman

SATYR VERLAG

Von ANSELM NEFT im Satyr Verlag erschienen:
»Götter, Gurus & Gestörte« (2009)
(Hrsg., zusammen mit Christian Bartel)

1. Auflage März 2013

www.satyr-verlag.de

Umschlagfoto: © Enrico Verworner, Berlin

Lektorat: Volker Surmann (Mitarbeit: Julia Keil, Jan Freunscht)

Druck: CPI Moravia
Printed in Czech Republic

Die Deutsche Nationalbibliothek verzeichnet diese Publikation in der Deutschen Nationalbibliografie; detaillierte bibliografische Daten sind im Internet abrufbar über: http://dnb.d-nb.de

Die Marke »Satyr Verlag« ist eingetragen auf den Verlagsgründer Peter Maassen.

ISBN: 978-3-944035-03-1

TEIL I

1. KAPITEL

Erst war mir übel, dann bekam ich Appetit auf eine Gulaschsuppe im Karstadt-Bistro. Etwa eine Stunde hatte ich mit pochenden Kopfschmerzen auf dem Bett gelegen und die Hubbel betrachtet, die die Tapete durchzogen. Vielleicht nennt man solche Erhebungen auch Bläschen, Nasen oder Buckel. Zumindest konnte ich sie angucken, und es war spannender, als zur fernen blanken, weißen Decke zu schauen, denn wenn ich bei günstigen Lichtverhältnissen die Augen zu Schlitzen verengte, ließ sich aus den Formen dieser Buckel allerlei zusammenreimen. Ich hatte mir vor einiger Zeit angewöhnt, die Wandbilder als Tagesorakel zu deuten. Sah ich zum Beispiel einen Riesen mit Keule, konnte das eigentlich nur Ärger oder jede Menge Arbeit bedeuten. Zierliche Feen mit Flügeln garantierten Spaß und Abwechslung, allerdings war mit ziemlich flüchtigen Vergnügungen zu rechnen. Brüste und pralle Hintern sah ich oft, leider hatte das nicht viel zu bedeuten. An diesem Tag dauerte es lange, bis ich eine Form in dem Gewirr ausfindig machen konnte. Aber am Ende bestand kein Zweifel: Ein Hund hatte sich ins Tapetenmuster gemogelt. Mit dem Hund kam der Hunger auf die Gulaschsuppe.

Ich schleppte mich im Nieselregen von der Bonner Südstadt in die vorweihnachtliche Fußgängerzone und hing in den sich entgegenlaufenden Strömen Tausender von Passanten verkaterten Gedanken nach: Vor drei Wochen war meine Mutter gestorben. Im Krankenhaus hatte ich ihre Hand gehalten, aber ich hätte auch einen toten Seestern halten können. In ihrer letzten Nacht hatte ich mich in ein leer stehendes Bett neben ihrem gelegt, bald im selben Rhythmus wie sie geatmet und dabei gedacht, dass sich das bestimmt später gut erzählen ließe, eine Szene wie aus einem gefühlvollen Film. Auf der Beerdigung hatte ich mit meinem Bruder dumm herumgestanden und die Hände fremder Menschen geschüttelt, zu denen auch mein Vater gehörte, der aber statt der Hand eine verunglückte Umarmung vorzog.

Der späte Samstagvormittag und das nahe Jahresende luden die Fußgängerzone mit Erwartungen auf: Weltuntergang, Pech an der Börse, Glück in der Liebe, Schnäppchen. Mitten in diesem Hexenkessel strahlte mich eine schöne Frau an: endlos lange, ohne Scheu, voller Leben und Zärtlichkeit. Allerdings war sie fünfmal so groß wie ich und blickte von einem riesigen Werbeplakat auf jeden, der sie ansah.

Ich kaufte mir bei einer Kamps-Bäckerei eine Dose Cola und ließ mich schließlich von vier Rolltreppen in die letzte Etage des Karstadt tragen. Dort gab es ein Bistro direkt neben der Gardinen- und Teppichabteilung mit Blick über die Innenstadt, einer sogenannten *Lavazza-Bar* und einigen ganz passablen Gerichten. Während ich zwischen Kleinfamilien und Rentnern auf einem der Holzimitat-Stühle hing und versuchte, die real vor mir stehende Gulaschsuppe und das Brötchen genauso attraktiv zu finden wie das, was ich mir kurz vorher ausgemalt hatte, beobachtete ich die Leute.

Meine Betrachtung verlor ihre Unschuld, als eine junge Frau ihr Tablett zwischen den besetzten Plätzen hindurch in Richtung Raucherbereich balancierte. Sie war groß, blass und trug die schwarzen Haare als Pagenschnitt, dessen Pony kurz vor den Augen endete. Langsam und konzentriert stellte sie ihr Tablett ab, zog sich den schwarzen Mantel aus, legte ihn sorgfältig über die Stuhllehne und setzte sich dann aufrecht an den Tisch. Sie atmete tief ein und umschloss mit ihrer rechten Hand eine Gabel, um den ersten Bissen von zwei Sahneheringen mit Pellkartoffeln zu nehmen. Diesen ersten Bissen kaute sie sehr lange.

Als sie fertig war, holte sie aus der einen Manteltasche ein Buch und aus der anderen ein Päckchen Tabak. Obwohl ich mich zunehmend zittrig fühlte, stand ich auf, ging an ihren Tisch und sagte: »Hallo. Ich heiße Thomas. Ich möchte dich gerne kennenlernen.«

Sie sah zu mir auf und fragte: »Warum?«

Ich steckte die Hände in die Taschen und sagte: »Warum nicht?«

»Ich wollte eigentlich lesen, aber okay.« Ihre Stimme klang voll, eher tief und ein wenig verschnupft.

Ich setzte mich ihr gegenüber und sagte: »Tut mir leid, ich wollte dich nicht überrumpeln. Ich kann auch noch mal neu vorbeikommen, dann kannst du dich vorbereiten.«

»Schon gut.«

»Was liest du denn?«

»›Das Schloss‹ von Kafka.«

»Ist das die Geschichte, wo ein Mann irgendwo rein will, es aber nicht schafft?«

»Ja, so kann man es zusammenfassen.«

»Na, das ist ja eine ziemlich offensichtliche Metapher.«

»Wofür?«

»Ach komm: Ein Mann will in etwas rein, aber es klappt einfach nicht.«

»Ich glaube, Kafka meint das etwas spiritueller.«

»Hatte Kafka ein erfülltes Sexualleben?«

»Nicht, dass ich wüsste.«

»Aha«, sagte ich.

»So ein Blödsinn.« Mit schlanken, geschickten Händen drehte sie sich eine Zigarette, bemerkte meinen interessierten Blick und fragte: »Willst du auch eine?«

Ich nickte und sie schob mir ein Päckchen American-Spirit-Tabak rüber.

»Ich kann nicht drehen.«

Sie zog das Päckchen wieder zu sich und baute mit großer Sorgfalt eine Zigarette für mich zusammen. Mein Blick blieb an einem schwarzen Punkt mitten auf ihrer Nasenspitze haften. Für einen Augenblick konnte ich mich auf die Frage konzentrieren, ob es sich dabei um ein Muttermal oder die unabsichtlich zur Schau getragenen Spuren eines nachlässig gehandhabten Filzstiftes handelte. Das half mir, mich zu sammeln.

»Wie heißt du?«, fragte ich.

»Sophie.«

»Und was machst du so?«

Sophie ließ ein paar Sekunden verstreichen. Vermutlich, damit ich merkte, wie floskelhaft meine Frage geklungen hatte.

»Ich orientiere mich um«, sagte sie emotionslos. »Und du?«

»Ich arbeite in einer Sauna. Putzen, Aufgüsse machen und die Dachterrasse bematten.«

»Bematten?«

»Ja, so Plastikmatten müssen ineinandergesteckt werden, mit Nippeln, bis die einen schönen großen Plastikteppich ergeben.«

»Im Dezember?«

»Ja. Der Chef denkt sich, besser zu früh als zu spät.«

»Und? Was war bisher dein schönstes Erlebnis in der Sauna?« Ihre Frage klang etwas gelangweilt.

»Ich mag das Klatschen, wenn ich einen Aufguss gemacht habe.«

»Wer klatscht? Die Saunagäste?«

»Ja. Du gehst offenbar nicht in die Sauna.«

»Und verbeugst du dich dann?«, überhörte Sophie meine Bemerkung.

»Nein.«

»Aber du fühlst dich gut als Angezogener unter lauter Nackten.«

»Das schon. Ist ja besser als andersrum.«

»Dich wird ja kaum die Bezahlung in den Saunajob gelockt haben.«

»Das würde ich nicht sagen. Neulich habe ich beim Reinigen der Abflüsse ein Zwei-Euro-Stück gefunden. Mitten in einem Zopf, der wie Blattspinat aussah.«

Ein Lächeln huschte über Sophies Gesicht. Endlich steckte sie ihre eigene Zigarette an, nahm einen Zug, blies den Rauch vergnügt in die Höhe und sagte: »Da ist ja alles dabei: mal der umjubelte Star, dann wieder das Aschenputtel, das seinen Lohn aus alten Schamhaaren fischt.«

»Du sagst es. Die Sauna ist eine Charakterschule.«

»Mich würde das runterziehen.«

»Wieso?«

»Ich finde schon bekleidete Leute oft eklig.«

»Das klingt nicht nett. Du könntest in der Sauna eine Desensibilisierungstherapie machen.«

»Nein danke.«

Für einige Augenblicke sagte keiner von uns beiden etwas. Die von ihr gedrehte Zigarette in meiner Hand gab mir etwas Sicherheit. Ich blickte mich um, aber noch bevor ich an einem der anderen Tische etwas entdecken konnte, das zu einem Gespräch hätte führen können, sagte Sophie: »Falls es dich interessiert: Ich programmiere und studiere nebenher Informatik, so hin und wieder zumindest.«

»Das klingt sehr interessant.« Ich ließ in meinem Tonfall offen, ob meine Bemerkung ironisch verstanden werden wollte.

Sophie lächelte matt: »Bevor du deine Klischees bemühst: Ja, ich bin langweilig, leidenschaftslos und lesbisch.«

»Eine leidenschaftslose Lesbe?«

»Und langweilig. Ich interessiere mich nur für Computer.«

»Und kämpfst mit freier Software gegen das böse Microsoft-Imperium und hast das Gesicht von Bill Gates auf deinem Klopapier abgedruckt.«

»Du kennst dich aus.«

»Die langweilige Linux-Lesbe.«

»Machst du was mit Computern?«

»Dazu lässt mir die Sauna leider keine Zeit.«

»Braucht man als Saunamann eigentlich eine Ausbildung?«

»Ich bin Quereinsteiger. Ich habe mich schon ein paar Mal umorientiert.«

»Klingt unstet.«

»Wohin orientierst du dich gerade um? Richtung hetero?«

»Wenn ich mal einen schlauen Mann treffen sollte, denke ich vielleicht darüber nach.«

Obwohl ich mich ein wenig beleidigt fühlte, tat ich weiterhin gut gelaunt und sagte: »Vielleicht hast du dafür nicht mehr viel Zeit. Vielleicht geht die Welt bald unter. Darauf baue ich seit Jahren meine Hoffnung. Endlich Schluss mit diesem Wo-sehen-Sie-sich-in-fünf-Jahren-Gerede.«

»Hoff mal weiter. Aber die Statistik sagt, dass auf hundert Prozent prognostizierte Weltuntergänge null Prozent tatsächliche Weltuntergänge kommen.« Sophie sah auf ihre Uhr und sagte: »Ich muss mal los. War nett, dich kennenzulernen, Thomas.« Sie stand auf und griff nach ihrem Mantel.

»Ja, vielleicht sehen wir uns ja noch mal, bevor die Welt untergeht. Also zum Beispiel bald.«

Sophie schien nachzudenken. Vielleicht lief ein binärer Code durch ihr Hirn, ein verästeltes Gebilde, das schließlich bei Ja oder Nein endete.

»Du weißt, dass das schiefgeht?«, fragte sie, und es klang nicht einmal aggressiv. Wir sahen uns in die Augen. Ihre Regenbogenhäute hatten dasselbe Grün wie die Büchsen des Holsten-Maibocks.

»Wir können mal mit meinem Patenhund spazieren gehen«, sagte sie. »Nächsten Samstag. Wenn du Zeit und Lust hast.«

Ich nickte, verschluckte ein »Patenhunde sind meine Leidenschaft« und ließ mir von ihr Zeit und Ort sagen. Dann nahm sie ihr Tablett und ging durch die Reihen davon.

Den Tag über war mit mir nichts mehr anzufangen. Um mich zu beruhigen, fuhr ich den ganzen Nachmittag mit dem Rad herum. Es wurde bereits dunkel, als ich in den Teil der Weststadt geriet, dem eine Verbrennungsanlage, ein Schlachthof, ein Puff, eine Kläranlage und der Bonner Straßenstrich günstige Mieten bescherten. In immer kürzeren Abständen kamen mir Menschen mit Hunden entgegen. Meistens Frauen. Junge wie alte. Ich suchte die Quelle dieses Hundestroms und fand das städtische Tierheim, an dessen Einfahrt der Straßenstrich begann.

Ich kettete mein Fahrrad an eine Laterne, stellte mich nicht weit vom Eingang des Tierheims auf und wartete. Rauchend beobachtete ich ein junges Mädchen in weißen Strumpfhosen und schwarzen Moonboots, das sich in das Wagenfenster eines Audis mit Kindersitz lehnte. Den Fahrer konnte ich nicht erkennen. Zumindest wurden sich die beiden nicht einig, denn zwei Minuten später fuhr das Auto ohne das Mädchen weiter. Sie tippelte auf und ab. Kam einmal zu mir rüber und fragte nach Feuer. Tippelte dann wieder auf und ab. Von ihr abgesehen kamen ständig Einzelne oder Gruppen von Frauen mit Hunden an mir vorbei. Rein ins Tierheim. Raus aus dem Tierheim. Bello, Bully, Blondi, Chacko, Kirja, Rex, Wulli, Waldi, Wauzi – und die Frauen. Bisher hatte ich mir über Frauen, die Hunde aus dem Tierheim ausführen, noch keine Gedanken gemacht. Vielleicht war es jetzt an der Zeit.

Eigentlich hatte ich nur eine Zigarette lang warten wollen. Dann aber riss mich die Hundebetrachtung mit, und aus einer Zigarette wurden drei oder vier. Schneeregen setzte ein. Ich stellte mich in die Unterführung und versuchte, der dort stehenden Frau weder das Gefühl zu geben, etwas von ihr zu wollen, noch ihr Konkurrent zu sein. Gerade betrachtete ich ein Plakat mit den halbnackten Männern einer Striptease-Gruppe, da berührte mich etwas an der Wade. Ich schaute nach unten und erblickte eine Art Hund: Das Vieh sah aus wie die dackelgroße Kreuzung zwischen einer Zwergspitzmaus und einem Nacktmull. Ohren wie ausgefranste Chicorée-Blätter, eine Schnauze, die ein halber Rüssel war. Ich konnte mich nicht daran erinnern, schon einmal einen derartig skurrilen Köter gesehen zu haben. Um den Hals trug er ein Band, an dem Band hing eine Leine, am anderen Ende der Leine stand Sophie und sah mich ernst an.

»Was machst du denn hier?«, fragte sie leise.

»Ich betrachte Hunde.«

Ihr Blick fiel auf das Plakat, dann wieder auf mich. »Das glaube ich dir nicht.«

»Es stimmt aber.«

»Du hast mir aufgelauert.«

Das Vieh schnupperte immer noch an meinem Bein, als ob ich es mit Hundekot eingerieben hätte. Zwischendurch sah es zu mir hoch. Sophie stand unschlüssig in einem Parka mit Deutschlandfähnchen auf Oberarmhöhe da und blickte unter einer schwarzen Mütze abwechselnd auf mich und den Hund. Ich ging in die Hocke und rang mich dazu durch, den Nacken des merkwürdigen Tiers zu kraulen.

»Armer Hund«, sagte ich. »Armer, armer Hund, hast ein böses Frauchen erwischt. Böse.«

»Tut mir leid«, sagte Sophie plötzlich. »Ich habe mich nur erschrocken. Ich habe gerade an etwas Unangenehmes gedacht und dann stehst du da plötzlich in der dunklen Unterführung. Wir sind doch erst für nächsten Samstag verabredet.«

»Stimmt. Ich bin hier wirklich zufällig hingeraten.«

»Und bist beim *Dreamboy*-Plakat hängengeblieben?«

»Ist dir das noch nie passiert?«

Sophie schnaubte ein kurzes Lachen in die Winterluft. Dann sagte sie: »Wenn du willst, kannst du jetzt mitkommen.«

Bevor ich etwas erwidern konnte, beugte sie ihren Kopf zu dem Ding an der Leine und flüsterte: »Oder hast du was dagegen, Vergil?« Wie zu erwarten enthielt sich der Hund jeden Kommentars.

»Hast du den so genannt?«

»Nein, der hieß schon vorher so. Ich hätte ihn auch nicht Vergil genannt.«

Der Hund sah mich aus wässrigen Augen an. Ich hatte das dumpfe Gefühl, er würde gleich anfangen zu heulen. Aber angeblich hatte Vergil ja nichts dagegen, dass ich mit den beiden loszog.

Hinter dem Straßenstrich und einigen Bürobauten aus den Siebzigerjahren begann das Messdorfer Feld, das weiter hinten von einem Eisenbahngleis zerschnitten wurde. Eine Weile sagte keiner etwas. Der Schneeregen ebbte ab, aber ein ungemütlicher Wind griff unter meine Jacke. Andere Menschen mit Hunden kamen des Weges und führten mit uns das immer gleiche Stück auf: Die Tölen beschnüffeln ihre Hinterteile, man unterhält sich kryptisch, den Blick immer auf die Hunde gerichtet.

Unser erstes richtiges Gesprächsthema war Kafkas »Schloss«, das ich allerdings nicht gelesen hatte, sodass ich mir von Sophie den Inhalt und ihre Meinung dazu erzählen ließ. Anschließend kamen wir auf ein paar andere Bücher und schließlich Filme zu sprechen. Während wir redeten, gerieten wir bis nach Messdorf, in dem gerade irgendwelche beherzten Menschen einen Weihnachtsmarkt errichtet hatten. Ein paar Holzbuden warteten mit dem üblichen Plunder, fettigen Crêpes und gepanschtem Glühwein auf.

Sophie blieb an einer Bude stehen, in der Halbedelsteine zum Verkauf angeboten wurden. Ein großer, bärtiger Mann saß hinter ein paar Boxen mit Tigeraugen, Bergkristallen und Amethysten. Außerdem lagen drei dieser aufgebrochenen Steine herum, in denen violette Quarze blinken. Sophie warf einen Blick auf das Sortiment. Ich stand dicht neben ihr. Vorsichtig, sodass sie es nicht merken konnte oder zumindest merkte, dass ich nicht wollte, dass sie es merkt, wanderte mein Blick über das Stück ihres Halses, das nicht durch den Kragen verborgen war, über den Busen, den ich unter ihrem Parka nur erahnen konnte, wieder zurück zu ihrem Hals und weiter hoch zu ihren trotzig geschwungenen Lippen, bis sich mir plötzlich ungefragt die Vorstellung aufdrängte, dass diese Lippen eines Tages unter der Erde zu Kompost zerfallen mussten. Ich nahm Sophies Hand, vielleicht um mir mit dieser Geste selbst Mut zu machen. Ihre Haut fühlte sich zart und kühl an, dann spürte ich ein unangenehmes Kribbeln und ließ los.

»Feierst du Weihnachten mit deiner Familie?« Sophies zusammenhanglose Frage klang wie ein Vorwurf.

»Nein. Meine Mutter ist neulich gestorben, mit meinem Vater habe ich nichts zu tun, und mein Bruder bekommt die Feiertage auch ohne mich rum.«

»Deine Mutter ist gestorben?«

»Am 19. November. Braucht dir nicht leid zu tun.«

»Woran ist sie gestorben?«

»An antibiotikaresistenten Bakterien. Eingeliefert wurde sie vermutlich mit *Pseudomonas aeruginosa* auf der Herzklappe. Gestorben ist sie aber vielleicht eher an *Staphylococcus aureus*.«

»Wieso vielleicht?«

»Die Ärzte haben nicht alle das Gleiche gesagt. Da war

halt was auf der Herzklappe, die wurde deswegen operiert. Danach hatte das Zeug aber angeblich gestreut und irgendwie auch kurz einen anderen Namen. So ein Arzt im Praktikum hat sich verplappert.«

»Du traust den Ärzten nicht?«

»Na, wenn Krankenhäuser nachlässig in der Einhaltung der Hygienevorschriften sind, kann man sich da infizieren. MRSA. Noch nie gehört?«

»Nein.«

»Methicillin-resistente *Staphylococcus-aureus*-Bakterien. Vielleicht hast du die Dinger auch auf der Haut. Es dürfen halt nur nicht zu viele werden.«

»Willst du das Krankenhaus verklagen?«

Ich schüttelte den Kopf. Der Gedanke war mir noch nicht gekommen.

»Feierst du denn mit deiner Familie?«

»Ja«, sagte Sophie matt. »Mit meiner Mutter und meinem Bruder. In der Eifel. Da wohnt meine Mutter.«

»Was ist mit deinem Vater?«

»Der hat sich nach zweiundzwanzig Jahren Ehe eine Frau gesucht, die so alt war wie meine Mutter bei der Hochzeit, und hat eine neue Familie gegründet. In München.«

»Wie alt warst du bei der Scheidung?«

»Dreizehn.«

»Ich war zehn. Meine Mutter hat mich gefragt, ob sie sich scheiden lassen soll. Ich habe Ja gesagt, und ein paar Monate später ist mein Vater ausgezogen.«

»Hätte mich auch gewundert, wenn du aus einer heilen Familie gekommen wärst.«

»Wieso?«

»Es ist einfach so«, sagte Sophie. »Wenn ich jemanden interessant finde, hat er mit Sicherheit eine Riesenmacke.«

»Interessant«, sagte ich. »Bei mir ist es genauso.«

»Gut, vielleicht können wir das Drama abkürzen. Was ist dein Problem?«

»Keine Ahnung.«

»Also, warum haben sich deine Eltern scheiden lassen?«

»Vielleicht wegen der Sauferei. Mein Vater ist Alkoholiker.«

»Na siehst du, so was meine ich. Aber ich hätte ein bisschen mehr erwartet. Alkoholikerfamilie – das ist doch so ein Standard.«

»Hast du mehr zu bieten?«

»Nicht unbedingt. Mein Vater ist ein Arschloch, meine Mutter hat einen Schaden, und mein Bruder ist so verschlossen, dass ich eigentlich nichts über ihn weiß.«

»Da bin ich auch mehr gewöhnt.«

»Ich habe in der Jugend ein paar längere Gedächtnislücken.«

»Immerhin«, sagte ich. »Und ich musste schon als Grundschulkind zum Psychologen.«

»Aha, weswegen?« Sophie klang aufrichtig interessiert.

»Das ist ein bisschen kompliziert. Es hieß, dass ich manchmal Träume und Realität nicht auseinanderhalten kann. Aber ich bin mir nicht sicher, ob der Begriff ›Träume‹ wirklich zutreffend ist. Mir kam das wirklich sehr echt vor. Ich war da immer am gleichen Ort.«

»Und jetzt hast du das nicht mehr?«

»Nein. Das hat aufgehört, als ich vierzehn war.«

»Was für ein Ort war das?«

»Ein riesiges Kaufhaus, jede Etage so groß wie eine Stadt. Oder größer. Sollen wir einen Glühwein trinken?«

»Igitt.«

Nach fast zwei Stunden hatten wir Vergil in seinen Zwinger zurückgebracht und standen vor dem Eingang des Tierheims.

»Bleibt es bei nächstem Samstag?«, fragte Sophie.

»Klar«, sagte ich.

»Aber versprich dir nichts davon, okay?«

Nachdem wir uns verabschiedet hatten, übergab ich mich am Wegesrand.

2. KAPITEL

Ich kam gerade noch rechtzeitig nach Hause, um meinen Freund Hermann zu treffen. Er stand zur verabredeten Zeit mit einem Sixpack unterm Arm vor der Tür meiner Wohnung. Wie immer trug er seine etwas zu große Lederjacke, und wie immer war er blass um die Nase. Von männlichen Russen geistert ein Bild durch die Köpfe, oder zumindest durch meinen Kopf: Stämmig sind sie, voller Vitalität, doch ihre Augen blicken melancholisch. Eine eigentümliche Mischung aus Schiffschaukelbremsern und Literaten. Ein Volk boxender Dostojewskis. Hermann kam zwar aus Russland, entsprach auch dem Stereotyp, bestand aber darauf, Deutscher zu sein, ein sogenannter Aussiedler. Bei seinem Aussehen hätte er eigentlich Erfolg bei Frauen haben müssen, aber vermutlich roch er nach etwas, das ihn auf die Rolle des guten Kumpels festlegte. Hermann konnte gut zuhören, also hörte er gut zu. Hermann konnte sich in andere einfühlen, also fühlte er sich in andere ein. Er konnte gute Ratschläge geben, also gab er gute Ratschläge. Mehrmals hatte Hermann die Bekanntschaft von Frauen gemacht, die sich gerade von ihrem Typen trennten. Drei Wochen Umgang mit Hermann und die Frauen sahen einiges klarer und kehrten zu ihren Männern zurück, während Hermann mit dem Gefühl zurückblieb, einerseits alles richtig, andererseits alles falsch gemacht zu haben.

Kennengelernt hatte ich Hermann vor sechs Jahren bei einer gemeinsamen Ausbildung zum Koch. Hermann hat die Sache durchgezogen. Ich nicht. Spaß machte das Kochen schon, nur waren mir die Arbeitszeiten und die dummen, aggressiven Chefs so auf die Nerven gegangen, dass ich mich nach der Hälfte der Zeit nach anderen Jobs umgesehen und davon auch zehn oder elf in Folge gefunden hatte. Hermann hingegen arbeitete seit über vier Jahren in der Mensa am Venusberg und rührte den Medizinstudenten ihr Essen zusammen.

Diesmal war er guter Laune. Ich merkte es an der schwungvollen Art, mit der er das Bier aufmachte und davon trank.

»Ich habe gestern auf dem Sperrmüll fünf Kartons mit Fischertechnik gefunden«, sagte er. »Da hat einer die kompletten Kästen weggeworfen.«

»Schön, dann hast du jetzt was zum Basteln.«

»Basteln. Quatsch. Ich habe alles bei eBay eingestellt. Drei Kästen sind schon weg. Hundertfünfzig Euro. So, jetzt du.«

»Ich habe eine tolle Frau kennengelernt.«

Hermann knibbelte am Etikett seiner Bierflasche. »Was willst du jetzt mit einer Frau? Du solltest über deine tote Mutter nachdenken.«

»Das kann ich auch nebenher. Sie heißt Sophie.«

»Das klingt nicht ganz so schlimm wie Xynthia, aber schlimmer als Veruschka.«

»Ich dachte, du mochtest Veruschka nicht?«

»Mochte ich auch nicht, aber der Name war wenigstens

in Ordnung. Hast du eigentlich das Geld von ihr zurückbekommen?«

»Habe ich abgeschrieben.«

»Ich habe dir gleich gesagt: Das gibt nichts als Ärger.«

»Du hast zuerst gesagt, wie super sie aussieht.«

»Stimmt. Deine Mörderbräute sehen auf den ersten Blick immer super aus. Ich verstehe langsam auch warum: Die wollen so verzweifelt gemocht werden, dass sie sich diese spektakuläre Schönheit antrainieren. Die üben vor dem Spiegel, wie man gucken muss, wie man den Kopf hält.«

»Sophie studiert Informatik und arbeitet als Programmiererin.«

»Dann ist sie vielleicht lesbisch?«

»Was für ein blödes Klischee.«

»Also, mein Cousin kannte mal eine Informatikerin, nein halt, die war Ingenieurin.«

»Hermann, ist gut. Ich mach uns Lachsforellen.«

»Sehr gerne. Aber noch mal zu dieser Sophie: Wenn die einen guten Job hat und eine vernünftige Ausbildung, was will die dann mit dir?«

»Das weiß ich noch nicht.«

»Du könntest Hausmann werden.«

»Warum nicht?«

»Du spinnst. Ich weiß schon – gleich sagst du ›Ah, der Hermann, der konservative Wolgadeutsche mit seinem Frauenbild aus dem vorigen Jahrhundert‹, aber ich sage dir, mein Freund, die Frauen wollen noch immer, dass der Mann das Geld verdient. Das sitzt ganz tief.«

»Genetisch, stimmt's?«

»Das habe ich nicht gesagt, aber ich habe meine Erfahrungen.«

»Du meinst Beobachtungen, oder?«

»Mach du deine Witze. Du weißt so gut wie ich, es geht um Status. Auch ums Geld, aber vor allem um den Status. Du und ich, wir machen in den Augen der Studentinnen keine respektablen Jobs. Und die Friseusen und Zahnarzthelferinnen, die wollen erst recht, dass du Kohle verdienst. Die wollen sich doch auch nicht nach unten orientieren.«

»Bisher ging es auch so.«

»Ja, weil du auf die Verrückten setzt. Das ist eine Kategorie für sich.«

Ich holte die Forellen aus dem Kühlschrank und begann, sie zu säubern.

Obwohl Sophie in meinen Augen nicht krank wirkte, fühlte sich der Kontakt mit ihr tatsächlich nicht ganz gesund an. Die nächsten beiden gemeinsamen Spaziergänge beunruhigten und verwirrten mich. Auf der einen Seite redeten wir sehr offen miteinander, auf der anderen Seite kam es mir so vor, als stünde etwas zwischen uns, ohne dass ich sagen konnte, ob diese Barriere von ihr oder von mir errichtet worden war. Genauso wenig konnte ich sagen, ob ich Sophie besonders genau oder verzerrt wahrnahm: Im einen Moment sah sie unglaublich gut aus, im nächsten Augenblick wirkten ihre Gesichtszüge schief und so fremd, dass ich mich fürchtete und wegsehen musste. Manche Verliebte reden von Schmetterlingen im Bauch. Bei mir waren es Hornissen.

Zum ersten Mal seit Jahren dachte ich wieder intensiver an das Kaufhaus. Dabei ist das Wort »Haus« etwas trügerisch, denn es handelte sich eher um eine komplett überdachte Stadt, deren Ausmaße mir nicht klar waren. Als Kind war ich phasenweise davon überzeugt gewesen, in den Kaufhausetagen zu leben. Ich konnte dort alles kaufen, auch Superkräfte und Erinnerungen und Freunde und andere Familien, bei denen ich wohnte, während die Menschen, die mich schließlich zum Psychologen brachten, nur in Träumen auftauchten, in denen ich mich ohnehin niemandem verständlich machen konnte. So wunderbar mir das Kaufhaus mit seinen endlosen Möglichkeiten erschien, so sehr war ich manchmal davon überzeugt, dass es sich um ein Gefängnis handelte. Und ich hatte Angst, dass jemand oder etwas in diesem Gefängnis mich zerstören und eine Kopie an meine Stelle setzen wollte.

Der Psychologe konnte mir nicht helfen. Ich konnte seine Hilflosigkeit kaum ertragen und sagte, was er hören wollte, so wie ich auch meinen unwirklichen Eltern erzählte, was sie hören wollten. Mit vierzehn Jahren entdeckte ich, dass es simple Mittel gegen die Gefangenschaft im Kaufhaus gab: Bier, Wein, Schnaps und alles, was Prozente hatte. Schon nach den ersten Besäufnissen verblassten die Kaufhauserlebnisse zu Träumen, und nach einigen Wochen verschwanden sie ganz aus meinem Bewusstsein. Seit meinem vierzehnten Lebensjahr habe ich jeden Tag getrunken, und seit meinem vierzehnten Lebensjahr habe ich das Kaufhausproblem im Griff.

Es gefiel mir gar nicht, dass die Grübeleien über die Beziehung zu Sophie zu Grübeleien über das Kaufhaus führten, und ich war dankbar für jede Ablenkung, auch wenn es sich um die dämliche Arbeit in der Sauna oder die Eröffnung des Testaments meiner Mutter handelte.

Neben mir und meinem Bruder Daniel waren mein Vater und die Schwester meiner Mutter zum Nachlassgericht geladen. Erwartungsgemäß ging die zweigeschossige Wohnung im Speckgürtel von Bonn an meinen Bruder und mich. Auch die mütterliche Lebensversicherung wurde unter uns aufgeteilt, wobei mein Bruder und ich je fünfunddreißig Prozent und meine Tante für sich und ihre Familie dreißig zugeteilt bekamen. Mit wie viel Geld zu rechnen war, wusste ich noch nicht. Das Auto meiner Mutter wurde meinem Bruder zugesprochen, mit der Auflage, es demjenigen aus der Familie zu geben, der es am besten gebrauchen konnte, was am Ende tatsächlich er selbst zu sein schien. Für meinen Vater waren zwei Schachteln mit persönlichen Habseligkeiten vorgesehen, darunter vor allem Briefe und Fotos. Der Schmuck ging wiederum an meine Tante.

Nach dem Termin standen wir vor dem Bonner Amtsgericht herum. Meine Tante verabschiedete sich, mein Vater verwickelte meinen Bruder in ein Gespräch über dessen Pläne, sich als Heilpraktiker niederzulassen. Ich starrte auf seine Hände. Die unpassend kurzen Finger bewegten sich wie die tastenden Auswüchse eines Meerestieres. Der ganze Mann wirkte unruhig und schmächtig und trotz einer bemüht aufrechten Körperhaltung eingefallen und ängstlich. Vermutlich hätte ich ihn mit einem gezielten Schlag zu Boden strecken können.

»Na, dann«, sagte er zum Abschied. »Trotz allem frohe Weihnachten.« Unsere Blicke trafen sich für einen Moment, und ich sah in seinen Augen eine Furcht, die nichts mit mir zu tun hatte.

Einen Tag vor Heiligabend saß ich gegen 10 Uhr abends zu Hause und hörte bei einer Flasche Rotwein Roy Orbison. Bei »In Dreams« stand ich von meiner Couch auf und sah aus dem Fenster und schließlich in die Scheibe, in der ich mich verschwommen spiegelte. Der Regen der letzten

Tage war in Schnee übergegangen, dämpfte die Geräusche der Stadt und überzog die parkenden Autos mit einer weißen Schicht.

Wie eine real werdende Sinnestäuschung hörte ich erst undeutlich, dann klarer das Läuten meines Handys aus der Musik herausstechen. Ich drehte den Ton der Stereoanlage herunter und nahm das Telefon in die Hand. Das Display zeigte neben einer bimmelnden Glocke den Namen »Sophie«.

»Kannst du zu mir kommen?«, fragte sie ohne Umschweife.

»Jetzt?«

»Ja, jetzt.« Sophie nannte mir ihre Adresse. Von meiner Wohnung im Bonner Talweg waren das mit dem Rad etwa zehn Minuten.

»Ich warte auf der Straße auf dich, du findest das Haus sonst nicht.«

»Wenn du meinst. Ist denn irgendetwas Schlimmes passiert?«

»Nein, ich möchte nur, dass du zu mir kommst.«

In der Winternacht wirkte die Altstadt wie die Kulisse aus einem Stummfilm. Sophie stand rauchend und sonderbar groß neben einer Laterne. Sie trug einen schwarzen Mantel, Handschuhe und Mütze. Als sie mich sah, legte sie den Kopf ein bisschen schief und lächelte aus dem hochgeschlagenen Kragen heraus. Zur Begrüßung gab sie mir diesmal nicht die Hand, sondern berührte mich kurz an der Seite.

Sie führte mich durch einen Hauseingang, der aber wider Erwarten nicht in einer Diele oder einem Treppenhaus endete, sondern den Durchgang zu einem Hof darstellte. Es gab Holzfässer, Gießkannen, Rechen und eine Schubkarre wie aus Großmutters Nachlass. All das stand in trauter Eintracht auf Kopfsteinpflaster, aus dessen Mitte sich ein dreigeschossiges, gelb angestrichenes, an der Fassade von Efeuranken verdecktes Gebäude erhob, das Sophie als »klassizistisch« bezeichnete. Ein Wohnhaus hinter der Reihe der zur Straße gewandten Häuser.

»Früher war die Straße viel breiter«, sagte Sophie. »Da standen alle Häuser auf der gleichen Höhe wie das hier. Nach dem Ersten Weltkrieg war es eine Ruine. Das neue Haus wurde einfach davor gebaut. Der Swami hat richtig was daraus gemacht. Jetzt wohnt hier so etwas wie ein esoterisches Künstlerkollektiv. Natürlich mehr Kollektiv als Künstler.«

»Ich wusste gar nicht, dass du zu einem esoterischen Künstlerkollektiv gehörst.«

Sophie holte den Schlüssel aus ihrer Manteltasche und schloss die eigentliche Haustür auf.

»Ich bin hier bloß reingeraten. Gute Lage, schönes Haus, schöne Wohnung, guter Preis. Irgendein Haken musste ja dabei sein.«

»Und jetzt musst du Kreistänze aufführen und den Swami als Gottheit verehren?«

»Nein, der findet sich auch ohne meine Huldigung absolut göttlich. Ich muss gar nichts mitmachen. Ich muss mich nur erleuchtet anlächeln lassen.« Sophie führte mich Holztreppen in den dritten Stock hinauf. Dort, hinter einer dunklen Tür in einer hellen Wand, lag ein vielleicht zwanzig Quadratmeter großer, sehr ruhiger Raum. Kaum dass ich ihn betreten hatte, fühlte ich mich ein wenig entrückt.

Der Eingangstür gegenüber befand sich ein Fenster. Aus dem schwarzen Nichts reckten sich die blattlosen Äste eines Baumes fast bis an die Scheibe und vermischten sich darin mit den Spiegelungen eines Deckenfluters und der Kerzen, die auf einem schwarzen Klavier in schlichten Ständern brannten. Das geräumige Bett vor dem Fenster erweckte mit seiner zerwühlten, dunkelroten Bettdecke den Eindruck, Sophie sei gerade erst aufgestanden. Auf einem Nachttisch lag »Das Schloss«. Andere Bücher füllten ein bis zur Decke reichendes Regal, neben dem eine halb geöffnete Tür in ein weiteres Zimmer führte. Bis auf das Blinken einiger Computerlämpchen war es darin dunkel.

Mitten im Zimmer gruppierten sich zwei Kissen um ein niedriges Tischchen mit Bechern, Kanne und Stövchen. Schon kurz nachdem wir uns gesetzt hatten, fühlte ich eine angenehme Müdigkeit in meinen Gliedern. Auf dem Becher, den Sophie mir zuschob, war eine Fantasiefigur zu sehen, eine Art weißes Nilpferd auf zwei Beinen.

»Das ist ein Mumin«, sagte Sophie, als sie bemerkte, dass ich den Becher betrachtete.

»Ein Mumin?«

»Ja. Kennst du die Mumins nicht? Da gibt es doch Bücher drüber und auch eine Zeichentrickserie.«

Ich schüttelte den Kopf.

»Das war meine Lieblingssendung, als ich klein war. Und der Muminbecher ist mein Lieblingsbecher.«

»Was gefällt dir denn an diesen Mumins?«

»Das kann man schwer erklären. Sie leben im Mumintal und sind ziemlich nett zueinander. Sanft und nobel. Außerdem verbreiten sie keine Hektik.«

»Ganz putzige Gesellen, was?«

»Am besten sind die Hattifnatten. So stumme Spargelgespenster.«

»Das sind keine Mumins, oder?«

»Nein. ›Mumin‹ ist auch keine Volksbezeichnung wie ›Schlumpf‹, sondern ein Familienname.«

»Du meinst also, die Schlümpfe sind ein Volk?«

»Was denn sonst?«

»Es könnte sich auch um einen Stamm handeln.«

»So habe ich das noch nicht betrachtet. Am Ende sind sie sogar bloß eine Familie. Nur dass alle außer Papa Schlumpf gleich alt sind.«

»Und es gibt nur eine Frau.«

»Wie in der Informatik.« Seufzend hob und senkte sie ihre Schultern ein Stück. Dann ballte sie ihre Hände zu Fäusten und sah auf die kleine Flamme im Stövchen. Ich betrachtete Sophies Gesicht von der Seite, ihren Hals, ihre Lippen, ihre von hohen Knochen getragenen Wangen und den schwarzen Punkt auf ihrer Nase, der sich als echt herausgestellt hatte.

»Ich möchte dich etwas fragen«, sagte Sophie, ohne den Blick von der Flamme abzuwenden.

»Nur zu.«

»Du hast von einem Ort erzählt, an dem du als Kind manchmal gewesen bist.«

»Ich war da nicht wirklich, ich habe mir das eingebildet.«

»Warum hat das aufgehört?«

Ich räusperte mich und fragte: »Sag mal, hast du vielleicht eine Flasche Wein da?«

Sophie stand wortlos auf und verließ das Zimmer. Ich betrachtete den Rauch, der von ihrer Zigarette im Aschenbecher aufstieg, und fühlte mich gleichzeitig verlassen und beobachtet, vermutlich, weil ich auch jetzt noch versuchte, mich durch die Augen der Frau zu betrachten, die mich am späten Abend zu sich eingeladen hatte. Als Sophie zurückkam, hielt sie in der einen Hand eine Flasche Rotwein, in der anderen zwei Weingläser und einen Korkenzieher. Sie entkorkte die Flasche, zeigte mir schmunzelnd das Etikett. Ich nickte. Sie schenkte ein. Dann sah sie mich an. Ich zog eine neue Zigarette aus meiner Packung.

»Sag mir, wenn ich zu neugierig bin.« Sophie schob mir das Feuerzeug rüber.

»Schon in Ordnung«, sagte ich. »Ich nehme Medikamente. Das ist der Trick.«

»Seit du vierzehn Jahre alt bist?«

»Ja.«

»Haben die Nebenwirkungen?«

»Bei mir eigentlich nicht.«

»Und hast du schon mal versucht, die abzusetzen?«

»Ja.«

»Und?«

»Keine gute Idee.«

»Du hast Hirngespinste, wenn du keine Medikamente nimmst?«

»So könnte man es sagen.«

»Scheiße.«

»Naja, es ist nicht so, dass ich rumlaufe und Elfen und Einhörner sehe. Ich gehe ins Bett, schlafe ein und bin in diesem Gebäude, und es ist viel echter als ein Traum. Es ist so echt, dass mir nach dem Aufwachen alles ein bisschen unwirklich vorkommt. Also so war das früher, und ich konnte dann manchmal keine richtige Verbindung mehr herstellen.«

»Aber ist das nicht seltsam? So wie du es schilderst, entscheidet eine bestimmte biochemische Verfassung darüber, ob man die Realität wahrnimmt oder etwas, das nicht real ist.«

»Ja, so sieht es aus.«

»Aber wer legt fest, was Realität ist? Wann ist deine Wahrnehmung richtig, und wann ist sie falsch?«

»Offenbar gibt es da eine gesellschaftliche Vereinbarung.«

»Und worauf gründet die?«

»Das weiß ich nicht.«

»Ich muss dir etwas erzählen«, sagte Sophie. »Ich muss vielleicht etwas ausholen und finde nicht direkt die richtigen Worte. Hör mir einfach zu und schau mich nicht an, als ob ich bescheuert wäre, okay?«

Ich nickte, dann erzählte Sophie von einem Traum. Nach unserem Weihnachtsmarktbummel habe sie sich in der Nacht vor einem Spiegel wiedergefunden und sich darin betrachtet. Wie es kleine Kinder und wahrscheinlich auch Erwachsene tun, habe sie irgendwann einige Grimassen geschnitten und sich dabei gefragt, wen sie da eigentlich sehe, und ob dieses Spiegelbild wirklich etwas mit ihr zu tun habe. Mit einem Mal habe sie das Gefühl gehabt, ihr Gesicht verändere sich. Keine große und auffällige Veränderung. Lediglich kleine Details hätten plötzlich unstimmig gewirkt. Allerdings habe sie zunächst nicht sagen können, welche Details das gewesen wären, bis sie etwas Seltsames bemerkt habe: Gegenstände im Spiegelbild, die eben noch auf der linken Seite gewesen wären, hätten sich nun auf der rechten befunden und umgekehrt. Sie habe eine Weile gebraucht, um zu verstehen, dass sie die Perspektive gewechselt hatte und nicht mehr in den Spiegel hinein-, sondern aus ihm herausschaute. Aus Unsicherheit habe sie im Traum kurz aufgelacht. Aber so, wie ihr Spiegelbild plötzlich verkehrt herum gewesen sei, sei auch ihre Stimme verdreht und nur scheinbar ihre echte Stimme gewesen. Dann sei sie aufgewacht. Die Beklemmung, die sie im Traum empfunden hätte, sei allmählich von ihr abgefallen, sei seitdem aber nicht mehr ganz verschwunden.

Sophie verwandte viel Zeit darauf, mir zu erklären, dass es nicht so sehr der Inhalt, sondern vielmehr die Art und Weise des Traums gewesen sei, die sie so nachträglich erschüttert hätte. Der Traum habe die Wirklichkeit viel detailgetreuer nachgebildet als alle anderen Träume, die sie je gehabt hätte. Wären ihre Träume sonst häufig verschwommen, schwarz-weiß, ohne Geräusche und besondere Empfindungen oder zumindest doch deutlich von der Wirklichkeit zu unterscheiden, so sei dieser Traum ganz aus der Reihe geschlagen. Die Atmosphäre des Traums sei eine Atmosphäre des Verlustes gewesen. Sie habe sich so gefühlt, als ob sie sich vage an eine vollständigere Version von sich hätte erinnern können, ein Wesen, dem man dann etwas Entscheidendes entfernt habe und dass nun einen großen Mangel fühle. Sie finde es auch merkwürdig, aber sie sei der festen Überzeugung, der Spiegel hätte in einem Kaufhaus gehangen.

Vielleicht lag es an der Zimmerbeleuchtung, dem Winkel, in dem Sophie zu mir saß – auf jeden Fall wirkte ihr Kopf plötzlich kantig, beinahe unförmig. Etwas Verschrobenes und Abstoßendes haftete ihr an, und mich überkamen beklemmende Zweifel, ob ich eine Frau, die einen solchen Schädel hatte, lieben konnte. Gleichzeitig fürchtete ich, Sophie zu verlieren, wenn sie merkte, dass ich sie hässlich fand. Es war paradox: Ich fürchtete, sie zu verlieren, weil ich sie nicht liebte.

Mein Mund trocknete aus, und ängstlich stellte ich fest, dass mein Weinglas nur noch eine Pfütze und die Flasche kaum mehr als ein halbes Glas enthielt. Ich schenkte mir den Rest ein und trank ihn in einem Schluck. Sophie sah mich an: »Alles in Ordnung?«

Ich wollte mich zusammenreißen, vergessen, wie ekelhaft sie aussah, etwas Aufmunterndes sagen, ihr versichern, dass ich keine Probleme mit ihren Traumgeschichten hatte, aber ich brachte kein Wort raus. Ich muss ein jämmerliches Bild abgegeben haben, wie ich mich an das leere Weinglas klammerte und versuchte, etwas zu sagen.

»Es tut mir leid, wenn ich dir zu viel erzählt habe«, sagte Sophie. Ich konnte ihr kaum zuhören. »Normalerweise labere ich nicht so viel über mich. Aber du lädst irgendwie dazu ein. Vermutlich, weil du selbst so ungefiltert abgehst.«

Ich nickte, wünschte aber bloß, dass sie aufhörte zu reden.

»Mann, du kommst schräg drauf«, sagte Sophie. »Kennst du *Unreal Tournament*?«

Ich schüttelte den Kopf.

»Ein Baller-Klassiker. Wenn du willst, spielen wir 'ne Runde.«

Sophie führte mich ins Nebenzimmer, wo neben anderen technischen Apparaturen ein handelsüblicher PC mit Monitor stand. *Unreal Tournament* war ein Ego-Shooter, den man gegen den Computer oder gegeneinander spielen konnte. Da Sophie nur einen Bildschirm hatte, metzelten wir uns durch die Bots, die der Computer erzeugte. Das Spiel war sehr schnell und forderte mein räumliches Vorstellungsvermögen so stark, dass ich meine Angst vergaß.

»Schade, dass wir nicht über ein lokales Netzwerk oder Internet gegeneinander spielen können«, sagte Sophie, als meine Spielfigur gerade mal wieder der künstlichen Intelligenz meiner Gegner zum Opfer gefallen war. »Aber ich kann mal schauen, ob sich für die Zukunft was basteln lässt. Soll ich noch eine Flasche Wein holen?«

Es war gegen 2 Uhr morgens, als ich halbherzige Anstalten machte, nach Hause zu gehen. Ich stützte die Handflächen auf meine Oberschenkel und nickte kurz, vermutlich ohne dass sie es sah. »Ich mach mich mal auf den Weg. Wir müssen immerhin morgen noch ein Weihnachtsfest hinter uns bringen.« Etwas fahrig steckte ich die Zigaretten in meine Jackentasche.

»Also dann«, sagte ich noch einmal ausdrücklich, weil Sophie keine Anstalten machte, mich zu verabschieden. Sie sagte nichts, lächelte noch nicht einmal, sondern sah mich nur an. Ihre Augen schienen größer und dunkler zu werden. Zum ersten Mal glaubte ich, Sophie riechen zu können, einen eigenwilligen Hauch, der mich zu ihr zog.

Sie schmeckte nach Zigaretten und Erdbeeren und Rotwein und etwas, das ich nicht benennen konnte. Mitten im Kuss öffnete ich kurz die Augen und beobachtete ihr Gesicht, die vertrauensvoll geschlossenen Lider, die ineinander verschränkten Wimpern.

Sie zog mich aufs Bett, wo wir uns weiter küssten und streichelten und irgendwann auszogen. Wann und warum die Trauer kam, weiß ich nicht, aber etwas in Sophies Blick oder in dem, was sie tat, legte eine Jacke aus Blei um meinen Oberkörper. Plötzlich musste ich daran denken, dass Sophie mich bedenkenlos mit ins Bett nahm, weil sie wusste, dass sie nie wirklich mit mir zusammen sein wollte. Sie hatte mich herbestellt, sie hatte die rote Bettwäsche zerwühlt drapiert, sie hatte irgendwas geredet, was Nähe vorgaukeln sollte, sie hatte die zweite Flasche Wein geholt. Ich sollte sie bloß ein wenig ablenken. Mitten in der Bewegung hielt ich inne.

»Alles klar?«, fragte Sophie.

»Ich sollte mir auch hiervon nichts versprechen, richtig?«

Sophie schien nachzudenken. Dann sagte sie »Sollen wir vorher heiraten?«, wartete kurz, als ob ich darauf tatsächlich antworten könnte, und drehte sich schließlich weg.

Eine Weile war es völlig still. Hellwach lag ich in dem dunklen, fremden Zimmer. Irgendwann hörte ich Sophies warme Stimme: »Schlaf schön, Thomas.«

Erst lange nach ihr schlief ich ein und wachte bereits wieder auf, als es noch dunkel war. Die Heizung gluckerte. Gegen das Fenster drückte die Nacht. Noch immer tanzten dicke Flocken um den Baum. Sophie lag neben mir und schlief. Ich betrachtete ihr Gesicht. Der Mond warf einen hellen Kegel auf ihre Wange und Lichtpunkte auf die Wimpern ihres linken Auges.

Der Morgen kam mit einer klaren Wintersonne. Sophie lag da wie frisch gebacken. An ihren Ohren hing Schlaf. Ihr ganzer Körper war in eine feine Schlafhülle eingekuschelt. Ihre Bauchdecke hob und senkte sich gleichmäßig. Ich musste an den Einschlupf zwischen ihren Beinen denken, nur ein paar Zentimeter von mir entfernt. Plötzlich bewegte sie sich und begann, leise vor sich hin zu reden. Ich war nicht sicher, ob sie im Schlaf sprach oder mit mir. Was ich verstand, klang nach ziemlichem Unsinn. Es drehte sich irgendwie um Vergil, und dass er nicht traurig sein solle, weil sie ihn nun ein paar Tage nicht besuchen könne. Er solle die guten Zeiten im Herzen behalten und sich auf das neue Jahr freuen, das vor allem für ihn ein ganz famoses Jahr werden würde, das könne er ihr ruhig glauben, schließlich verstehe sie sich wie keine Zweite auf die Zukunft von kleinen Hunden, und wenn er kein kleiner Hund mit einer großen Zukunft sei, dann wisse sie es auch nicht. Vermutlich würde er kirchlich heiraten und eine Hundeballettschule vom Allerfeinsten aufmachen. Ob Wien oder Moskau, das sei noch nicht klar. So ging es in einem fort, bis sie schließlich ihre Hand nach mir ausstreckte und leise murmelte:

»Bist du da?«

»Ja.«

»Dann ist gut.«

Nach einem Frühstück, das aus Tee und Zigaretten bestand, verabschiedete ich mich von Sophie, ohne Kuss, ohne Umarmung, aber mit einer losen Verabredung für Silvester.

Draußen in den Straßen der Bonner Altstadt war die Luft kalt und frisch und die Sonne strahlend. Ich ging langsam. Manchmal blieb ich stehen, um mir die Fassade eines Hauses oder die vorbeigehenden Passanten in Ruhe anzusehen. Es gab immer noch Leute, die letzte Besorgungen machten. Da ich nichts zu erledigen hatte, setzte ich mich in ein Café, bestellte ein kleines Frühstück und sah aus dem Fenster, während Gedanken wie träge Hummeln in meinem Kopf herumtrieben.

3. KAPITEL

Zwei Tage vor Silvester rief Sophie an und erzählte in einem etwas gelangweilten Tonfall, eine Freundin von ihr hätte ein paar Karten für eine Party in der Bonner Oper, und ich könne ja mitkommen. Möglichst ungerührt fragte ich, ob auch noch eine Karte für meinen Freund Hermann zu haben sei. Sophie bejahte, ich sagte zu.

Die Zweifelhaftigkeit des Unterfangens wurde mir erst in dem Augenblick vollständig bewusst, als Hermann am Silvesterabend in einer Wolke würzigen Aftershaves bei mir aufkreuzte. In seinem schwarzen Anzug mit weißem Hemd und schwarzem Schlips tendierte er in Richtung kleiner Bluesbrother. Die Krawatte konnte ich ihm ausreden, am Anzug hielt er fest. »Ein guter Herrenanzug kommt nicht aus der Mode«, sagte er und fügte kurz darauf hinzu: »Die Oper ist kein Jeansort.«

Jeansort hin oder her, natürlich fiel Hermann mehr auf als ich. Schon auf dem Weg zur Oper glaubte ich, ein Paar zu beobachten, das erst Hermann betrachtete und sich dann ansah und verschwörerisch grinste. Dabei war Hermanns Aufzug nicht meine einzige Sorge. Ich hatte Kopfschmerzen, mir war übel, und der Gedanke, Sophie in einem solchen Rahmen zu treffen, versetzte mich zunehmend in eine Katastrophenstimmung. Auch wenn ich es mir auszureden versuchte: Die Neujahrsnacht war für mich mit etwas Prophetischem aufgeladen. Was heute schiefging, würde Auswirkungen auf das ganze Jahr haben.

Hermann fühlte sich offenbar auch nicht ganz wohl in seiner Haut. Er redete mehr als sonst. Vor allem wollte er etwas über Sophies Freundin wissen, über die ich jedoch nichts zu sagen wusste. Als wir an einer Dönerbude vorbeigingen, drängte Hermann auf ein schnelles Wegbier. Ich gab zu bedenken, dass sich eine Fahne bei der Begrüßung der Damen unvorteilhaft auswirken könnte. Hermann hatte jedoch vorgesorgt und Minzbonbons eingesteckt. Wir tranken zügig unser Bier und standen nicht viel später Minzbonbons lutschend mit einem ganzen Haufen anderer Leute vor der Oper und warteten, während als erster Höhepunkt des Abends irgendwo das klägliche Wimmern eines frühzeitig gezündeten Luftheulers ertönte. Zweimal zog Hermann an meinem Ärmel und deutete auf eine weibliche Zweiergruppe, während er mir fragend in die Augen sah. Zweimal schüttelte ich den Kopf. Dann endlich löste sich Sophies Silhouette aus der Dunkelheit. Neben ihr ging eine kleine, zierliche Frau, die mit ihren zerzausten blonden Haaren ein wenig an den kleinen Prinzen erinnerte.

»Guten Abend, die Herren«, sagte Sophie mehr steif als ironisch und ohne die Hände aus den Taschen ihres schwarzen Mantels zu nehmen.

»Guten Abend«, sagte Hermann und verbeugte sich ein Stück. Ich atmete laut aus, spannte mir ein Lächeln ins Gesicht und gab der blonden Frau die Hand.

»Isa«, sagte sie. »Cooler Anzug. «

»Ja«, sagte Sophie. »Erinnert mich an Nick Cave. Fehlt irgendwie noch eine Krawatte.«

»Eben«, sagte Hermann mit einem Blick zu mir, während ich mich fragte, ob Hermann überhaupt wusste, wer Nick Cave war.

Isa zog Karten aus ihrer Handtasche und drückte jedem von uns eine in die Hand. Hermann nestelte nach seinem Portemonnaie, steckte es aber nach Isas »Schon gut, ich habe die geschenkt bekommen« zögerlich wieder ein. Ich fragte mich, ob sich Isa gerade dafür verfluchte, dass sie die Karten nicht an zwei andere Männer verschenkt hatte. Irgendwen.

Während wir die Kasse passierten und unsere Mäntel zur Garderobe brachten, kam ich mir vor wie ein Fünfzehnjähriger auf dem Weg zum ersten Tanzkurs. Ich versuchte einen längeren Blick mit Sophie auszutauschen, aber sie sah mich nur flüchtig und ohne Ausdruck an. Sie wirkte blass und attraktiver als je zuvor, ein wenig überirdisch. Ihre Freundin strahlte mehr Bodenhaftung aus, lächelte und versuchte durch banale Bemerkungen wie »Also, die Ältesten sind wir hier heute nicht« und »Ich hoffe, die machen ordentliche Cocktails« eine entspannte Atmosphäre zu erzeugen. Es war allerdings Hermann, der das Eis brach. Wir gingen gerade die Treppe in den ersten Stock hinauf, wo Bar und Tanzfläche lagen, als uns eine langhaarige Frau mit Wollmütze auf dem Kopf entgegenkam. Hermann stieß mich in die Seite, blieb mitten auf der Treppe stehen, imitierte ein Schluchzen und sagte mit künstlich hoher Stimme: »Ich möchte mich nur entschuldigen. Bei Mikes Mutter und Johns Mutter und meiner Mutter. Es tut mir so, so sehr leid.«

»Denn es war mein Projekt«, fiel Sophie ein.

Isa sah mich halb genervt, halb fragend an.

»*Blair Witch Project*«, sagte ich und tat so, als hätte ich von Anfang an kapiert, dass Hermann aus einem Gruselfilm zitierte.

»Ich habe Angst, meine Augen zu schließen.« Sophie starrte theatralisch ins Nichts.

»Und ich habe Angst, sie wieder zu öffnen«, wimmerte Hermann. Sophie lächelte ihn an. Zumindest die beiden hatten schon mal ein Thema. Während Isa und ich an der Bar bei Wein und Sekt eine Konversation versuchten, zerpflückten Sophie und Hermann Horrorfilme der letzten Jahre. So viel ich mithören konnte, einigten sie sich darauf, dass *Ringu* großartig war, wohingegen bei *Hostel* und *Martyrs* die Meinungen auseinandergingen.

Wie zu erwarten studierte auch Isa Informatik. Sie schien Sophie ein wenig zu bewundern, vielleicht redete sie aber auch nur gut über sie, um selbst als attraktive Person dazustehen. Eigenlob über Bande. Als ich von meiner Saunabeschäftigung erzählte, geriet das Gespräch ziemlich früh an einen toten Punkt. Bevor es peinlich werden konnte, fragte ich, ob sie Lust hätte zu tanzen.

Ein DJ mischte Charthits mit Klassikern aus den Achtzigern und Neunzigern, wie sie auf keiner Ü-30-Party fehlen dürfen. Es war kein Vergnügen, zu *Whams* »Wake me up before you go-go« die Gliedmaßen in einen rhythmischen Bewegungsablauf zu koordinieren und dabei hin und wieder freundlich, aber nicht aufdringlich der Studentin zuzulächeln, die sich vermutlich fragte, wie sie möglichst schnell und elegant aus der Nummer rauskam. Tatsächlich erkannte sie zwei Lieder später »ein paar Kumpels« und ließ mich mit »Sexbomb« von Tom Jones allein auf der Tanzfläche zurück.

Kurz vor Mitternacht gingen wir wie die Mehrheit der

Partygäste auf eine große, L-förmige Dachterrasse. Sophie, Hermann, Isa, zwei ihrer in schwarzer Informatikertracht aufgelaufenen Kumpane und ich griffen uns Sektgläser von einem Tablett und warteten auf Mitternacht, während ein paar Raketen vorzeitig in den Himmel stiegen. Es gab tatsächlich Menschen, die von Zehn rückwärts zählten und dann in lauten Jubel ausbrachen. Zum ersten Mal an diesem Abend sah mir Sophie länger in die Augen. »Frohes, neues Jahr«, sagte sie und stieß ihr Glas gegen meines. Dann begann ein allgemeines Umarmen. Dazu erklang Walzermusik aus Boxen und Geböller aus der Innenstadt. Hermann presste mich herzlich an sich und rief: »Geiler Abend!«

Später stand ich mit Sophie alleine an der Brüstung des Balkons und schaute in Richtung Rhein. Sie rauchte eine Selbstgedrehte, ich eine Filterzigarette.

»Kann ich heute bei dir übernachten?«, fragte ich.

»Du müsstest auf dem Boden schlafen. Isa ist auch noch da.« Sophie nahm einen Zug und starrte auf die Hügel, die sich jenseits des Flusses still und schwarz in den Nachthimmel wellten. Nach einer Weile fügte sie hinzu: »Davon abgesehen erwartest du wohl ein bisschen viel von mir. Ich hab dir gleich gesagt: Versprich dir nichts.«

Ich wusste nichts mehr zu sagen, rauchte meine Zigarette zu Ende und ging auf die Suche nach Hermann. Als ich ihn endlich gefunden hatte, wirkte er betrunken und aufgeregt: »Was habe ich gesagt?«, rief er mir unnötig laut ins Ohr. »Anzüge machen den Mann. Und jetzt schau mal, mit wem Sophie da herumturtelt.«

Hermann justierte meinen Kopf, bis ich Sophie etwa zehn Meter von uns entfernt am Tresen der Bar sehen konnte. Neben ihr stand ein Mann im Anzug und redete auf sie ein, die Hand auf ihre Schulter gelegt. Ich schätzte ihn auf Mitte dreißig und fand seine Körpersprache gleichermaßen souverän wie schmierig.

»Sein Anzug sitzt wenigstens«, sagte ich.

»Das ist alles, was du dazu sagst?« Hermann krallte sich in meinen Unterarm. »Ich dachte, du willst etwas von Sophie. Aber um ehrlich zu sein: Ihr beide wirkt nicht gerade wie das Traumpaar. Dabei ist sie wirklich unglaublich.«

Ich riss mich von Hermann los und ging zur Bar. Dort bestellte ich, ohne Sophie anzusehen, ein Glas Rotwein. Weder in der Lage, zu Hermann zurückzugehen noch Sophie anzusprechen, stand ich mit meinem Glas an der Theke. Ich sollte mir ja nichts versprechen, also vermutlich auch nicht stören, wenn sie mit einem Mann redete, der ein bisschen nach gut verdienendem Playboy und erfahrenem Aufreißer aussah. Als ich doch einmal kurz hinübersah, traf mich Sophies Blick. Ihr Gesicht wirkte maskenhaft, als sie mir zunickte, mich heranwinkte und dann mit der flachen Hand auf ihren Gesprächspartner deutete: »Nikolai.«

»Ich bin Thomas«, sagte ich und gab ihm betont beiläufig die Hand.

»Studienkollege?«, wurde ich gönnerhaft gefragt.

»Nein.«

»Na, ich dachte, ich lerne mal ein paar Kommilitonen von Sophie kennen.«

»Da hinten, die Blonde, das ist eine Kommilitonin von Sophie.«

»Und woher kennt ihr euch?«

»Aus dem Karstadt-Bistro«, sagte Sophie.

»Karstadt-Bistro. Nicht gerade the place to go. Ich hoffe, du arbeitest nicht da.« Nikolai beäugte mich gespielt ungläubig.

»Vielleicht kommt das noch«, sagte ich und sah ihm ernst in die Augen. »Zurzeit bin ich in der Sauna beschäftigt. Gleich hier bei der Oper.«

»Also ein Selfmademan.«

Ich atmete tief ein und aus und fragte dann: »Und woher kennt ihr euch?«

»Oh, von zu Hause. Ich bin Sophies Bruder.«

Ein Lächeln schwappte in mein Gesicht. Kurz darauf hatte ich mich wieder im Griff: »Nett, dich kennenzulernen.«

»Ja«, Nikolai sah mich freundlich an. »Ein lustiger Zufall. Also, dass ich euch hier treffe. Eigentlich wollte ich nur aus Köln raus. An Silvester ist es mir da zu laut. Dann hat eine Bonner Kollegin angerufen und voilà, hier bin ich.«

»Voilà«, wiederholte ich mit einem Seitenblick zu Sophie. Sie lachte, und zum ersten Mal seit Stunden fühlte sich meine Brust nicht an, als wäre sie in einen Schraubstock eingeklemmt.

»Und du leitest also eine Sauna in der Nähe?«, wollte Nikolai wissen.

»Nein. Ich mache da Aufgüsse.«

»Also nur ein Job.«

Ich nickte und zählte dann in einem rednerischen Ausfall, der halb aus Verzweiflung, halb aus Erleichterung geboren sein musste, meine letzten zwölf oder dreizehn Jobs auf. Interessiert lauschte Nikolai meinen Ausführungen über das Altenstift, in dem ich neben den Alten auch noch eine Handvoll Geister und Engel, vor allem aber die gemeingefährlichen Schwestern im Auge zu behalten hatte. Dann erzählte ich vom Brötchenservice, der Zeit, in der ich allmorgendlich die Büros eines Gewerbegebietes mit hübsch belegten Semmeln aufsuchte, von meiner Redaktionstätigkeit für ein Erotikheft, meiner Arbeit in einer Etikettenpresserei und von meinem Einsatz als Erschrecker in der großen Geisterbahn des *Phantasialandes*, den ich allerdings im Redefluss dazugedichtet hatte. Nikolai war ganz Ohr. Hin und wieder stellte er Fragen, lachte manchmal laut auf und warf Sophie zwischendurch kopfschüttelnd Blicke zu.

»Alles in allem nicht gerade eine große Karriere«, beendete ich meinen Wortschwall.

»Das würde ich so nicht sehen«, sagte Nikolai und wischte sich über das linke Auge, so als hätte er Tränen gelacht. »Du kannst zufrieden sein mit dem, was du gemacht hast. In der Praxis lernt man schließlich die wirklich wichtigen Dinge. Jetzt musst du nur gucken, wie du so viel Geld verdienst, wie es deinen Talenten angemessen ist. Könntest du dir vorstellen, in einem großen Unternehmen zu arbeiten?«

»Natürlich«, posaunte ich. »Kein Problem.«

»Ah, Moment«, unterbrach mich Nikolai, einen Zeigefinger in die Höhe gereckt. »Da hinten steht meine Verabredung.« Mit diesen Worten stand er vom Barhocker auf und drückte seine Schwester an sich. Mir gab er nicht nur die Hand, sondern klopfte mir auch auf die Schulter.

»Hat mich sehr gefreut«, sagte er und zog aus seiner Brieftasche eine Visitenkarte hervor, auf der »Human Resources« zu lesen stand. »Melde dich doch in der zweiten Januarwoche mal bei mir. Montag und Dienstag bin ich in München, aber ab Mittwoch erreichst du mich unter der Festnetznummer.«

»Danke, mach ich«, nickte ich ihm zu, bevor er in der Menschenmenge verschwand.

»Netter Typ«, sagte ich zu Sophie.

»Wenn du meinst«, antwortete sie.

Der Abend endete für Hermann und mich in der Kölnstraße, in der eine halb private, halb offizielle Party auch um 5 Uhr früh noch Bier und Reste von Nudelsalat bereithielt. Sophie und Isa hatten sich bereits auf den Weg zum Haus hinter den Häusern gemacht. Zum Abschied hatte mich Sophie umarmt und mir ins Ohr geflüstert: »Tut mir leid für dich. Die Welt ist wieder nicht untergegangen.«

4. KAPITEL

Die Homepage des Unternehmens, in dem Nikolai arbeitete, zeigte Bilder von modernen Gebäuden und modernen Menschen aller Hautfarben in adretter Kleidung, die sich die Hände gaben oder zu dritt – einer sitzend, zwei stehend – auf den Bildschirm eines Laptops guckten. »Partner« waren aufgelistet, »Erfolge«, »Möglichkeiten« und »Lösungen«.

Unter »Möglichkeiten« gab es eine Rubrik »Ihre Karriere bei uns«, und alles, was da stand, las sich ganz vielversprechend. Schenkte man den Worten Glauben, dann hatte man es wirklich gut bei CPC, der deutschen Tochter einer amerikanischen Unternehmensberatung. Da wurde man gefördert, angemessen entlohnt, individuell entwickelt und konnte aus seinen Fähigkeiten und Leidenschaften Erfolg für den Kunden, das Unternehmen und natürlich sich selbst »generieren«.

Ich vereinbarte einen Termin mit Nikolai und fuhr ein paar Tage später zur Kölner CPC-Niederlassung. Eine Sekretärin brachte mich in ein Büro, durch dessen Glasfront man weit über die Dächer der Stadt blicken konnte. Nikolai stand hinter einem bumerangförmigen Tisch auf, kam mir entgegen und gab mir die Hand. Er trug einen cremefarbenen Schlips und einen Ring mit Stein.

»Willkommen in einem der modernsten Unternehmen der Welt«, sagte Nikolai schließlich, und ich wusste nicht, ob sein Lächeln ironisch sein sollte. »Du weißt, was eine Unternehmensberatung ist?«

»Eine Firma, die Unternehmen berät, würde ich sagen.«

»Gut. Für eine Powerpoint-Folie würde das reichen. Schön knackig. Jetzt brauchen wir die Unterpunkte. Nach dem Motto: Eine Unternehmensberatung hilft Firmen dabei ...«

»Vielleicht Geld zu sparen?«

»Sehr gut. Ein ganz wichtiger Punkt. Kosteneffizienz. Unsere Kunden sparen Geld, indem sie es in uns investieren.«

»Mitarbeiter einzusparen.«

»Ja genau, und dadurch Geld. Weiter.«

»Den Workflow zu optimieren.«

»Du hast dich vorbereitet. Hier bei CPC geht es vor allem um Computertechnologie. Wir führen neue Software ein: ERP, CRM, LCM – alles von SAP.«

»Ich verstehe kein Wort.«

»Gut, dass du ehrlich bist. Wer Unkenntnis zugibt, kann dazulernen. Merk dir erst einmal: Standards, Standards, Standards.«

»Okay, das bekomme ich hin.«

»Und was meine ich damit?«

»Keine Ahnung.«

Nikolai schmunzelte. »Du bist einfach ein witziger Typ. Das ist gut.«

»Ja. Hahaha.«

»Also: Wenn jede Abteilung eines Unternehmens eine eigene Software und eine eigene Art der Datenerfassung zum Beispiel im Kundenmanagement benutzt, entstehen kleine Herzogtümer. Das ist weder transparent noch effizient. Unternehmensweite Standards bedeuten: alles aus einer Hand, alles ist jedem zugänglich. Fällt ein Mitarbeiter aus, geht nicht sein ganzes Wissen verloren. Außerdem sollen nachhaltige IAM-Strategien gewährleisten, dass nicht irgendwo tote Accounts weiter verwaltet werden oder ein ausgestiegener Mitarbeiter weiterhin auf Datensätze zugreifen kann. Aber das ist für dich gar nicht wichtig. Dich habe ich für Inhouse-Maßnahmen im Auge.«

»Kann ich einen Kaffee haben?«

»Klar.«

Nachdem die Sekretärin eine Tasse für mich gebracht hatte, erklärte Nikolai, dass er unter anderem damit beauftragt sei, das Potenzial der vorhandenen Mitarbeiter auszuschöpfen. So gäbe es ein *highest potential program* zur gezielten proaktiven Förderung des Managementnachwuchses. Sein besonderes Baby sei derzeit die Neuaufsetzung des Beurteilungs- und Förderungsgesprächs – kurz BUF genannt. Halbjährlich hätte sich jeder Mitarbeiter mit seiner Führungskraft zusammenzusetzen, um die Leistungen der letzten beiden Quartale zu besprechen, Verbesserungsbedarf zu ermitteln und weitere kurz- und mittelfristige Ziele zu vereinbaren. Das BUF orientiere sich an einem komplexen Fähigkeitenkatalog und einem detaillierten Punktesystem. Ich tat interessiert, während meine Aufmerksamkeit zunehmend von meiner mit Kaffee gefüllten Blase beansprucht wurde. Meine Aufgabe könne es nun sein, die Kommunikation des neuen BUF innerhalb der Business Unit »Automotive« vorzunehmen. Ich könne Schulungen konzipieren und durchführen, Inhalte für unternehmensweite Organe wie den Newsletter und das Intranet verfassen und Ansprechpartner zu allen Fragen rund ums BUF werden. Ein Externer wie ich, völlig unbeleckt von betrieblichen Belangen und Seilschaften, könne besonders vertrauenerweckend und unbestechlich auftreten. Zudem sei die Tätigkeit ja befristet, da innerhalb einiger Monate jeder mit dem neuen BUF vertraut wäre. Ob ich dann eine Festanstellung erhielte, läge natürlich an meiner Leistung, dem Unternehmensbedarf, vor allem aber an meinem Interesse, eine solche Anstellung überhaupt anzunehmen. Sophie habe ja auch eine Weile hier programmiert und es sich dann anders überlegt.

Mir schwirrte ein wenig der Kopf, und offenbar hatte ich eine ganze Weile aus dem Fenster geschaut, als Nikolai plötzlich fragte: »Wie viel stellst du dir am Anfang vor?«

»Wieso glaubst du, dass ich das kann?«, fragte ich zurück.

»Du kannst dich gut ausdrücken und hast so etwas Vertrauenswürdiges. Das kann man kaum trainieren. Das BUF hingegen verstehst du in einer Woche.«

»Ich habe noch nicht einmal eine abgeschlossene Ausbildung.«

»Was heißt das schon? Du hast Lebenserfahrung.«

»Und von Computerkram und BWL habe ich auch keine Ahnung.«

Nikolai lachte auf. »Dann bist du hier genau richtig.«

Nach einer Rauchpause fragte mich Nikolai noch einmal nach meinen Gehaltsvorstellungen. Ich nannte aus Spaß einen ziemlich hohen Betrag. Er schüttelte den Kopf, und ich wollte schon beschwichtigend die Hände heben und sagen, ich hätte nur so vor mich hingesponnen, aber Nikolai ließ mich nicht zu Wort kommen. Er gab mir zu bedenken, dass ich als Freiberufler Steuer, Krankenversicherung und Altersvorsorge komplett aus eigener Tasche zahlen müsse. Ich solle also nicht so bescheiden sein. Ich hatte keine Einwände.

Bereits in der nächsten Woche hatte ich in der Sauna gekündigt und den Vertrag bei CPC unterschrieben. Mir wurde ein Platz in einem Büro eingerichtet, ich bekam eine Externen-Email-Adresse, eine CPC-Karte, die ich auf dem Betriebsgelände zu tragen hatte, einen Code, um bestimmte Türen zu öffnen, ein »Starterkit« mit Unternehmensinformationen, »Rechten und Pflichten«, »Leitlinien und Werten«, Telefonnummern und einer Kantinenkarte, die sich an einem Automaten durch Einführen von Geldscheinen aufladen ließ.

Die Kantine gefiel mir besser als erwartet. Man konnte zwischen zwei Tagesangeboten, einem vegetarischen Gericht und einem preiswerten Eintopf wählen. Es gab eine Salatbar, ein Gerät, das Orangen zu Saft verarbeitete, eine kleine Dessertheke und natürlich jede Menge Berater und Beraterinnen in Anzügen und Kostümen. Nun war ich also, zumindest vorübergehend, einer von ihnen; ein Umstand, den ich gleichzeitig befremdlich und erheiternd und insgeheim auch ein wenig schmeichelhaft fand. Mir nichts dir nichts schien sich mein gesellschaftlicher Status deutlich verbessert zu haben. Natürlich guckten einige auf Unternehmensberater als unseriöses Gauklerpack herab, aber Geld war Geld und ein festes Einkommen ein festes Einkommen und eine Anstellung in einem »großen Unternehmen« eine solide Angelegenheit. In den Augen der Gesellschaft, so wie ich sie mir vorstellte, war ich nun vielleicht ein Arschloch, aber kein Verlierer mehr. Hermann zumindest ließ in etwa diese Sichtweise durchblicken, so sehr ich mich ihm gegenüber auch bemühte, die Vorläufigkeit und das Lustige meiner neuen Tätigkeit in den Vordergrund zu rücken.

Ich kaufte mir einen alten, rostroten Opel Kadett, um mir den Weg zur Arbeit zu erleichtern. Außerdem musste ich mir Anzüge besorgen, mich in das BUF einarbeiten und damit beginnen, einen Schulungsplan zu erstellen. Mein neuer Tagesablauf enthielt stabilisierende rituelle Elemente: das morgendliche Krawattenbinden, die Fahrt nach Köln, das Hochfahren des Rechners, das Einloggen, der Blick auf den Füllstand der Kaffeemaschine im Kämmerchen neben dem Sekretariat, der Weg mit einem großen Becher voll Kaffee und Milch durch den langen, dunklen Flur, an dessen Wänden Bilder von Computertastaturen, Glasbauten und glücklichen Unternehmensberatern hingen.

Sophie schien sich für meinen neuen Job nicht besonders zu interessieren. Wenn ich sie nach ihrer Zeit bei CPC fragte, antwortete sie ziemlich knapp. Wenn ich etwas von meinen Eindrücken erzählte, fragte sie nicht nach. Das Verhältnis zu ihr kam mir von Tag zu Tag merkwürdiger vor. Wir spazierten weiterhin mit Vergil durch die Gegend. Wir redeten, wie in den ersten Tagen unserer Bekanntschaft, klammerten aber alles aus, was mit dem Kaufhaus zusammenhing, und taten beide so, als hätten wir nie in ihrem Bett gelegen und uns geküsst. Ich zwang mich dazu, möglichst locker zu wirken, aus Angst, sie sonst ganz zu verscheuchen. Es waren oft noch nicht einmal Worte oder Gesten, mit denen Sophie mich von sich fernhielt. Die Distanz bestand nicht in etwas Greifbarem, sondern der Abwesenheit von etwas Greifbarem. Manchmal wurde ich dadurch so verwirrt, dass ich mich fragte, ob nicht vielleicht ich es war, der den Abstand zwischen Sophie und mir erzeugte. Seit der Nacht vor Weihnachten waren Wochen vergangen, und je mehr Zeit verging, desto unwahrscheinlicher erschien es mir, aus dieser merkwürdigen Situation herauszukommen.

Es war albernerweise Valentinstag, als ich versuchte, die Dinge ein wenig voranzutreiben. Wieder einmal hatten Sophie und ich Vergil über die Felder begleitet. Das Wetter war nicht besonders gut und meine Laune alles andere als blendend. Nachdem wir den ebenfalls etwas lustlos wirkenden Hund in seinen Zwinger zurückgebracht hatten, fragte ich Sophie, ob sie mit zu mir kommen wolle, um ein paar Muscheln zu essen. Für mich allein sei der Beutel ein bisschen viel, und ewig aufheben könne ich sie nicht. Wider Erwarten stimmte Sophie sofort zu, und ich fragte mich, ob ich nicht einen Fehler machte. Vermutlich eignete sich der Zustand meines Zimmers nicht für positive Rückschlüsse auf meine Person.

Wir hatten das Tierheim noch nicht weit hinter uns gelassen, da zeigten die dunklen Wolken, die den ganzen Tag über dem Land gehangen hatten, plötzlich ihr wahres Gesicht: Ein gnadenloser Regen prasselte auf die Dächer, den Asphalt, Sophie und mich. Die Straße bot keine Unterstellmöglichkeiten. An ihrem Ende gab es aber eine Kneipe. Das *Las Palmas* war nicht unbedingt der Ort für ein lauschiges Beisammensein. Es gab zwei elektronische Dartscheiben, einen Tresen und eine Leinwand, auf die eine türkische Seifenoper projiziert wurde. Ein paar Männer saßen herum, jeder für sich. Vielleicht kamen sie aus dem Puff um die Ecke, vielleicht waren sie auf dem Weg dorthin. So oder so: Allzu redselig wirkte keiner von ihnen. Sophie und ich wurden ein wenig begafft, als wir mit tropfenden Haaren zur Tür hineinkamen. Nach ein paar Augenblicken legte sich das Interesse, zumindest an mir.

Wir setzten uns an den Tresen und bestellten Kölsch. Sophie prostete mir zu. Dabei lächelte sie auf eine Weise, die ich an ihr vorher noch nicht gesehen hatte. Ein wenig spöttisch. Ich spielte mit meinem Bierdeckel, Sophie saß kerzengerade da und trank ihr Kölsch in kleinen, damenhaften Schlucken. Die Seifenoper erreichte mindestens Zimmerlautstärke. Natürlich verstand ich kein Wort, vielleicht verstand niemand im *Las Palmas* ein Wort, aber dass es dramatisch zuging, war offensichtlich. Ich leerte mein Glas schnell, bestellte ein neues und fragte Sophie: »Gibt es eigentlich Sachen, die dich richtig nerven?«

»Wie meinst du das?«

»Na, ich meine nerven. Ich kann es zum Beispiel nicht haben, wenn Leute im Kino essen.«

»Das nervt dich?«

»Genau.«

»Mich stört ja eher das Gelaber.«

»Es sollte ein Gesetz gegen den Verkauf von Popcorn, Chips, Nachos und was weiß ich geben.«

»Was ist mit trinken?«

»Trinken ist okay. Trinken ist etwas ganz anderes. Leise, versteht sich.«

»Also gut, wenn wir mal zusammen ins Kino gehen, weiß ich, was ich zu tun und zu lassen habe. Trinken ja. Essen nein.«

»Jetzt bist du dran. Was geht dir auf die Nerven?«

Sophie guckte erst auf den Boden, dann auf die Decke des *Las Palmas*. Der Kerl hinter dem Tresen folgte ihrem

Blick, als gäbe es immer dort, wo Sophie hinsah, etwas Interessantes zu entdecken: eine Riesenspinne, Elvis Presley in Daumengröße, einen Mumin.

»Dänen.«

»Ach was?«

»Ja, es ist tatsächlich so: Alles, was mit Dänemark zu tun hat, löst bei mir Widerwillen aus. Sehe ich ein dänisches Nummernschild, bekomme ich Kopfschmerzen. Dänisch klingt in meinen Ohren schauerlich. Ich kaufe nie dänische Produkte. Das ist kein Witz. Ich könnte auch nie mit einem Dänen befreundet sein. Und Urlaub würde ich da auch nie machen.«

»Das klingt ziemlich komisch.«

»Ja, ich weiß. Es klingt dänophob, vielleicht sogar rassistisch. Das hatte ich schon als Kind. Vielleicht sind wir mal in Dänemark gewesen, und es war eine Katastrophe. Aber ich kann mich daran nicht erinnern.«

»Vielleicht würde deine Abneigung gegen Dänen verschwinden, wenn du dich erinnern könntest.«

»Vielleicht. Lass uns nicht mehr über Dänen reden. Du bist dran.«

Ich musste nicht lange überlegen: »Sandalen.«

»Oh ja«, sagte Sophie mit leuchtenden Augen. »Die, die man als Kind tragen sollte, weil es so gesund ist bei heißem Wetter.«

»Und die, die Männer jetzt im Sommer tragen. Nur noch wenige Monate, und es ist wieder Sandalenzeit. Flip-Flop-Inferno.«

»Was ist mit Frauen in Sandalen?«

»Kommt auf die Sandalen und auf die Füße an. Da würde ich von Fall zu Fall entscheiden. Aber diese Männer in Trekkingsandalen oder diesen grauen Jesuitensandalen –

die schrecken wirklich vor gar nichts zurück. Okay, du bist wieder dran.«

»Ist dir mal aufgefallen«, fragte Sophie, »dass irgendwelche Stars sich gerne barfuß fotografieren lassen, um möglichst natürlich und echt und erdverbunden rüberzukommen?«

»Grauenhaft. Auf jedem dritten Werbeplakat halten sie einem ihre Füße hin.« Ich war sehr zufrieden damit, dass Sophie so begeistert auf mein Spiel einging. Noch ein, zwei Fragen und ich würde versuchen, sie aus der Reserve zu locken.

»Ich hab noch was«, sagte sie. »Männer, die meinen, Frauen wären von Natur aus schlechter in Mathe, Logik und allem, was mit Technik zu tun hat.«

»Da gibt es Schlimmeres«, sagte ich.

»Ach ja?« Sophie streckte ihren Rücken angriffslustig durch.

»Ja. Frauen, die das meinen.«

»Gut. Stattgegeben. Gilt das als Kommentar von dir? Bin ich wieder dran?«

Ich nickte und bestellte ein weiteres Kölsch.

»Freibäder.« Sophie zeigte dem Wirt ihr leeres Glas. »In Freibädern ist es immer zu laut. Die Kinder schreien wie am Spieß und pinkeln ins Becken. Und dann diese Typen, die mit vollem Tempo auf dich zu kraulen, und du weißt nicht, wohin du ausweichen sollst, weil links eine Oma quer schwimmt, rechts ein Proll vom Beckenrand springt und hinter dir noch so ein Sportschwimmer angeschossen kommt.«

»Und alle sind fast nackt.«

»Bah.« Sophie schüttelte sich. Ich sah kurz an ihr vorbei zur offenstehenden Eingangstür. Die Regentropfen fielen mit unverminderter Wucht aufs Pflaster und sprangen von dort wieder ein kleines Stück in die Höhe.

»Ich war nie gut im Schwimmen«, sagte Sophie, den Kopf zur Seite geneigt. »Vielleicht ist es das.«

»Ich schwimme auch nicht besonders gut. Wenn ich kraule, sieht das aus wie ein epileptischer Anfall.«

»Immerhin«, sagte Sophie. »Ich kann noch nicht mal kraulen, und beim Brustschwimmen sehe ich aus wie eine mit Drogen vollgepumpte Tümpelkröte.«

»Das klingt ja traurig.«

»Es ist traurig. Komm, du bist dran.«

Ich tat so, als müsste ich eine Weile überlegen. Nach einem ausgiebigen Schluck von meinem Bier sagte ich: »Mädchen, die einen erst heißmachen, und dann aber bloß einen Freund zum Quatschen wollen.« Für einen Augenblick war nichts anderes zu hören als das Wehklagen einer türkischen Frau, das aus den Lautsprechern neben der Leinwand dröhnte.

»Wie meinst du das?«, fragte Sophie.

»Na, zum Beispiel kannte ich mal ein Mädchen – ist schon eine Weile her –, das war wirklich cool. Wir haben uns gut verstanden. Aber sie hat falsche Signale gesetzt: geflirtet, mich gebeten, bei ihr zu übernachten, auch schon mal auf den Mund geküsst. Aber das war's. Weiter ist nichts passiert. Sie hat einfach so getan, als wären wir Kumpels. Ich glaube, sie war in einen anderen verknallt. Vermutlich war sie erst etwas unentschlossen und hat sich dann gegen mich entschieden und sich nicht getraut, es mir zu sagen. Um mich nicht zu verletzen. Du weißt schon. Manche Mädchen tun Anderen ja besonders deshalb weh, weil sie keinem wehtun wollen. Eine Freundschaft ist dabei natürlich nicht entstanden. Wie auch immer: So etwas finde ich absolut beschissen.«

»Das klingt aber ziemlich kompliziert.« Sophie sah auf ihre Hände, die sie auf ihre Knie gelegt hatte. »Hast du das Mädchen denn nicht gefragt, was los ist? Vielleicht hat sie gedacht, es wäre dir egal?«

»Na, wenn ich sie gefragt hätte, hätte sie sich womöglich unter Druck gesetzt gefühlt. Nein, nein: So etwas entsteht entweder ganz natürlich, oder es entsteht nicht. Außerdem finde ich, sie hätte etwas sagen müssen, nicht ich.«

»Weil bei dir alles klar war.«

»Eben.«

»Für dich.«

»Genau.«

»Du warst dir sicher, was du wolltest, und hast ihr das auch gezeigt?«

»Ich denke schon.«

Der Wirt stellte mir ein neues Bier hin. Danach hätte er sich gerne in Luft auflösen können. Stattdessen blieb er in unmittelbarer Nähe stehen. Der Typ hatte mit seiner dummdreisten Neugier vermutlich schon als Kind alle genervt.

»Ich bin dran.« Sophie straffte ihre Haltung auf dem Barhocker. »Also, was ich äußerst nervtötend finde, sind Typen, die sich einreden, sie seien verliebt, wenn sie bloß einsam und gierig sind. Sie fixieren sich auf eine Frau, die sie kaum kennen, und würden ihr am liebsten ihren Willen aufzwingen. Dann stellen sie fest, dass auch diese Frau ihre Riesensehnsucht nicht stillt und fangen sofort an, sich nach der nächsten umzusehen.«

»Das klingt aber auch ganz schön kompliziert. Beinahe dänisch.«

Sophie schmunzelte und holte weiter aus: »Ich kannte mal einen Jungen – ist schon eine Weile her –, der war wirklich sehr interessant. Nicht so blöd, weißt du. Nicht so offensichtlich. Aber leider war er ein bisschen zu sehr mit sich beschäftigt. Da hat er nicht mitbekommen, was um ihn herum passiert ist, und dass ich ganz andere Sorgen hatte, als eine richtige Beziehung mit ihm anzufangen. Er hat mich nicht ernst genommen. Das Lustige ist: Ich glaube, er war selbst nicht so weit. Hätte ich mich auf ihn eingelassen, wäre er wahrscheinlich auf und davon gewesen.«

Ich nickte verständnisvoll, während sich gleichzeitig mein Magen zusammenzog. »Vielleicht wollte der Junge dich mitreißen«, sagte ich. »Vermutlich wollte er deiner und seiner eigenen Angst ein Schnippchen schlagen. Wo käme man hin, wenn man immer auf die Angst hören würde?«

»Hast du nicht eben gesagt, so etwas ergibt sich entweder natürlich, oder es ergibt sich gar nicht?«

»Ja, das war meine Meinung vor fünf Minuten.«

»Du bist lustig. Es läuft doch immer auf dasselbe hinaus: Der eine tritt die Flucht nach vorne an, der andere nach hinten. Als ich die Flucht nach vorne angetreten habe, hat es der Junge mit der Angst bekommen.«

»Da ist doch auch eine Menge Interpretation dabei«, sagte ich.

»Ja«, sagte Sophie beinahe verträumt. »Alles voll mit Interpretationen. Auf beiden Seiten.«

Ich warf dem Wirt einen Blick zu. »Möchten Sie sich nicht gleich hierhersetzen? Dann können Sie noch besser zuhören.«

»Nein danke, geht schon so«, sagte er grinsend und ohne einen Anflug von schlechtem Gewissen. »Noch ein Kölsch?«

»Ja, bitte!«

Sophie holte ihren American Spirit aus der Manteltasche und legte ihn auf den Tresen. Während sie sich konzentriert eine Zigarette drehte, fragte sie: »Ist dir das Aussehen einer Frau wichtig?«

Das schien mir eine Frage zu sein, bei deren Beantwortung ich nur verlieren konnte. Ich entschied mich für ein einfaches »Ja«. Sophie gab sich damit nicht zufrieden: »Ich meine: Ist eine schöne Frau für dich ein Statussymbol? Glaubst du, dich damit aufwerten zu können?«

»Also, ich suche meine Freundinnen nicht danach aus, ob sie irgendwer sonst toll findet.«

»Bist du dir sicher? Ich meine, komm: innere Werte – schön und gut.«

Vom Kölsch und irgendetwas in Sophies Ausstrahlung mutig geworden, sagte ich: »Ich werde dir schwer das Gegenteil beweisen können. Dafür siehst du zu gut aus. Aber irgendwelchen gesellschaftlichen Idealen entsprichst du nur auf den ersten Blick. Du bist leider nicht glatt genug.«

Sophie nickte ernst.

Als wir unsere Deckel bezahlten, um die Parallelwelt des *Las Palmas* hinter uns zu lassen, fragte sie mich: »Hättest du Lust, demnächst mal mit mir zu meiner Mutter zu fahren?«

»Klar. Wenn du dich traust, mich deiner Mutter vorzustellen.«

»Es ist eher so, dass ich meine Mutter dir vorstellen will.«

Der Wirt sah mich an, zog beide Augenbrauen hoch und blies die Backen auf.

5. KAPITEL

Sophies Mutter wohnte in der Eifel, einem dünn besiedelten Landstrich westlich von Bonn. Wie die meisten Orte dieser Gegend wirkte auch Kreuzheim nicht nur ländlich, sondern regelrecht entrückt.

Das Haus der Tolmas stand näher am Waldrand als an den anderen Häusern des Dorfes und distanzierte sich auch durch seine Bauweise vom Rest des Ortes: eine Villa, wie sie Menschen bauen lassen, die viel Geld und wenig Geschmack besitzen.

Anstatt den löwenköpfigen Türklopfer zu benutzen, klingelte Sophie, ich hörte Absätze auf Parkett schlagen, und kurz darauf öffnete sich einer der beiden Türflügel. Eine Frau mit ausdünnenden, schwarz gefärbten Haaren stand vor uns. Um ihren kräftigen Hals lag eine schwere, goldene Kette. Die Lippen mitsamt den hängenden Mundwinkeln hatte sie mit Lippenstift großzügig übermalt und ihre ohnehin ausdrucksstarken Augen durch reichlich Kajal betont. Ohne ihre Tochter zu beachten, griff Frau Tolma mit ihrer Hand mein Handgelenk. Ich war verwundert darüber, wie fest sie zupacken konnte.

»Guten Tag«, sagte sie und sah mir forschend in die

Augen. Ich spürte einen plötzlichen Schmerz in meinem Rücken.

»Hereinspaziert.« Mit diesen Worten zog sie mich in einen dunklen Flur. Gestank schlug mir in die Nase. Sophie beeilte sich, nachzukommen und die Tür hinter sich zu schließen.

»Hallo Mama«, sagte sie.

Frau Tolma ließ von mir ab und hielt ihrer Tochter die Wange zum Kuss hin.

»Na, sieht man dich auch noch mal.«

»Ich war doch erst vor zwei Wochen hier.«

»Zwei Wochen. Mir kommt es länger vor. Na ja, das platte Land und diese Katzen.« Mit diesen Worten drehte sie sich um und ging einen langen dunklen Korridor hinunter. Wir folgten ihr. Der Gestank wurde stärker. Ich tippte auf Ammoniak mit faulem Gemüse und ein paar verwesenden Dreingaben. Während wir Näpfe mit Katzenfutter, vollgestellte Kommoden und große Packen gestapelter Zeitungen passierten, musste ich kurz die Luft anhalten. Wir kamen an einer Tür vorbei, die nicht mehr geschlossen werden konnte, weil das Gerümpel dahinter bis fast in den Flur reichte. Auf einem Berg aus Dingen sah ich eine Katze stehen und einen Buckel machen. Zwei andere Katzen huschten durch den Flur.

Frau Tolma führte uns in eine große Küche. Auch hier konnte ich kaum einen freien Flecken ausmachen. Der Raum war vollgestopft mit Möbeln, Kartons, unzähligen Küchengeräten, leeren Wein- und Sektflaschen. Obendrein standen überall Tierfiguren aus Porzellan: Hunde, Katzen, Enten, auch Eulen und Schweine. Neben der Spüle schichtete sich altes Obst und verfaultes Gemüse zu einem Komposthaufen auf. Die gärenden Früchte hatten dabei unvermutete Farben angenommen. An manchen Stellen schien das organische Gewebe mit dem Holz und der Tapete zu einer Masse zusammenzuwachsen. Ein paar dicke, grünlich schillernde Fliegen stoben auf, als ich mich auf einen Stuhl in ihrer Nähe setzte.

Tatsächlich hatte es Frau Tolma geschafft, einen kleinen Tisch freizuräumen, auf dem sie uns Kaffee und Käsekuchen servierte. Sophie hielt ihre Schultern ein wenig hochgezogen. Ihre Stimme klang mädchenhaft, als sie sagte: »Du musst das alte Gemüse rauswerfen. Guck, das verschimmelt ja schon. Das ist nicht gesund für dich.«

»Jaja, was gesund für mich ist. Bevor mich das Gemüse tötet, hat mich die Einsamkeit hier draußen längst umgebracht. Was meinen Sie, junger Mann: Kann Gemüse töten? Haben Sie schon einmal von Killergemüse gehört, oder gibt es so etwas nur im Kopf meiner Tochter?«

Ich musste mich räuspern, bevor ich sprechen konnte. Der Gestank war allgegenwärtig. »Alles eine Frage der Dosis. Wenn Sie genug von dem verfaulten Gemüse essen, hat Ihre Einsamkeit vermutlich ein Ende.«

»Sie glauben also, mit dem Tod ist alles vorbei?« Sie zündete sich eine Zigarette an, was ich zum Anlass nahm, dasselbe zu tun.

»Sicher bin ich mir nicht, teile aber die Ansicht Ihrer Tochter, dass verfaultes Gemüse die Behaglichkeit einer Küche schmälern kann.«

Frau Tolma sah mich mit einem schwer zu deutenden Blick an. »... ›Die Behaglichkeit einer Küche schmälern kann‹. – Wie gescheit der daherredet. Bestimmt ein Student. Na, mit Halbgebildeten habe ich Erfahrung. Und? Sind Sie der Liebhaber meiner Tochter?«

»Nein«, sagte ich, bevor Sophie etwas sagen konnte.

»Ich bin ein Freund. Sophie und ich wollten ein bisschen durch die Gegend wandern. Und da wir ja nun schon einmal in der Nähe waren ...«

»Na, das ist ja mal was. Wissen Sie, Sophie bringt sonst nie jemanden mit. Nie. Also, ich habe noch nicht einen ihrer Liebhaber zu Gesicht bekommen. Da dachte ich, Sie wären mal so einer.« Frau Tolma beobachtete mich unverhohlen, so wie Kinder Fremde betrachten. Mein Rücken fühlte sich noch immer so an, als hätte sich eine kalte Eisenklaue etwas oberhalb des Steißbeins in meinen Körper gebohrt.

»Also, wissen Sie: Manchmal glaube ich, Sophie denkt sich ihre Freunde nur aus. Sie sind das erste, was ich in dieser Hinsicht zu Gesicht bekomme. Als Kind hatte sie ja auch immer einen unsichtbaren Freund.«

»Mama«, mehr sagte Sophie nicht.

»Na ja, vielleicht war es nicht nur einer, sondern ein ganzes Sortiment. Eine sehr fantasiebegabte Tochter habe ich da. Und dann all die Bücher und das Rumhocken vorm Computer. Davon wird das ja auch nicht besser.«

»Haben Sie den Kuchen selbst gebacken?«, warf ich ein.

Frau Tolma verengte ihre Augen zu Schlitzen. »Nein, nein. Es gibt einen ausgezeichneten Konditor vor Ort. Wieso sollte ich mich dann mit so etwas wie Kuchenbacken beschäftigen?«

»Schmeckt auf jeden Fall ausgezeichnet. Darf ich fragen, was Sie sonst so tun?« Ich aß einen weiteren Bissen, wobei ich wegen der extravaganten Geruchskulisse tunlichst nicht durch die Nase atmete.

»Sie sehen doch, wie groß das Haus ist. Das allein ist schon eine Vollzeitbeschäftigung. Außerdem vermiete ich zwei Wohnungen bei Frankfurt. Mir wächst es über beide Ohren. Die Mieter hängen mir zum Hals heraus. Ständig neuer Ärger. Und glauben Sie nicht, da bliebe mal einer länger als zwei Jahre. Alle paar Monate geht der Spuk von Neuem los. Sophie ist für geschäftliche Dinge ja ungeeignet, und mein Sohn ist doch beruflich sehr eingebunden. Noch etwas Kaffee?«

»Gerne«, sagte ich und hielt ihr meine Tasse hin.

Eine verstört wirkende Katze sah mir dabei zu, wie ich etwas Kuchen mit Kaffee die Speiseröhre hinunterspülte, wo sich Gebäck und Getränk auf halber Strecke zur Umkehr entschieden. Etwas atemlos fragte ich nach der Toilette.

Das Gäste-WC der Tolmas enthielt genug Klopapierrollen, um die Regensburger Domspatzen zu mumifizieren. Auch hier gab es wieder eine Katze. Sie drückte sich in eine Ecke, als ich hereinkam. Während ich mich ins Klo erbrach, entwischte sie durch das geöffnete Fenster.

Nach dem Kotzen fühlte ich mich erfrischt und stark genug, in die Küche zurückzukehren, in der sich Mutter und Tochter unterhielten.

»Woher soll ich das wissen?« Frau Tolma zuckte mit den Achseln und lächelte mir zu, als habe ihre Tochter gerade eine reichlich dumme Frage gestellt.

»Aber du sortierst doch immer alles, du hast doch diese Listen. Du musst doch wissen, in welcher Kiste sie sein könnten.«

»Liebes, wenn du wüsstest, was ich schon alles im Kopf habe, da merke ich mir doch nicht jedes einzelne Ding, das du hier irgendwann einmal liegen lässt.«

»In meinem früheren Zimmer habe ich sie nicht gefunden. Du hast ja auch diese ganzen anderen Sachen da hineingestellt.«

»Jaja. Nun hör schon auf. Was willst du überhaupt mit diesen Kassetten? Wer soll sich das denn bitte schön anhören?«

Sophie senkte den Kopf ein wenig. Es war eine völlig spontane Geste, als drücke ihr ein Unsichtbarer in den Nacken. »Das ist doch egal«, sagte sie. »Ich will nur meine Kassetten haben. Und die Notizbücher.«

»Wissen Sie«, wandte sich Frau Tolma an mich, »meine Tochter hat früher immer diese Aufnahmen gemacht. Man wusste bald gar nicht mehr, wo man in diesem Haus noch hinsoll. Immer verfolgte einen dieses Gerede mit verschiedenen Stimmen. Manchmal hat sie dann auch noch gesungen. Naja, man lernt ja Geduld. Mit Kindern lernt man Geduld.«

»Ihre Tochter hat sicher auch Geduld gelernt«, sagte ich und schob den Teller mit dem halb gegessenen Käsekuchen zur Seite.

»Ach?«, sagte Frau Tolma. »Das ist ein interessanter Gedanke.«

»Und sie hat eine schöne, geschmackvoll eingerichtete, ordentliche Wohnung. Das ist ja auch nicht selbstverständlich.«

»In ihrer Wohnung sind Sie also schon gewesen. Und da hat es Ihnen gefallen, ja? Vielleicht beherrscht meine Tochter neben Innenausstattung auch noch andere Sachen ausgezeichnet, was meinen Sie?«

»Zweifellos.«

»›Zweifellos‹. Wie er das sagt. Nun müssen Sie aber mal etwas über sich erzählen. Ich frage mich, warum meine Tochter ausgerechnet Sie hierherschleppt. Und jetzt will sie die Hörspiele und Klavieraufnahmen suchen, vielleicht, um die Ihnen vorzuspielen. Und die Notizbücher, um Ihnen daraus vorzulesen. Die rührenden Gedanken einer Heranwachsenden. Also, was sind Sie denn nun für einer?«

»Was soll man denn auf so eine Frage antworten?« Sophie warf mir einen Blick zu.

»Na, irgendwas Geistreiches, hoffe ich doch.«

»Ich heiße Thomas Hell, bin sechsundzwanzig Jahre alt, Sternzeichen Krebs, im keltischen Baumhoroskop Tanne. Zurzeit arbeite ich in Nikolais Abteilung bei CPC als Ich-weiß-nicht-was. Meine Hobbys sind Kochen und Saufen. Noch Fragen?«

»Kochen und Saufen? Das ist doch mal etwas. Und in welchem Verhältnis stehen Sie denn nun zu meiner Tochter?«

»Das geht Sie nichts an.«

»Das war nicht besonders geistreich.«

Ich atmete hörbar aus.

»Sophie«, Frau Tolma markierte in ihrem Tonfall die große Dame. »Wolltest du nicht einmal nach den Kassetten sehen? Vielleicht findest du ja durch die Listen im Wohnzimmer etwas heraus. Du weißt doch, wo die liegen.«

Sophie stand tatsächlich auf, warf mir noch einen Blick zu und verließ die Küche, nachdem ich durch Nicken und vorgestülpte Lippen signalisiert hatte, dass ich für meinen Teil alles unter Kontrolle hatte.

»Vielleicht komme ich Ihnen altmodisch vor«, sagte Frau Tolma, »aber ich kenne Sophie ein wenig länger als Sie. Ich habe sie neun Monate im Bauch getragen, sie aus meinem Leib heraus ernährt, ich habe sie jahrelang um mich gehabt, so selbstverständlich wie die Luft zum Atmen. Ich habe eine Verantwortung für sie, und ich schaue mir die Menschen gerne etwas genauer an, mit denen sie verkehrt. Heute nimmt man das ja recht leichtfertig, aber das ändert nichts daran, dass falsche Kontakte ein ganzes Leben zerstören können.«

»Den Eindruck gewinne ich langsam auch.«

»Sie sind nicht der erste Mann in meinem Leben, der hinter kessen Sprüchen seine Unsicherheit verstecken will. Außerdem erkenne ich einen Schürzenjäger mittlerweile auf den ersten Blick. Das ist nichts für meine Tochter.«

Ich faltete meine Hände und stützte mein Kinn darauf, während ich Frau Tolma ansah. »Vielleicht sollten Sie Paarberatungen anbieten. Sie könnten den Leuten viel Leid ersparen.«

»So selbstlos bin ich nicht veranlagt. Ihnen aber gebe ich den Rat: Ersparen Sie sich unnötiges Leid.«

»Das ist jetzt aber keine Drohung, oder?«

»Wie Sie das verstehen, überlasse ich vollständig Ihnen und Ihrem wachen Geist.«

Ich war heilfroh, als Sophie schließlich wieder auftauchte und wir ohne weiteren Kaffee und Kuchen zum Aufbruch drängten. Beim Abschied gab mir Frau Tolma einen kräftigen Händedruck und sah mir in die Augen. Ihre Zunge glitt kurz und flink über ihre Oberlippe.

Als die Tür hinter uns ins Schloss fiel, hatte ich das Gefühl, nach Tagen aus der Kanalisation aufzutauchen.

»Ich könnte kotzen«, sagte Sophie.

»Ich hab schon.«

»Echt?«

»Ja. Hast du denn deine Notizbücher gefunden?«

»Ja, und vier Kassetten. Jetzt habe ich fast alles.«

Ich nickte, dann drehte ich mich noch einmal nach dem Anwesen um. Es hätte mich nicht gewundert, Frau Tolma hinter einem der Fenster zu entdecken, wie sie mit glühenden Augen hinter uns herblickte.

Sophie führte mich noch zu einer Stelle im Wald, an der morsche Bretter an ein Baumhaus erinnerten, das sie sich dort vor Jahren gebaut hatte. Wir setzten uns auf einen Baumstamm und rauchten eine Zigarette. Ich betrachtete Sophies Gesicht von der Seite. Es hatte keine Ähnlichkeit mit dem Gesicht ihrer Mutter.

Nur wenig Sonnenlicht drang bis zum Waldboden und erzeugte dort auf den Blättern einen diffusen Schimmer. Vögel zwitscherten, es raschelte im Laub, es knackte in den Stämmen, irgendwo hämmerte ein Specht,

»Hier bin ich früher oft gewesen«, sagte Sophie. »Gefällt es dir?«

Ich nickte. Sie ließ ihren Kopf auf meine Schulter sinken. Ich legte einen Arm um sie und blickte auf die Bäume, die uns ringsum einschlossen.

Am Abend lud ich Sophie in ein besseres Bonner Restaurant ein. Wir bestellten jeweils ein Menü mit vier Gängen und probierten dazu ein paar Weine.

»Du hast einen guten Geschmack«, sagte Sophie unvermittelt beim Käse.

»Meinst du die Einrichtung hier?« Ich deutete mit dem Kopf auf das seltsame Interieur des Restaurants.

»Die nicht gerade. Ich meine einfach, du hast einen guten Geschmack. Und du lässt es gar nicht raushängen.«

»Ich glaube, das ist das erste Kompliment, das du mir machst.«

»Kann nicht sein.«

»Ich glaub schon.«

»Willst du noch eins? Du bist ehrlich. Du sagst Sachen einfach so, wie sie für dich sind.«

»Das ist vermutlich weniger schlau.«

»Ich find's gut. Ich kann das nicht so gut.«

»Bist du unehrlich?«

Sophie wiegte den Kopf. »Es ist nicht so, dass ich lüge«, sagte sie schließlich, »aber ich kann manchmal Dinge nicht sagen, obwohl es wichtig wäre. Vermutlich.«

»Deiner Mutter gegenüber?«

»Auch.«

»Vielleicht brauchst du das Gefühl, dass man dir zuhört.«

»Vielleicht.« Mehr sagte Sophie nicht. Ich wartete auf irgendeine Erklärung, aber Sophie sagte nichts mehr, und ich bekam plötzlich Angst, ohne zu wissen wovor und warum.

Ich begleitete sie nach Hause. Sie schien etwas angetrunken und sang ein Lied für Vergil. Im Treffen der Töne war sie nicht herausragend, aber sie konnte aus dem Stegreif reimen, dass es eine Freude war. Auf halbem Weg nahm sie meine Hand. Wir schaukelten die Arme vor und zurück, und Sophie sang. Es war erstaunlich, was sie aus dem Thema »Hund« alles herausholte. Mitten im Singsang hielt sie inne, sah mich an und sagte: »Du bist ein guter Typ.«

»Klar«, sagte ich und tat so, als ob ich verstanden hätte, was sie mir damit sagen wollte.

Wir standen vor dem Tor zum Haus hinter den Häusern, als ich sie an mich zog. Vielleicht zog auch sie zuerst. Zumindest hielten wir uns mit einem Mal eng umschlungen und küssten uns. Anfangs dachte ich ein paar belanglose Gedanken, wie man sie nur beim Küssen denkt. Gleichzeitig entstand um Sophie und mich ein Kokon, der uns von allem abschirmte. Hin und wieder wurde mir bewusst, dass ich ihre warmen Hände hielt. Sophie roch so gut, dass ich zwischendurch tief einatmete und unwillkürlich seufzte. Wir küssten uns wieder, und plötzlich erlebte ich etwas, das ich noch nicht kannte: Sophie berührte mit ihrer Zunge nicht nur meine Zunge, sondern schien damit durch meinen ganzen Körper zu gleiten. Ich fühlte den Kuss an den Beinen, in der Brust, in meinen Hüften.

Plötzlich merkte ich, dass Sophie zitterte. Sie hörte auf, mich zu küssen, hielt sich aber weiterhin an mir fest. Das Zittern schien aus der Mitte ihres Körpers zu kommen und sich von dort auszubreiten. Sie zitterte und zitterte.

»Tut mir leid«, sagte sie und löste sich von mir. Sie trat zwei Schritte zurück und betrachtete mich, als wäre ich das Sonderbarste, das sie je gesehen hatte. Sie selbst sah blass und ängstlich aus. Wie ein Gespenst.

»Tut mir wirklich leid«, wiederholte sie mit dünner Stimme.

»Kann ich dir helfen?«

»Nein, ich geh jetzt einfach.«

»Gut«, sagte ich. »Mach dir keine Gedanken! Alles wird gut. Schlaf schön und träum was Süßes.«

Sophie schloss das Tor auf und verschwand im Durchgang.

Ich ging alleine an den Fassaden der Altstadthäuser vorbei, durchquerte die Fußgängerzone und gelangte schließlich auf die Poppelsdorfer Allee, an deren Ende das Schloss Clemensruh neben den Bäumen des Botanischen Gartens zu erkennen war. Rechts von mir lag ein breiter Rasenstreifen, links standen in regelmäßigen Abständen Bänke und Kastanien, die bauchigen Kronen an den Unterseiten von Laternen angeleuchtet. Ich blieb stehen und beobachtete einen Nachtfalter, der sich an die Lampe einer der Laternen geheftet hatte. Langsam drehte er sich um neunzig Grad und verharrte. Mit einem Mal überkam mich der Drang, sofort umzukehren und zu Sophie zu laufen, sie zu packen und festzuhalten. Der Gedanke, dass sie alleine in ihrem

Zimmer war, erfüllte mich mit Beklemmung. Ich zögerte ein paar Sekunden und versuchte, meine Gefühle zu sortieren. Dann zwang ich mich dazu, nach Hause zu gehen.

TEIL II

6. KAPITEL

Am nächsten Tag rief ich Sophie an, um einen Gang mit Vergil vorzuschlagen. Sie nahm nicht ab. Ich versuchte es ein weiteres Mal, ohne Erfolg. Nachmittags fuhr ich mit dem Rad zum Tierheim. Ich sah dort einige bekannte Hundegesichter und ihre menschlichen Aufpasser. Sophie sah ich nicht.

Tags drauf schrieb ich ihr von der Arbeit aus eine Mail, abends rief ich noch einmal bei ihr an, kam mir aber bereits doof vor und beschloss, ein paar Tage zu warten. Nach dem Ausflug zu ihrer Mutter, dem Kuss und dem Zittern musste sich Sophie vermutlich erst einmal beruhigen.

Obwohl ich mir vorgenommen hatte, Sophie den nächsten Schritt tun zu lassen, rief ich ein paar Tage später wieder bei ihr an. Nachdem ich dadurch meine Vorsätze über Bord geworfen hatte, ließ ich mich völlig gehen, setzte mich abends aufs Rad, fuhr zu ihrer Wohnung und klingelte mehrmals, wobei ich die stumme Gegensprechanlage anglotzte.

In der folgenden Woche fragte ich Nikolai nach seiner Schwester. Nikolai wusste nichts, versprach aber, sich zu erkundigen. Ich ging zwei weitere Male zum Haus hinter den Häusern und klingelte vergeblich. Einmal beendete ich meine Arbeit früher als gewöhnlich, um Sophie zu ihrer üblichen Zeit beim Tierheim oder auf dem Messdorfer Feld treffen zu können. Sie tauchte nicht auf. Im Büro des Tierheims gab eine pummelige Frau widerwillig Auskunft. Sophie sei schon seit zwei Wochen nicht mehr dagewesen. Mit Vergil gehe nun jemand anders. Sophie hätte sich noch nicht einmal abgemeldet.

Mit jedem Tag, an dem ich nichts von Sophie hörte, wurde ich unruhiger. Ständig sah ich auf mein Mobiltelefon, glaubte mehrmals am Tag, es vibriere in meiner Hosentasche, nur um dann festzustellen, dass ich unter Phantomvibrationen litt. Auf der Arbeit und zu Hause sah ich ständig in meinen Mailaccount und wurde mit jedem Mal nervöser und niedergeschlagener, weil es keine neuen Nachrichten gab, oder mich eine (1) oder (2) hinter »Posteingang« mit Erwartungen erfüllte, die durch eine Mail von Hermann oder meinem Bruder zerschlagen wurden.

Ich begann, abergläubische Wetten mit mir selbst abzuschließen: Wenn ich erst um diese oder jene Uhrzeit nach Mails schauen würde, dann wäre eine von Sophie dabei. Wenn ich ins Bett ginge, ohne noch einmal Mails zu checken, dann würde ich am nächsten Morgen sicher endlich Antwort von ihr bekommen.

Ich konnte mich kaum auf etwas anderes als Sophies Abwesenheit konzentrieren. Nach Feierabend streunte ich stundenlang durch die Stadt. Am Wochenende fing ich schon vormittags damit an. Ich lief Routen nach, die ich mit Sophie gegangen war. Während ich diesen Wegen folgte, wiederholte ich im Geiste einige unserer Gespräche, murmelte auch hin und wieder etwas vor mich hin, was sie gesagt hatte.

Am Freitag der zweiten Woche fragte ich Nikolai auf dem Gang vor dem kleinen Gemeinschaftsbüro erneut nach seiner Schwester. Er entschuldigte sich dafür, dass er ganz vergessen hatte, mir Bescheid zu sagen, und bat mich zu sich in sein Büro. Er wirkte ernst und in sich gekehrt. Als ich mich gesetzt hatte, sah er mich mit gerunzelter Stirn an, die Ellenbogen auf den Tisch gestützt, die Fingerspitzen aneinandergelehnt.

»Ich weiß nicht, in welchem Verhältnis du zu meiner Schwester stehst. Sie hat nie ein Wort über dich verloren.«

»Über dich hat sie auch nicht gerade viel gesprochen.«

»Wozu auch?« Nikolai rang sich ein angedeutetes Lächeln ab. Dann tippte er die Spitzen seiner Finger mehrmals gegeneinander und sagte: »Um es kurz zu machen: Es wäre gut, Sophie zu finden, bevor sie in Schwierigkeiten gerät. Es ist dir vermutlich aufgefallen – sie ist psychisch nicht ganz das, was man normal nennt.«

Ich beugte mich im Stuhl ein Stück nach vorne und fragte: »Wie meinst du das?«

»Ich könnte es nett ausdrücken und sagen, sie ist mit einer überreichen Fantasie gesegnet.«

»Und weniger nett ausgedrückt?«

»Meine Mutter und ich sind ja nur medizinische Laien.«

»Ja, und?«

»Vielleicht sollten wir uns mal nach der Arbeit unterhalten.«

Ein strahlender Frühlingstag zeichnete sich hinter der Glasfront des Büros ab, neun Stockwerke über den Straßen der Stadt. Ich zuckte mit den Achseln und wollte aufstehen, aber der Stuhl schien seine Anziehungskraft verdreifacht zu haben. Um mich zu erheben, musste ich meinen Willen zusammennehmen. Ich gab Nikolai die Hand und dankte ihm für seine Erklärungen.

Später kam er in mein Büro und fragte, ob ich Lust hätte, nach Dienstschluss etwas mit ihm zu trinken. Ich hatte nichts dagegen. Wir landeten im *low budget*, einem Laden im Belgischen Viertel, der mit Tequila vom Fass warb. Nikolai schwang sich auf einen Barhocker am Tresen, zog sich die Krawatte vom Hals und knüllte sie in die Innentasche seines Jacketts.

Es war ein etwas merkwürdiges Bild, wie er zu einem obskuren Hardcore-Song die Lippen schürzte und mit dem Kopf im Takt nickte. Eine braun gebrannte Frau mit schwarzen Locken und frühen Falten nahm unsere Bestellung entgegen. Mir war nach Hefeweizen zumute. Nikolai wollte erst keinen Alkohol trinken. Er sagte, er hätte es mal wieder mit dem Magen und müsse aufpassen. Schließlich stieg er aber doch ein.

»Ich habe nicht die geringste Ahnung, wozu ich den Job mache«, sagte er nach dem ersten Schluck. »Kannst du dir das vorstellen? Ich habe keine, absolut keine Ahnung!«

»Um Geld zu verdienen?«

Nikolai nickte und kehrte den Blick nach innen. Ich hatte damit gerechnet, dass er mit mir über Sophie sprechen wollte. Stattdessen zog er eine Ich-bin-ein-unzufriedener-Manager-Nummer ab. Ich befürchtete schon, dass er mir gleich erzählen würde, er wolle eigentlich etwas ganz anderes machen. Etwas Soziales oder etwas Kreatives. Malworkshops mit Straßenkindern in Rio de Janeiro.

»Mir geht es nicht schlecht«, sagte Nikolai, »aber ich habe Aussetzer. Ich weiß manchmal nicht mehr, was ich vor fünf Minuten gesagt oder gemacht habe. Das ist schon ein bisschen komisch, oder?«

»Das ist vermutlich deine Art abzuschalten.«

»Vielleicht haben wir Tolmas einfach alle einen an der Waffel.« Nikolai lachte auf und trank einen demonstrativ großen Schluck. Ich zündete mir eine Zigarette an. Mir war nicht ganz klar, was die Veranstaltung sollte, aber irgendwie fühlte ich mich geschmeichelt, dass mein Chef mit mir einen trinken ging.

»Ich bin mir nicht sicher«, fing Nikolai wieder an, »aber manchmal glaube ich, die Arbeit ist mir so egal, weil mich ganz andere Probleme beschäftigen.«

»Ach ja?«

»Willst du das wirklich hören? Ich meine, ich rede dich hier voll. Am Ende bekommst du noch ein ganz falsches Bild von mir.«

»Solange du dich nachher nicht ärgerst.«

Nikolai zögerte. Dann sagte er: »Vermutlich bin ich einfach überfordert. Zu viel Arbeit, die mir zu wenig bedeutet. Zu viele verschiedene Dinge im Kopf. Zu wenig Schlaf. Zu wenig Ausgleich und zu wenig Spaß. Und jetzt verschwindet auch noch Sophie. Ich war ja immer für sie verantwortlich. Gerade als ich in das Alter gekommen bin, in dem man sich von zu Hause abnabelt, fing es an. Dass sie mittlerweile halbwegs alleine wohnen kann, ist für mich schon eine Erleichterung. Vor ein paar Jahren hätte ich das nicht geglaubt. Ich habe ihr auch den Job bei CPC besorgt, natürlich nur als Freie. Solange Sophie alleine an einem Rechner programmieren kann, ist sie eine gute Arbeiterin.« Nikolai lachte wieder.

»Auf mich macht Sophie einen ganz gesunden Eindruck.«

»Jaja, das hat sie gelernt. Einen gesunden Eindruck zu erwecken. Hat sie dir nichts über unsere Familie erzählt?«

»Kaum. Euer Vater ist mit einer anderen durchgebrannt.«

»Durchgebrannt ist vielleicht nicht das richtige Wort. Er hat es nicht mehr ausgehalten. Eine psychisch kranke Tochter kann eine Familie schwer belasten. Hat sie noch mehr erzählt?«

»Nein. Hätte sie mir noch was erzählen sollen?«

»Sie bildet sich gerne ein, dass sie das Opfer ist. Mal fühlt sie sich von ihrer Mutter verfolgt, dann von mir. Dass wir immer zusammenhalten und immer gegen sie sind. Du kannst dir denken, wie traurig das ist: Du tust alles für jemanden, und der behandelt dich plötzlich, als wärst du sein Feind.«

»Kann ich mir bei Sophie nicht vorstellen.«

»Musst du auch nicht.«

»Was für eine psychische Störung hat sie denn?«

»Wir haben da keine Diagnose. Sie war ja bloß ein paarmal bei einem Wald- und Wiesenpsychiater. Wegen ihren unsichtbaren Freunden. Danach hat sie so getan, als würde sie nicht mehr an die glauben.«

»Das ist schon eine Weile her, oder?«

»Da war sie neun. Der Psychiater hat eine schizoide Persönlichkeitsstörung vermutet. Ich denke aber, dass sich Sophie chronisch am Rande einer Schizophrenie bewegt.«

»Da kann man sich am Rand bewegen?«

»Das Wort ist ein großes Fass, da werden viele verschiedene Störungen hineingeworfen. Bei bestimmten Positiv- oder Negativsymptomen spricht man eben von Schizophrenie. Aber ich kann das nicht wirklich beurteilen. Ich kann nur sagen: Sophie erlebt ihre Fantasien offenbar als

Realität und steigert sich in ihre eigenen Vorstellungen hinein.« Nikolai forschte in meinen Augen nach Verständnis, wandte sich dann wieder ab und trommelte ein paar Mal mit den Fingerspitzen auf den Tresen.

»Hast du ein Beispiel?«

»Glaubst du an Geister?«, fragte er dann.

Ich schüttelte den Kopf. »Nicht wirklich.«

»Du glaubst nicht, dass Tote einem noch etwas tun können, oder?«

»Wie sollten sie?«

»Eben.« Nikolai sah ins Nichts. Ich war mir nicht sicher, aber für einen Moment schien er zu lächeln.

»Es ist alles nur im Kopf«, sagte er leise. »Nur im Kopf.«

Für einige Minuten schwiegen wir, tranken von unserem Bier und konzentrierten uns auf die Musik und die Frau hinter dem Tresen. Ein Johlen drang vom Kicker herüber. Offenbar freute sich ein Team über einen Sieg oder zumindest ein großartiges Tor.

Es war gegen 22 Uhr, als ich nach Hause fahren wollte. Nikolai hielt mich am Arm. Mit nicht sonderlich beweglicher Zunge erklärte er mir, dass keiner von uns noch fahren könne. Ich fühlte mich nach den fünf Hefeweizen zwar eher frisch als matt, ließ mich aber überreden, noch ein paar Bier zu trinken und später bei ihm zu übernachten.

Nikolais Wohnung lag wie das *low budget* im Belgischen Viertel und entsprach in etwa dem, was ich mir vorgestellt hatte. Sie war groß, spärlich eingerichtet und wirkte so, als ob sich selten jemand in ihr aufhielt. Es gab eine Küchenplatte aus Beton, herumstehende Pappkartons, einen Laptop, wenige Bücher und sehr viele Schallplatten. Außerdem eine High-End-Anlage von Harman Kardon und einen Balkon, der ein Panorama bot, wie man es in der Regel nur in Werbungen für trendige Produkte für trendige Leute sieht.

Nikolai schmierte mir ein Sandwich mit einer Anchovispaste und richtete mir ein ausklappbares Sofa zu einem frisch bezogenen Bett. Bevor er in sein Zimmer ging, legte er mir noch zwei Handtücher und Unterwäsche von sich raus. Ich hätte ihn gerne noch etwas über Sophie gefragt, wusste aber nicht, was genau ich sagen sollte. Vielleicht hatte ich auch Angst vor seinen Antworten. Mit einem Druckgefühl im Magen schlief ich ein.

7. KAPITEL

Am nächsten Tag ging ich ein weiteres Mal zum Haus hinter den Häusern. Diesmal drückte ich wahllos einige Klingeln. Aus zwei Gegensprechanlagen knarzten Stimmen. Ich erklärte ein wenig konfus, dass ich Sophie Tolma suchte.

Ein paar Augenblicke später stand ein nicht sonderlich großer Mann mit Glatze vor mir. Er mochte Ende Vierzig sein und wirkte abgesehen von den leuchtenden Augen eher unscheinbar. Er gab mir eine angenehm weiche Hand, während er mit der anderen über meine Schulter strich. »Komm doch rein. Ich habe gerade Tee gemacht. Dann können wir uns in Ruhe unterhalten.«

Ich stellte mich vor. Er nannte irgendeinen Namen, den ich mir nicht merken konnte. Etwas Exotisches mit vielen i's und a's. Es handelte sich eindeutig um den Swami, der laut Sophie früher Wolfgang geheißen und den Ehrentitel und den komplizierten Namen von einem langen Aufenthalt in Indien mitgebracht hatte. Ich folgte ihm in eine Küche mit orange gestrichener Tapete, in der bereits eine junge Frau in einem übergroßen Wollpullover saß, ihre Hände in den Ärmeln versteckte und bei meinem Eintreten »Vera« nuschelte. Tatsächlich gab es frischen Tee, von dem ich einen Becher nahm.

»Ja, Thomas, das ist eine merkwürdige Geschichte.« Der Swami sah abwechselnd Vera und mich an. Vera nickte.

»Wir wissen auch nicht, wo sie ist. Mehr als einen Koffer kann sie nicht mitgenommen haben.«

»Hat sie irgendetwas gesagt?«

»Nein, das hat sie nicht, und wir finden es echt schade, dass sie einfach so gegangen ist.«

»Seit wann ist sie weg?«, fragte ich ungeduldig.

»Das war vorletzten Sonntag. Da habe ich sie das letzte Mal gesehen.« Der Swami schien nachzudenken. »Du bist nicht der Erste, der nach ihr fragt.«

»Ah ja?«

»Vor ein paar Tagen war ihr Bruder da.«

»Nikolai?«

»Ah, ihr kennt euch. Er hat gesagt, er kümmert sich um alles. Er lässt nach Sophie suchen.«

»Hat er noch etwas gesagt?«

»Er will die Miete zahlen. Und er hat gesagt, er holt Sophies Sachen ab, wenn sie nicht in einem Monat wieder da ist.«

Ich stützte meinen Kopf auf meine Hände und massierte mir mit den Handflächen die Augen.

»Das geht dir nah.«

Ich drehte diesen Satz ein paarmal in meinem Kopf. Kein Zweifel: Der Mann hatte tatsächlich »Das geht dir nah« gesagt.

»Du solltest dich erst einmal entspannen. Es gibt keine Probleme, wenn du ganz entspannt im Hier und Jetzt bist.«

Ich nickte.

»Wenn du jemanden liebst, musst du ihn freilassen.«

Ich nickte wieder. Ein paar Tage mit dem Erleuchteten und ich würde so enden wie Vera – einsilbig und nickend. Ich seufzte und fragte: »Könnte ich mal einen Blick in ihr Zimmer werfen?«

Sophies Schlafzimmer sah, von den Lichtverhältnissen einmal abgesehen, kaum anders aus als in der Nacht, in der ich sie besucht hatte. Nur das Kafka-Buch lag nicht mehr neben dem Bett. Ich ließ meinen Blick eine Weile umherwandern, sah aber nichts, das mir irgendeinen Aufschluss gab. Auch im Arbeitszimmer konnte ich nichts Spektakuläres entdecken.

»Es gibt Notizbücher, in denen vielleicht etwas steht«, sagte ich. »Könnte ich mich danach umsehen?«

»Nur zu. Schau dich um.« Swami Wolfgang deutete mit der offenen Hand ins Zimmer. Dummerweise konnte ich nirgendwo Notizbücher entdecken. Auch die Audiokassetten waren nicht aufzutreiben. Allzu genau schaute ich nicht, weil es mir etwas peinlich war, in Sophies Sachen herumzuwühlen.

»Hattet ihr eigentlich den Eindruck, dass es Sophie gut geht?«, fragte ich, während ich ein paar Schubladen aufzog und den Inhalt betrachtete.

Swami Wolfgang schien in sich zu gehen, bevor er antwortete: »Da war schon auch düstere Energie bei ihr. Vor allem um den Kopf herum. Sie hatte Schwierigkeiten, sich einzulassen.«

Vera lehnte im Türrahmen und nickte.

Ich fragte: »Auf was?«

»Auf das Heilende.«

»Auf euch?«, fragte ich.

Der Swami schmunzelte. »Du bist auch ein wenig so.

Ein wacher Geist, aber wenig Vertrauen. Aber jeder hat seine Geschichte.«

Verwundert stellte ich fest, dass Vera zu diesem schönen Allgemeinplatz nicht nickte.

»Schau, es ist so«, sagte ich in einem ähnlichen Tonfall wie der Swami. »Ihr Bruder behauptet, sie sei psychisch krank.«

Der Glatzkopf sah mir tief in die Augen: »Das sind wir alle.«

Ich versuchte, eine verständnisvolle Miene aufzusetzen. »Natürlich, aber manche vielleicht etwas mehr als andere.«

»Ja«, sagte der Swami. »Manche sind in noch mehr Splitter zerfallen. Aus Angst verhärten sie ihr Ego. Das ist die große Krankheit.«

»Und hat Sophie ein besonders verhärtetes Ego? Muss sie Medikamente nehmen? Wirkt sie richtig gestört, gaga, plemplem?«

»Sophie ist ein starkes Wesen. Aber ihre Aufgaben sind auch sehr groß.«

»Könntest du das noch ein wenig konkreter ausdrücken?«

»Ich habe bei ihr eine große Energie gespürt. Einiges von der Energie haftet aber noch an Vergangenem und ungelösten Verstrickungen.«

»Glaubst du, sie ist schizophren?«

»Schizophren? Das ist ein Konzept des dualen Denkens.«

»Lass es mich anders ausdrücken: Würden dual denkende Experten Sophie als schizophren einstufen?«

»Ist das wirklich die Frage? Was sagt dir dein Herz?«

Ich wollte etwas sagen, blieb aber plötzlich gegen meinen Willen stumm.

Zum Abschied legte mir der Swami beide Hände auf die

Schultern, sah mich lächelnd an und sagte: »Der Verstand ist ein guter Diener, aber ein schlechter Meister.«

Ich nickte, bevor Vera es tat.

Zu Hause legte ich zum ersten Mal seit langer Zeit Heavy Metal auf. Ich hörte die gesamte »Reign in Blood« von *Slayer* in nachbarschaftsverneinender Lautstärke. Danach fühlte ich mich ein wenig entspannter.

Am Abend traf ich mich mit Hermann im Sowjetlokal *GUM*. Hinter der Theke stand Cora, eine fröhliche, junge Frau mit langen, schwarz gefärbten Haaren und einem Kleiderstil zwischen Heavy Metal und Gothic. Seit ungefähr einem Jahr arbeitete sie im *GUM*, seit ungefähr einem Jahr himmelte Hermann sie an, und seit ungefähr einem Jahr merkte ich, dass sich Cora nicht im Geringsten für Hermann, aber durchaus für mich interessierte. Ich mochte sie und hätte nichts dagegen gehabt, mich mit ihr zu verabreden. Aus Rücksicht auf meinen Freund sah ich von einem solchen Rendezvous ab. Ich hatte den Eindruck, dass Cora die Motivation hinter meiner distanzierten Art durchschaute und mich deswegen nur umso besser fand. Wie so oft redete sie ganz unbefangen irgendeinen Blödsinn mit uns, während Hermann und ich am Tresen unser Baltika-Bier tranken. Sie machte ein paar Witze auf meine Kosten, für die ich mich mit vergleichbaren Sticheleien revanchierte. Der schlagfertig-belanglose Wortwechsel war nicht Hermanns Metier. Und es ging ja auch nicht um ihn. Deshalb schlüpfte er in seine Gala-Rolle als ernsthaft-väterlicher Therapeut, der mit mir ein ernstes Gespräch von Mann zu Mann ohne störenden weiblichen Firlefanz zu führen hatte. Ausführlich legte er mir dar, was ich selbst längst wusste, aber nicht klar denken wollte: Wenn Sophie verschwand, ohne mir etwas zu sagen, dann hatte sie entweder wenig Interesse an mir, oder ihr war etwas zugestoßen, oder sie hatte einen Schatten, der alles übertraf, was ich in dieser Hinsicht bei Frauen bisher erlebt hatte. Auch Hermanns Analyse von Nikolais Erklärungen bestach durch ihre Schlichtheit: »Entweder er hat recht, dann ist Sophie krank. Oder er belügt dich, dann hat Sophie einen wirklich seltsamen Bruder.«

»Warum sollte er mich belügen?«

»Um etwas Schlimmeres zu verbergen.«

»Okay, hab ich auch schon überlegt. Nikolai hat seine Schwester vergewaltigt, gevierteilt und dann unter dem Müll im Haus seiner Mutter vergraben.«

»Das glaube ich nicht«, sagte Hermann nervtötend ernst. »Dann würde er dir eine andere Geschichte erzählen. Zum Beispiel: Oh, meine arme Schwester ist selbstmordgefährdet.«

»Ja, eines Tages wird sie sich noch vierteilen.«

»Mach du nur deine Witze. Du weißt schon, was ich meine.«

Beim fünften Baltika-Bier bot mir Hermann an, die Adressen sämtlicher psychiatrischer Kliniken im Umkreis von hundertfünfzig Kilometern herauszusuchen. Ich erklärte, dass ich noch einmal zu ihrer Mutter fahren würde. Mehr fiel uns nicht ein. Und auch die gut gelaunte Cora wusste am Ende des Abends nichts Vielversprechenderes zu sagen als: »Man sieht sich.«

Am nächsten Samstagmorgen parkte ich meinen Kadett um kurz nach elf in Kreuzheim in der Nähe der Bushaltestelle. Eine Intuition hatte mich davon abgehalten, direkt bis auf das Grundstück von Frau Tolma zu fahren. Ich ging noch ein wenig durch den Ort und machte mich dann auf den Weg zu meinem eigentlichen Ziel. Dieses Mal erstreckte sich die Gegend unter einem dunkelgrauen, tiefhängenden Himmel, in den die Tolma-Villa wie ein Brocken aus den Weiten des Weltalls ragte. Während ich darauf zuging, dachte ich so stark an Sophie, dass ich sie beinahe neben mir zu sehen glaubte: ihre langsamen Schritte, ihre Hände, die über die Halme am Rande des Rinnsals strichen.

Ich ging nicht direkt zur Eingangstür, sondern zur Rückseite des Gebäudes. Die Hände in den Taschen, schaute ich eine Weile auf einen leicht verwilderten, von einer Hecke umgrenzten Garten. Fleckige Statuen standen sinnlos in der Gegend, Büsche verbreiteten Friedhofscharme und in einem nierenförmigen, wasserlosen Swimmingpool klebten ein paar Blätter von den Bäumen des Waldes, der gleich hinter dem Garten begann. Bei meinem Weg ums Haus herum entdeckte ich an der Querseite eine moosbewachsene Treppe. Begleitet von einem rostigen Geländer führte sie nach unten zu einer Tür: eine nicht sonderlich solide wirkende Holzkonstruktion, gesichert durch ein Vorhängeschloss. Ich stieg die zwölf Stufen nach unten, legte mein Ohr ans Holz und hörte nichts.

Als ich zur Vorderseite des Hauses zurückkehrte, fuhr gerade ein dunkler Land Rover vor. In dem klobigen Wagen saß Frau Tolma, die mich beim Aussteigen beinahe ängstlich ansah.

»Was machen Sie denn hier? Sophie ist nicht da.«

»Ich weiß. Ich möchte mit Ihnen sprechen, wenn es keine Umstände macht.«

»Na, Sie haben ja Courage, hier unangemeldet aufzukreuzen.«

Kurz darauf saß ich mit Frau Tolma in der Küche. Sie hatte keinen Besuch erwartet. Deshalb stand tatsächlich noch mehr Plunder herum als beim letzten Mal. Es gab keine freie Stelle, um eine Tasse Kaffee abzustellen.

»Tut mir leid, wenn ich Ihren Wochenendfrieden störe«, eröffnete ich das Gespräch. »Ich will mich auch gar nicht um Ihre Tochter zanken.«

»Oho. Was hat Sie dann hierher geführt? Hatten Sie Sehnsucht nach mir?«

Ich verzog unwillkürlich das Gesicht. Frau Tolma bemerkte das und lachte gekünstelt.

»Sophie ist verschwunden. Das wissen Sie, oder?«

»Sie sind zu mir gekommen, weil Sie sich Sorgen um Sophie machen?«

»Ja.«

»Das muss große Liebe sein.«

»Wenn Sie das ›große Liebe‹ nennen wollen – bitte schön.«

Frau Tolma zupfte mit silbern lackierten Fingernägeln an ihren Haaren. Dann strich sie mit zwei Fingern darüber und sah mich lange an. Irgendwann, als ich es schon kaum noch aushielt, sagte sie: »Na, bei mir hat sie sich auch nicht abgemeldet. Vielleicht ist sie zu einem dieser Computertreffen, um sich mit anderen blassen Gestalten über etwas Technisches auszutauschen.«

»Doch nicht über drei Wochen und ohne sich bei irgendwem abzumelden.«

»Nun ja, Sophie ist ein etwas eigenwilliger Charakter. Ich denke nicht, dass Sie sich um sie sorgen müssen.«

»Möglich. Sie kennen Ihre Tochter besser als ich. Aber Nikolai sagt etwas anderes.«

Frau Tolma sah mich an und legte den Kopf ein wenig schief. Aus irgendeinem der Zimmer drang ein Poltern. Frau Tolma fuhr herum. Sie zischte etwas, das ich nicht verstand. Dann, wieder zu mir gewandt, fragte sie: »Mögen Sie ein Glas Wein mit mir trinken?«

»Jetzt?«

»Arbeiten müssen Sie ja wohl heute nicht mehr.«

Sie holte eine Flasche Rotwein, entkorkte sie, schaffte etwas Platz auf dem Tisch und füllte mir ein fleckiges Glas fast bis zum Anschlag. Sie prostete mir zu und sah mir tief in die Augen.

»Mögen Sie Bruckner?«

»Ich weiß nicht einmal, wer oder was das ist.«

»Ich liebe Bruckner, aber für so junge Leute ist das ja meistens nichts. Hier auf dem platten Land findet man selten jemanden, der solche Interessen mit einem teilt. Ein furchtbares Pack: Alles ist nur aufs Praktische ausgerichtet. Selbst diese ganzen Messen, Prozessionen, Wallfahrten, Marienandachten und weihrauchschwenkenden Messdienerbuben – alles nur, damit der liebe Gott gleich hier auf Erden hilft, wenigstens gegen die Langeweile.«

»Schlimm, schlimm, aber vielleicht reden wir jetzt einmal über Sophie. Vielleicht ist ihr etwas passiert, verstehen Sie?«

Frau Tolma ließ ihren Blick missmutig über das Gerümpel in der Küche schweifen: »Na schön: Wenn Sie Bruckner schon nicht kennen, dann können Sie vermutlich auch nichts mit Mahler oder Prokofjew anfangen.«

»Nikolai sagt, Sophie ist psychisch krank. Sie braucht Hilfe.«

»Haben Sie wenigstens ein Faible für Malerei? Die Alten Meister oder die Leipziger Schule? Von mir aus auch irgendwelche Expressionisten. Hauptsache, Sie sind kein reiner Barbar.«

»Frau Tolma, ich möchte gerne ein paar Dinge klarstellen.«

»Oh, das ist ja schön.« Sie goss mir Wein nach, obwohl mein Glas noch halb voll war.

»Erstens: Ich interessiere mich im Moment nicht für irgendwelche Hobbys von Ihnen.«

»Na, Sie wissen doch gar nicht, was ich des Weiteren für Leidenschaften pflege.«

»Zweitens«, überging ich ihren Kommentar, »möchte ich ungern mehr Zeit als nötig hier verbringen. Und drittens ...«

Sie lachte laut auf. »Na, hat man Töne? Sitzt in meiner Küche, trinkt meinen Wein und macht Komplimente wie mein Exmann. Das ist ja wundervoll.«

»... und drittens: Ihr Sohn behauptet, dass Sophie seit ihrer Jugend an einer schweren psychischen Störung leidet. Das dürfte Ihnen ja nicht entgangen sein.«

Eine Weile war es still in der Küche. Wenn man nicht redete, wurde der Gestank noch überwältigender. Die Vorstellung, dass Sophie ihre ganze Kindheit und Jugend in diesem Haus verbracht hatte, trieb mir den Mageninhalt genauso hoch wie der Geruch selbst. Der Gesichtsausdruck meiner Gesprächspartnerin hatte sich verändert. Das maskenhafte Lächeln war einer wölfischen Fratze gewichen. Kurz quälte mich die Vorstellung, Frau Tolma könnte mit einem Satz auf mich zuspringen und mir in den Hals beißen. Stattdessen klackte sie nur mit ihren langen, silbernen Fingernägeln gegen ihr Weinglas und musterte mich. Ich hielt dem Blick stand und sagte: »Ist doch vielleicht ganz gut, wenn hier mal einer die Wahrheit sagt.«

»Ach, Sie sind so eine ganz ehrliche Haut? Wundervoll. Da bin ich ja beruhigt. Deshalb sind Sie hier auch mit Sophie aufgetaucht und erzählen mir zuerst, Sie wären nur ein Freund. Dann wussten Sie plötzlich nicht mehr, in welchem Verhältnis Sie zu meiner Tochter stehen und jetzt geben Sie hier den Sherlock Holmes. Sogar ums Haus sind Sie geschlichen. Dass Sie ein ganz eigenartiger Vogel sind, müssen Sie wohl selbst zugeben. Sie legen sich mehr ins Zeug als alle anderen Freunde von Sophie zusammen. Na, die hat sie ja auch nie mit hierhergebracht.«

»Seltsam, woran liegt das bloß?«

»Wollen Sie es mir nicht sagen, wo Sie doch gerade so eine ehrliche Phase haben?«

»Dieses Haus ist reif für das Guiness-Buch der Rekorde, das ist Ihnen doch klar, oder?«

»Wie bitte?«

»Die größte Indoor-Mülldeponie der Sackeifel, würde ich sagen.«

»Sie beschweren sich über die Ordnung und Sauberkeit in diesem Haus? Habe ich das richtig verstanden?«

»Das haben Sie richtig verstanden.«

»Ihre Kinderstube lässt wirklich arg zu wünschen übrig.«

»In diesem Haus lässt jede Stube arg zu wünschen übrig. Und was der Tierschutz zu Ihrem kleinen Katzen-KZ sagt, könnte man ja auch mal in Erfahrung bringen.«

»Und jetzt glauben Sie, dass ich mit Ihnen kooperiere? Wo Sie mir so viele hübsche Komplimente machen? Was glauben Sie eigentlich? Ihre Kleinbürgervorstellungen können Sie für sich behalten. Wie ich mein Haus verwalte, ist meine Sache.«

»Wenn Ihre Tochter hier nicht krank geworden wäre.«

»Meine Tochter ist nicht krank.« Frau Tolma hielt kurz inne und fügte dann in einem kontrollierteren Tonfall hinzu: »Zumindest nicht so, wie Sie meinen, und es hat nichts mit dem Haus zu tun.«

»Wie meine ich es denn?«

»Na, Sie verstehen unter ›psychisch krank‹ bestimmt etwas anderes als Nikolai.«

»Was ist mit ›Schizophrenie‹?«

»Schizophrenie. Ich bitte Sie.«

»Was meint Nikolai dann?«

»Sophie war als Kind etwas eigenartig. Unsichtbare Freunde, Kontaktschwäche, blühende Fantasie. Nikolai hat das Ihnen gegenüber maßlos dramatisiert.«

»Warum sollte er das tun?«

»Muss man Ihnen alles vorkauen? Warum denken Sie nicht mal selbst ein bisschen? Aber ich verstehe schon: Es fällt Ihnen schwer, sich das Offensichtliche einzugestehen.«

»Dass Sophie sich nicht besonders für mich interessiert?«

»Na, sehen Sie. Man muss Ihnen nur ein wenig auf die Sprünge helfen. Nikolai hat eben ein gutes Herz. Er will es Ihnen leicht machen.«

Ich stand auf. Mir war ein wenig schwindelig und für einen Augenblick musste ich mich auf dem Küchentisch abstützen und tief ein- und ausatmen. Wohlweislich nicht durch die Nase.

»Blödsinn«, sagte ich nach ein paar Sekunden. »Sophie könnte mir das doch selbst sagen. Sie wissen überhaupt nichts über Ihre Tochter. Sie kreisen doch den ganzen Tag nur um sich selbst.« Ich stand da, unfähig, mich wieder zu setzen oder mich einfach zu verabschieden. Bevor ich mich gesammelt hatte, sagte Frau Tolma leise und beinahe zärtlich: »Die größten Verbrechen verüben die Menschen dort, wo sie ironischerweise von ›Liebe‹ sprechen. Öffnen Sie Ihr Herz, und es wird sich jemand finden, der es Ihnen totsticht. Investieren Sie lieber in Gegenstände. Die laufen Ihnen nicht weg.«

Ich nickte und machte mich auf den Weg zum Ausgang. Wieder setzte ein Schmerz in meinem Rücken ein. Im Flur gab es nur eine einzige geschlossene Tür. Die anderen standen ein Stück offen, vermutlich damit die Katzen rein und raus konnten und der Müll in den Zimmern Entfaltungsmöglichkeiten bis auf den Flur hatte. Hinter der geschlossenen Tür glaubte ich, ein von unten heraufdringendes Rumpeln zu hören. Kurz darauf hörte es sich an, als würde eine schwere Holzkiste über Steinboden gezogen. Es war schwer vorstellbar, dass eine oder mehrere Katzen dieses Geräusch verursachten. Ich drückte die Klinke, aber die Tür war abgeschlossen. Alles, was ich im Moment tun konnte, war, mir ihre Lage gut einzuprägen.

Zu Hause legte ich mich aufs Bett. Ich fühlte mich gleichzeitig erschöpft und bis zum Bersten gefüllt mit Unruhe. Nach wenigen Minuten stand ich auf, holte mir ein Bier aus dem Kühlschrank und rief Hermann an. Er hatte wie zu erwarten Zeit, kam vorbei und präsentierte mir eine Liste von psychiatrischen Einrichtungen und sogenannten psychosomatischen Kliniken, die ich in den nächsten Tagen vor und nach der Arbeit sowie in der Mittagspause eine nach der anderen anrief, um so freundlich wie möglich immer wieder dieselbe Bitte vorzutragen: »Sollte eine Sophie Tolma bei Ihnen sein, richten Sie ihr doch bitte aus, dass sie sich bei mir melden soll.« Dann ließ ich meine

Mailadresse, meine Festnetz- und meine Mobiltelefonnummer notieren und bedankte mich artig.

Bereits ohne die mühsame Telefoniererei wäre die Woche nach dem Besuch bei Frau Tolma eine arbeitsame gewesen. Nikolai stellte fest, dass ich mit dem BUF nicht ausgelastet war und präsentierte mir eine zusätzliche »Herausforderung«. Ich sollte mich in eine neue Projektmanagement-Software »einfuchsen«, diese dann in Gruppenschulungen erst einmal den Kollegen schmackhaft machen und schließlich mit ihm überlegen, wie wir daraus ein Angebot für Kunden »stricken« könnten. Möglicher Spruch für unsere Homepage: »Projektmanagement aus einer Hand: effizient und transparent.« Die Software bestand im Großen und Ganzen aus einer Tagesübersicht, in der man rote, gelbe und grüne Kästchen eintragen und miteinander verbinden konnte.

Nikolai zeigte sich ganz begeistert von den neuen Möglichkeiten und lobte die Geschwindigkeit, mit der ich mich in die Materie einarbeitete. Sein Überschwang steckte mich nicht an. In Gedanken war ich mehr denn je bei Sophie. Als ich Nikolai am Freitag der arbeitsreichen Woche fragte, ob er etwas Neues von seiner Schwester wüsste, sah er mich mit plötzlich nachdenklichem Gesichtsausdruck an. Dann schüttelte er den Kopf: »Nein, es gibt nichts Neues. Aber du fühlst dich offenbar für sie verantwortlich.«

Bevor ich etwas sagen konnte, stand Nikolai mit einem Ruck auf: »Komm, Zeit fürs Wochenende. Du musst mal auf andere Gedanken kommen.«

8. KAPITEL

Gegen 17 Uhr fuhr uns Nikolai in seinem Dienst-BMW zu einer Bar namens *Rosebud*: viel indirektes Licht, gut angezogene Leute, gedämpfter Jazz. An den Wänden hingen große, gerahmte Portraitfotografien von Frauen in Schwarz-Weiß. Vermutlich Schauspielerinnen.

Wir setzten uns an einen der schlichten, aber bestimmt intelligent designten Holztische und bestellten auf Nikolais Rat Martini Dry. Kaum standen die Getränke vor uns, sagte ich: »Ich war bei deiner Mutter. Sie meint, Sophie wäre nicht krank.«

Nikolai wirkte nicht überrascht. Er lächelte traurig: »Was erwartest du? Meine Mutter würde nie zugeben, dass mit Sophie etwas nicht stimmt. Nicht einmal vor sich selbst.«

»Warum nicht?«

»Kranke Kinder verursachen Schuldgefühle. Vermutlich vor allem, weil man sie insgeheim hasst.«

»Interessante These.«

»Das ist doch banal.«

»Kann sein, dass du recht hast. Vielleicht erzählst du aber auch Blödsinn, damit ich mir Sophie aus dem Kopf schlage.«

»Stimmt, ich will sie ganz für mich alleine.« Nikolai lächelte. Dann schüttelte er den Kopf und sagte: »Nein, im Ernst. Wieso sollte ich Unwahrheiten über meine Schwester verbreiten?«

»Ganz einfach: Sie will nichts von mir, und du glaubst, mir das irgendwie schonend beibringen zu müssen.«

Nikolai schüttelte langsam den Kopf: »Thomas, Thomas. Du machst dir vielleicht Gedanken. Ein bisschen paranoid, wenn du mich fragst. Was zwischen euch ist, weiß ich nicht. Und es geht mich ja auch nichts an, solange es nichts mit ihrem Verschwinden zu tun hat.«

»Na gut«, sagte ich. »Was anderes: Wohnt eigentlich noch jemand bei euch?«

»Außer meiner Mutter?«

»Als ich das letzte Mal da war, habe ich Geräusche aus dem Keller gehört.«

»Vielleicht ein Handwerker. Wann warst du denn bei meiner Mutter?«

»Letzten Samstag gegen halb eins.«

»Das könnte ich gewesen sein. An dem Wochenende habe ich ein paar Sachen aus dem Keller geräumt.«

»Was für Sachen denn?«

»Soll das ein Verhör werden?«

Ich holte eine Zigarette aus meiner Schachtel und zündete sie an. Nikolai beobachtete mich dabei auf eine ruhige, fast väterliche Weise.

»Vermutlich hast du recht«, sagte ich nach zwei Zügen. »Vielleicht werde ich langsam ein bisschen paranoid. Am Ende ticke ich selbst nicht ganz richtig. Irgendwie gerate ich immer an schwierige Frauen.«

»Vielleicht wiederholst du damit etwas aus deiner Kindheit.«

»Verstehe ich nicht.«

»Es gibt Menschen, deren Partnerwahl ist wie ein Sprung in der Platte. Aus irgendeinem Grund hängen sie an einer Stelle fest. Immer wieder. Das geprügelte Mädchen sucht als Frau zielsicher den Mann, der sie schlägt. Du solltest dich weiterentwickeln, das Vertraute zurücklassen und etwas Neues versuchen.« Nikolai deutete meinen skeptischen Blick als Aufforderung weiterzureden: »Such dir die nächste Frau mit dem Kopf aus. Das Herz wird schon folgen.«

»Machst du das so?«

»Ehrlich gesagt, ja. Sonst würde ich früher oder später bei meiner Mutter landen.« Nikolai lachte und winkte einen Kellner heran. Nach einem fragenden Blick zu mir bestellte er zwei weitere Martini Dry.

»Schau mal«, sagte er, als sich der Kellner wieder entfernte, »wenn du deinen Kopf benutzt, wird dir Folgendes auffallen: Egal, ob Sophie psychisch krank ist oder nicht – sie meldet sich nicht bei dir. Deine Gefühle sind ihr also ziemlich egal. Da will ich dir gar nichts schönreden. Such dir eine Frau, bei der das anders ist. Du bist doch ein guter Typ. Da gibt's genug Interessentinnen.«

Ich saugte die letzten Reste aus meinem Cocktail. Frank Sinatra sang eine Schnulze dazu.

»Ich habe im Keller übrigens Filme gesucht«, sagte Nikolai plötzlich zusammenhanglos und fröhlich. »Alter VHS-Kram.«

»Aha.«

»Was für Filme magst du?«

»Ich habe da keine besonderen Vorlieben. Horror, Komödien, was weiß ich. In der Regel reine Unterhaltung.«

»Stehst du auf diese richtig harten Horrorfilme?«

»Was meinst du damit?«

»Na, das, was sie in England ›video nasties‹ nennen. Rape-and-Revenge-Filme. Oder so etwas wie *A Serbian Film.*«

»Sagt mir alles nichts.«

»Was hältst du von Pornos?« Nikolai sah mir freundlich in die Augen. Bevor ich mir eine Antwort zurechtgelegt hatte, fügte er hinzu: »Da gibt es ja eine große Schnittmenge zu Horrorfilmen und Komödien.« Nikolai lehnte sich zurück.

»Ich bin da nicht so der Experte«, sagte ich.

»Bist du am Ende einer der wenigen Männer, die ohne Pornos aufgewachsen sind?«

»Du hast also alte VHS-Pornos bei deiner Mutter aus dem Keller geholt?«

»Nein. Selbstgedrehte Filme.«

Ich runzelte die Stirn.

Nikolai lachte. »Ich hatte schon mit dreizehn eine Kamera. Super 8. Erinnerst du dich an die alten Dinger? Da hat man so schwarze Spulen reingelegt, auf denen war Platz für drei Minuten Film. Als ich dann die erste Videokamera hatte, habe ich richtig losgelegt. Ich habe unsere Familie dokumentiert und auch sonst so ziemlich alles. Stell dir so eine Art Reality-TV vor. Interviews mit meiner Mutter und anderer Unfug. Ich habe vermutlich ziemlich genervt.« Nikolai lachte wieder. »Sophie hat mir das eine Weile lang nachgemacht, halt bloß mit Hörspielen und eher fiktiv. Ich mag die realen Sachen am liebsten. Es ist ja unglaublich, was schon alles gefilmt wurde.«

Nikolai kam ins Reden. Offensichtlich hatte er eine Leidenschaft für Dokumentarfilme, vor allem für obskure Aufnahmen. Schon bald drehte sich das Gespräch um Filme aus dem Warschauer Ghetto, die Nazis gedreht und als Souvenirs anderen Nazis geschenkt hatten. Heute seien diese Filme zusammen mit anderen Aufnahmen in einem Archiv in Berlin untergebracht.

Von den Nazis kam Nikolai auf die Gräueltaten der japanischen Armee in China zu sprechen. Er erzählte von einem amerikanischen Missionar in Nanking, der während des Massakers fotografiert und gefilmt hätte. Laut Nikolai gäbe es Hunderte von Fotos und Hunderte von Filmminuten, die der Missionar mit einer 16-Millimeter-Kamera gedreht hätte. Heute sei dieser Film im Besitz eines Museums in Nanking. Natürlich gäbe es Kopien, aber es sei schwer zu sagen, wie viele und in wessen Händen. Zu Zeiten des Zweiten Weltkriegs sei das Filmen noch etwas Besonderes gewesen. Heute, wo jedes Mobiltelefon eine Kamerafunktion hätte, gäbe es auch wesentlich mehr Material darüber, was Menschen Menschen antäten, egal ob in einem Knast wie Abu Ghraib, afrikanischen Bürgerkriegen wie in Dafur oder in islamistischen Terrorvideos. Manches davon wäre mühelos im Internet zu finden. So sei er beispielsweise aus Zufall auf einen Film gestoßen, der die Enthauptung eines Mannes durch Islamisten zeige. »Die ganze Prozedur dauert zwanzig Minuten«, sagte Nikolai.

»Warum schaust du dir so etwas an?«, fragte ich.

»Das Interesse am Extremen würde ich sagen.«

Ich wiegte meinen Kopf hin und her, ohne selbst genau zu wissen, was ich durch diese Geste zum Ausdruck bringen wollte. Vielleicht, dass mir diese Antwort etwas dünn erschien, vielleicht, dass ich Nikolais Interesse am Extremen nicht teilen wollte, vielleicht, dass mir das ganze Gespräch sonderbar vorkam.

»Die Leute laufen in einem Trott herum«, sagte Nikolai. »Alles normal, alles mittelmäßig, alles sicher. Das Extreme scheint mit ihrem Leben nichts zu tun zu haben. Dabei ist es als Möglichkeit ständig präsent.«

»Du kannst dir also vorstellen, Leute zu enthaupten?«

»Natürlich«, Nikolai lächelte. »Du nicht?«

»Ich glaub nicht, dass alle Menschen tief innen drin Mörder und Sadisten sind, falls das Gespräch darauf hinausläuft.«

»Alle wohl nicht. Aber sicher viele, wenn die Umstände da sind.«

»Und du gehörst zu den Vielen? Du würdest jemanden enthaupten oder bei einer Vergewaltigung zusehen?«

»Ich will zumindest nicht so tun, als ob ich dazu nie und nimmer in der Lage wäre. Aber was ist mit dir: Würdest du dir solche Dokumentarfilme ansehen?«

»Keine Ahnung, aber ich kann verstehen, dass man da neugierig sein kann.«

»Um herauszufinden, wie du darauf reagierst, oder?«

»Vielleicht. Ist das eigentlich ein Dienstgespräch?«

Nikolai schüttelte lachend den Kopf und nahm einen Schluck von seinem Cocktail. »Entschuldige, ich hätte ein weniger düsteres Thema anschneiden sollen. Ich glaube, ich habe einfach viel Vertrauen zu dir. Du bist gerade heraus. Die meisten Leute um mich herum überlegen ständig, was sie sagen können und was nicht. Ein einziges Taktieren. Manchmal will ich einfach reden, ohne jedes Wort abzuwägen.«

»Kann ich verstehen«, sagte ich.

»Es klingt vielleicht albern, aber ich bin kein Karrierist. Ich bin durch Zufall in die Position gekommen, in der ich jetzt bin. Manchmal kotzt es mich richtig an, und ich beneide jemanden wie dich. Du hast Narrenfreiheit. Ich hingegen ...«

»Meinst du nicht, dass es falsch ist, solche Filme zu gucken?«, unterbrach ich Nikolais selbstzweiflerische Ausführungen. Nikolai stellte sein Glas auf den Tisch: »Warum? Die schlimmen Sachen sind ja bereits passiert.«

»Aber vielleicht schadet es dir?«

»Vielleicht. Aber würdest du aus Wohlfühlgründen auf jede Auseinandersetzung mit den dunklen Kapiteln der Geschichte verzichten? Dann dürfte ja auch keiner die Gedenkstätten in den ehemaligen KZs besuchen.«

»Die Frage ist vermutlich, aus welchen Motiven man sich mit so etwas beschäftigt.«

»Keine Ahnung, was du mir da unterstellen möchtest. Aber es klingt fast so, als hättest du Angst, dass dich solche Filme nicht nur abstoßen würden.«

Ich nahm schweigend zwei Züge von meiner Zigarette. Nikolai schmunzelte: »Bist du ein Moralist?«

»Nicht dass ich wüsste.«

»Das hätte auch nicht zu dir gepasst. Du bist zu schlau dazu. Moral ist doch bloß eine Erfindung der Schäfer, um die Herde im Zaum zu halten. Dank der Moral lassen sich Lämmer viel leichter zur Schlachtbank führen.«

»Ich weiß nicht, ob ich da noch mitkomme. Vermutlich habe ich bisher zu wenig über Moral nachgedacht.«

»Wie du handelst, entscheidest du aus dem Bauch heraus, oder?«

»Vermutlich.«

»Und in deinem Bauch ist gespeichert, was man dir von Kindesbeinen an eingetrichtert hat. Tu dies, lass das! Mit dem, was du wirklich willst, hat das nicht viel zu tun.«

»Und wie finde ich raus, was ich selbst will?«

»Du müsstest deinen Kopf benutzen, deine angeblichen Instinkte hinterfragen und Stück für Stück deine Konditionierung zum braven Herdentier überwinden. «

Beim nächsten Drink bot mir Nikolai an, wieder bei ihm zu übernachten. Anstatt zu sagen, dass ich eine Pause von ihm brauche, erfand ich eine Verabredung und machte mich nicht viel später auf den Weg. Ich ließ mein Auto auf dem Parkplatz des Bürokomplexes stehen und fuhr mit der Straßenbahn nach Bonn. Während die grell erleuchteten Abteile durch die Nacht schaukelten, fühlte ich meine Einsamkeit als drückenden Schmerz in der Brust. Der Gedanke, alleine in meine Wohnung zu müssen, war beklemmend. Ich zog mein Handy aus der Tasche und rief Hermann an.

Kaum eine Stunde später stand ich mit ihm in der Disco *Nachtschicht* und versuchte, eine flüchtige weibliche Bekanntschaft aufzutun. Zweimal machte ich mich zum Affen, dann sprach mich eine Frau an, die vermutlich noch betrunkener war als ich. Vielleicht hatte sie gesehen, wie ich mich erfolglos an die beiden anderen Frauen herangemacht hatte, und wusste, dass sie bei mir problemlos landen konnte. Sie war klein, zierlich und hatte ein Gesicht wie eine Stechmücke. Ich fühlte einen unglaublichen Drang, sie anzufassen, redete mit ihr aber stattdessen Zigarette um Zigarette belangloses Zeug. Als sie einmal auf Toilette ging, sah ich in kurzer Folge drei Frauen, deren Hälse, Hintern oder Haare ich genauso gerne berührt hätte. Der vierte Hintern, der mir ins Auge fiel, gehörte, wie ich bei näherem Hinsehen feststellte, Hermann. Meinen Freund hatte ich ganz vergessen, und nun schlich er zur Treppe, die nach draußen führte. Ich bestellte ein weiteres Hefeweizen.

Die Frau kam von der Toilette zurück. Ihr Gehen, ihr Lächeln, ihre Art, mich anzusehen: Alles war auf Wirkung bedacht. Vermutlich glaubte sie, mit mir einen guten Fang gemacht zu haben, weil ich in einer großen Firma arbeitete und Powerpoint-Präsentationen erstellte, während sie Angst hatte, nach ihrem Komparatistik-Studium nicht das zu finden, was sie einen ordentlichen Beruf nannte.

Sie bestellte noch einen Weißwein, und wir redeten über Hollywoodfilme und Schauspielerinnen, die ich gut oder doof fand. Sagte ich etwas, das man als humorvoll auslegen konnte, lachte sie mit leicht in den Nacken gelegtem Kopf. Ich erzählte gerade etwas übers Kochen, als mir mitten im Satz das letzte Hefeweizen hochkam. Ich nickte der Studentin kurz zu und raste zur Toilette, wo ich es aber nicht mehr bis zu einer Kloschüssel schaffte, sondern ins Waschbecken kotzte. Ein Typ sagte: »Arme Sau«, ich säuberte, was zu säubern war, spülte Mund und Becken mehrmals mit Wasser nach und ging zurück zu der Frau. Sie merkte mir nichts an, oder tat so, als ob sie mir nichts anmerkte. Nachdem ich noch einen desinfizierenden Schnaps in meinen Rachen gekippt hatte, sagte sie: »Du, mir wird allmählich ein bisschen warm hier, sollen wir eine Runde drehen?«

Wir drehten eine Runde und waren plötzlich vor ihrer Haustür. »Kannst schon noch mit reinkommen«, sagte sie und setzte eine Miene auf, die vermutlich abgebrüht wirken sollte, »aber dann musst du auch mit den Konsequenzen leben.«

Ihre Wohnung bestand aus schwarzen und weißen Möbeln, einem Chagallposter und einer Reihe von Stofftieren, die sich auf der Lehne eines Sofas herumdrückten und auf einen großen Fernseher guckten. Mein Blick fiel auf ein gerahmtes Foto, das auf einer kleinen Kommode stand. Es zeigte sie und einen Typen, der aussah, als hätte er etwas wirklich Wichtiges herausgefunden. Etwas, das die Welt verändern konnte, wenn man nur auf ihn hörte.

»Ich bin ganz schön betrunken«, sagte sie und ließ sich kichernd auf das Sofa fallen, wobei ein Plüschtier von der Lehne fiel. »Hilfst du mir aus den Stiefeln?«

Ich zog an einem der Stiefel und wurde schlagartig nüchtern. Meine Lust, die Frau zu berühren, entpuppte sich als Hirngespinst der Vergangenheit. Beim zweiten Stiefel überlegte ich, wie ich am besten aus der Sache wieder herauskam.

»Weißt du was?«, sagte sie und sah mich durch halb geschlossene Augenlider an. »Ich glaub, ich muss mal richtig durchgefickt werden.«

Ich sagte nichts, beugte mich aber über sie und knöpfte an ihrer Bluse herum. Sie zog mich an sich und schob mir ihre Zunge in den Mund. Der Kuss schmeckte nach Eierlikör, obwohl niemand von uns Eierlikör getrunken hatte. Eine Hand krallte sich in meinen Hintern. Einige Augenblicke simulierten wir Erregung, dann sagte ich: »Ich glaube, ich muss aufhören.«

Ich stand auf, ohne dass sie etwas sagte. Sie lag einfach auf dem Bett und guckte an die Decke.

»Tut mir leid«, sagte ich.

»Macht nichts«, sagte sie. »Du stinkst eh ein bisschen.«

Auf dem Nachhauseweg fühlte ich mich vollkommen nüchtern. So klar wie seit Wochen nicht. Ich kam an derselben Laterne vorbei, an der ich neulich den Nachtfalter beobachtet hatte. Ich musste wieder einmal daran denken, wie ich in Sophies Zimmer gesessen hatte. Ich dachte an die Kerzen, den Muminbecher, die Ernsthaftigkeit in Sophies Augen, ihr Gesicht im Schlaf, den Baum vor ihrem Fenster, der jetzt längst Blätter trug.

Als ich die Tür zu meinem Zimmer aufschloss, sangen

die ersten Vögel. Ich warf einen Blick auf meinen Anrufbeantworter. Das Lämpchen leuchtete konstant. Kein Anruf. Die Wände wirkten schief. Ein überquellender Aschenbecher stand neben dem Bett. Der Anblick ekelte mich so an, dass ich mir zur Desensibilisierung erst einmal eine Zigarette anzünden musste. Ich stellte mich rauchend ans Fenster und blickte über die Stadt. Ich musste an Vergil denken. Er war jetzt sehr wahrscheinlich auch allein. In einem Käfig ohne Aussicht. Beton, Eisen, bellende Köter, ein paar Frauen, die ihn an der Leine durch die Gegend zogen – das war sein Leben. Immer dieselbe Tour übers Messdorfer Feld, aber wenigstens immer neue Scheiße, auf die er sich freuen konnte.

9. KAPITEL

In der Nacht hatte ich einen Albtraum: Ich folge Vergil eine breite, nächtliche Straße entlang. Sie führt auf ein Feld. Auf dem Feld steht dunkel das Haus der Tolmas. Die Luft ist klar und kühl, der Mond weiß und fast voll. Eine Trauer liegt über dem Land. Plötzlich stehen der Hund und ich vor der moosbewachsenen Kellertreppe. Ich zähle neun Stufen und wundere mich. Wir gehen hinunter zur Holztür. Diesmal lässt sie sich öffnen. Dahinter liegt ein dunkler Gang. Ich höre ein Wimmern. Vergil verschwindet in der Dunkelheit. Die Hände tastend ausgestreckt, gehe ich in die Richtung, aus der ich sein Hecheln und das Tapsen seiner Pfoten auf dem Steinboden höre, geradewegs in die Richtung des Wimmerns. Ich glaube, darin meinen Namen zu hören. Plötzlich stoße ich mit einem Fuß gegen Vergils kleinen Körper. Er steht vor einer Tür, durch deren Ritzen ein Lichtschein fällt. Ich drücke die Tür nach innen auf und sehe in ein Krankenzimmer mit einem Messingbett. Der Raum ist in blaues Licht getaucht und wirkt wie die unbewohnte Kulisse in einem Möbelhaus bei Nacht. Tatsächlich hängt ein Zettel am Bett, den ich für ein Preisschild halte. Auf dem Bett liegt Sophie. Sie ist nackt, völlig ausgemergelt und von Schweiß bedeckt. Ihre Haare sind viel länger, als ich es in Erinnerung habe. Mit einem Ruck dreht sie den Kopf in meine Richtung und starrt mich mit zwei stumpfen, fremden Augen an. »Verräter«, sagt sie mit dem Blick einer Wahnsinnigen. »Mörder!«

Ich wachte auf. Mein Herz pochte hart und schnell bis in den Hals. Ich lag da und wartete darauf, dass der Traum seine Macht über mich verlor, dass ich dem, was ich gerade gesehen und gehört hatte, nicht mehr glaubte.

Um kurz nach elf stand ich auf und erteilte mir die Erlaubnis, an diesem Samstagmorgen Schnaps zu trinken. Dabei nahm ich mir das Versprechen ab, gleich danach etwas zu unternehmen. Neben dem Trinken war Aktion noch immer das beste Mittel gegen Angst.

Ich trank eine Cola mit Schuss und aß ein trockenes Brötchen, dann fuhr ich mit dem Rad zum Tierheim. Im milden Licht des Frühlingstages wirkten die Hundeverwahranstalt und die darum liegende Gegend weniger trist als an den Tagen, an denen ich Sophie dort getroffen hatte. Trotzdem erschien mir jetzt alles noch glanzloser, ohne Atmosphäre.

Das Büro des Tierheims machte einen provisorischen und verwahrlosten Eindruck. Hinter dem Schreibtisch saß dieselbe dickliche Frau, die ich im März nach Sophie gefragt hatte. Diesmal erkundigte ich mich nach Vergil, und was ich tun müsse, um ihn zu adoptieren. Ich glaubte, so etwas wie Skepsis im Gesicht der Frau zu lesen, bevor sie sich wortlos zu dem Bildschirm eines Rechners drehte, der vermutlich bereits musealen Wert hatte. Ich stand dumm in der Gegend herum und schaute mir Tierposter an: Hunde und Katzen in putzigen Posen. Wie lange man wohl knipsen musste, bis die kleinen Tiermodelle so niedlich aussahen, wie die Leute sie haben wollen? Und was waren das eigentlich für Leute, die Katzen mit Wollknäueln und Hundewelpen zwischen Blumen fotografierten?

Ohne vom Bildschirm aufzusehen, wies mich die Frau darauf hin, dass ein Tier kein Spielzeug sei, ich mich wirklich um Vergil kümmern müsse, und dass sie durchaus Menschen bei mir vorbeischicken würde, die überprüften, ob es dem Hund gut gehe. Da ich zugab, mich mit Hunden nicht auszukennen, musste ich versprechen, einen Kurs im Tierheim zu besuchen oder mir zumindest ein Buch durchzulesen, dessen Titel sie mir aufschrieb. In ihrem Computer fand sie schließlich eine Datei, in der ein paar Informationen zu Vergil standen: »Verträgt sich mit Kindern, Katzen und Hündinnen. Kann auf Autofahrten mitgenommen werden. Sollte nicht lange allein sein. Ist gewalttraumatisiert. Angstreaktionen bei Silvesterböllern und Männern, die mit Stöcken (auch Regenschirmen etc.) auf ihn zukommen. Sollte mindestens einmal am Tag für mindestens eine halbe Stunde Auslauf haben. Stubenrein. Grauer Star auf dem rechten Auge.«

Am folgenden Dienstag stand ich um 18 Uhr wieder im Tierheim, zeigte meinen Personalausweis vor, wurde in eine Datei eingetragen, musste eine Beglaubigung unterschreiben und durfte dann Vergil aus dem Zwinger holen. Der Hund wirkte verstört. Ich versuchte, das nicht persönlich zu nehmen. Vermutlich hatte ihn der Zwinger so verdreht, dass er sich ein besseres Leben nicht mehr vorstellen konnte, ohne es mit der Angst zu bekommen.

Jetzt lebte ich also mit einem Hund zusammen. Genau genommen hatte ich mein Zimmer noch nie mit jemandem geteilt. Es geht das Gerücht, dass Menschen entweder Katzen mögen oder Hunde. Mir sind beide Spezies schnuppe. Auch für Vergil hatte ich mich bisher nicht besonders interessiert. Jetzt, wo er bei mir wohnte, bekam ich zum ersten Mal ein genaueres Bild von ihm: Er war ein würdevoller Hund. Er trug die Last seines Daseins mit Stolz und Anstand – egal ob im Tierheimzwinger oder in einer Dachgeschosswohnung. Wenn er etwas wollte, sah er mich an. Er sprang nicht an mir hoch, bellte nicht herum, hechelte und wedelte nicht wie verrückt. Er sah mich einfach nur an. Dieser Blick hatte es allerdings in sich. Bekam er nicht, was er wollte – meist ging es um etwas Essbares –, setzte er seine Bemühungen nicht endlos fort. Es gab einen Punkt, wo er sein Starren schlagartig einstellte, den Kopf abwandte und mich für geraume Zeit keines Blickes mehr würdigte. Vergil war schnell eingeschnappt – ein verletzlicher Hund, wenn man so will, aber auch voller Takt. So wusste er zum Beispiel, wann er mich in Ruhe zu lassen hatte und wann er mich behelligen konnte. Ich hatte noch nie in Gegenwart eines Hundes onaniert und hatte auch nicht vor, damit anzufangen. Vergil musste also lernen, hin und wieder im Badezimmer eingeschlossen zu werden, ohne mir dabei mit irgendeinem Theater die Laune zu verderben. Und Vergil lernte schnell. Kaum wurde er mein Mitbewohner, versuchte er, die Regeln zu ergründen, nach denen er sich zu verhalten hatte. Schnell versteifte er sich auf feste Zeiten zum Essen, zum Spazierengehen und zum Schlafen. Wich ich von diesem Rhythmus ab, machte er zwar still schweigend alles mit, guckte aber beleidigt zur Seite, sobald ich ihn kraulte. Vergil versuchte, so wenig Unruhe und Unordnung wie möglich in mein Leben zu bringen, forderte dafür aber Gleichmäßigkeit im Tagesablauf. Alles Laute und Hysterische, wie man es bei kleinen Hunden meiner Erfahrung nach häufig antrifft, war ihm zuwider. Unnötige Aufregungen verabscheute er ebenso wie Gezänk mit anderen Hunden oder laute Musik mit schrillen Höhen. Die Stimme Johnny Cashs schien ihn zu beruhigen. *The Doors* machten ihm Angst. Alles in allem war er ein vornehmer alter Herr in einem reichlich wahnwitzig aussehenden Hundekörper.

Vergils Nähe hatte tatsächlich eine beruhigende Wirkung auf mich. Trotzdem ließ mir der Kellertraum keine Ruhe. Meine Gedanken über Sophie hatten sich längst verselbstständigt und liefen in endlosen Schleifen. Im einen Moment machte mich ihr Verschwinden wütend, im nächsten hatte ich Angst um sie. Manchmal fühlte ich mich schuldig, weil ich anderen Frauen nachjagte, während Sophie vielleicht schwerkrank oder entführt oder tot war.

Noch immer streunte ich in meiner Freizeit durch die Stadt, als hätte sich Sophie irgendwo in der Fußgängerzone versteckt. Einmal traf ich Isa, die Sophies Verschwinden genauso ratlos machte wie mich. Sie erzählte, dass sie schon mit allen, die Sophie kannten, geredet hätte. Wir tauschten Nummern aus mit dem Versprechen, uns über Neuigkeiten zu informieren.

Wenn ich nicht herumlief oder arbeitete, fühlte ich mich so einsam, dass es körperlich weh tat. Je einsamer ich mich fühlte, desto weniger konnte ich andere ertragen. Selbst bei Hermann meldete ich mich kaum noch. Ich verbrachte die Zeit, indem ich über Sophie nachdachte oder mich so lange mit Bier, Musik und Pornofilmen ablenkte, bis die Einsamkeit nur noch klein, schmutzig und lächerlich schien.

Hin und wieder hing ich dem Gedanken nach, mich mit einer anderen Frau zu trösten. Plötzlich schien mir die Stiefelfrau wieder attraktiv, und einmal ging ich sogar in die *Nachtschicht*, weil ich hoffte, ihr dort zu begegnen. An einem anderen Abend lungerte ich im Sowjetlokal herum, nur um mein Bier in der Nähe der schwarzhaarigen Kellnerin zu trinken. Cora fragte, wo mein Freund sei, und wirkte gar nicht unglücklich, als ich erklärte, dass ich heute alleine hier wäre. Ich saß am Tresen, und wenn sie nichts zu tun hatte, kam sie zu mir, um sich zu unterhalten. Sie erzählte von dem Kaff, aus dem sie vor einem Jahr nach Bonn gezogen war, um Germanistik zu studieren, was ihre Eltern für brotlose Kunst und Quatsch hielten. Ich kramte ein paar belanglose Anekdoten hervor, und alles hätte gut sein können, wenn mir nicht Verzweiflung und Gier das Hirn vernebelt hätten. Ich wollte Cora nicht kennenlernen, sondern vögeln. Ich brauchte irgendjemanden, um mich zu sedieren; eine Frau, die ich nicht kannte und die vor allen Dingen mich nicht kannte.

Nach dem fünften oder sechsten Bier fragte ich Cora, ob sie nach ihrer Schicht mit zu mir kommen wolle. Sie lachte kurz und trocken auf und sagte: »Nee, danke.« Dann beachtete sie mich nicht mehr. Ich trank mein Glas aus und überlegte, ob ich mit etwas mehr Geduld und Geschick nicht doch zum Ziel gekommen wäre. Mitten in dieser Überlegung fing ich an, mich vor mir selbst zu ekeln.

Als ich kurz darauf zahlte, schrieb Cora mir ihre Telefonnummer auf einen Bierdeckel und sagte: »Ruf mal an, wenn du nüchtern bist.«

Eine Woche nach dem Traum fuhr ich morgens zum nächsten Baumarkt und lief mindestens eine Viertelstunde mit mir selbst redend durch die Korridore, bis ich einen Bolzenschneider gefunden hatte. Das Ding war nicht gerade günstig und nicht gerade leicht. Sicherheitshalber kaufte ich mir auch ein Vorhängeschloss, um daran zu üben. In der Cafeteria des Baumarkts bestellte ich Kaffee und zwei Croissants. Ein Kind brüllte, dass mir beinahe der Kopf platzte. Ich war nahe dran, auch loszubrüllen.

Nachmittags versuchte ich mich von meinen unruhig umherschweifenden Gedanken abzulenken, indem ich ins Kino ging. Es war die Fünfzehnuhrvorstellung von einem heroischen Fantasyquatsch. Das Kino wimmelte von Minderjährigen. Ich kam mir vor wie Gulliver im Lande Liliput. Die Knirpse raschelten und fraßen und tuschelten von der Werbung bis zum Abspann: Chips, Popcorn, Gummibärchen, Schokolade, Tacos mit Dips. Um mich herum stank es nach Salsasoße und ausgerülpster Cola. Eine Übung in Demut und Gewaltverzicht.

Nach dem Film trat ich in einem Strom krakeelender Minikrieger wieder ins Tageslicht. In vier Stunden würde es dunkel werden. Vorher brauchte ich gar nicht loszufahren. Ich ging wieder nach Hause und versuchte, über das Internet eine geeignete Fahrtstrecke nach Kreuzheim ausfindig zu machen.

Schließlich räumte ich meinen Schreibtisch leer und legte alles darauf, was ich in der Nacht brauchen würde: eine Mütze, einen Schal, ein Paar Handschuhe, eine Stabtaschenlampe, Wanderschuhe, einen Rucksack und den Bolzenschneider. Im Geiste ging ich den Ablauf ein paar Mal durch und überlegte, ob ich irgendetwas außer Acht gelassen hatte.

Gegen 22.30 Uhr trug ich den Krempel in einem Sack schmutziger Wäsche aus meiner Wohnung zum Auto. Die

Fahrt über die Dörfer nahm einige Zeit in Anspruch. Ein paar Mal verfuhr ich mich in der gleichförmigen Aneinanderreihung von nächtlichen Feldern, Käffern und Kreisverkehr-Kreisen. Wirkten die Eifelorte schon tagsüber verschlafen und wie aus einem anderen Jahrhundert, so glichen sie jetzt Geisterdörfern. Nur hin und wieder sah ich Licht in einem Haus, ein anderes Auto oder eine Katze, die den Weg kreuzte.

Als ich Kreuzheim erreichte, zeigte die Uhr in meinem Auto 23.27 Uhr. Der Ort war so klein, dass ich beim Reinfahren gleich wieder rausfuhr. Etwa einen Kilometer weiter parkte ich vor einem Friedhof am Waldrand, zog die Wanderschuhe an, wickelte den Bolzenschneider in zwei alte Pullover und packte ihn dann zusammen mit Mütze, Schal, Lampe und Handschuhen in den Rucksack.

Auf der Suche nach dem Feldweg, der zum Tolma-Haus führte, musste ich feststellen, dass ich mir nicht gerade eine ideale Nacht für mein Unterfangen ausgesucht hatte. Ein kreisrunder Vollmond, umgeben von einem leuchtenden Ring, tauchte die Gegend in ein milchiges Licht. Die Kühe und Wassertanks auf den Feldern wirkten wie matt beleuchtete, lebensgroße Modelle und waren weithin gut zu erkennen.

Es dauerte trotzdem eine Weile, bis ich den Weg entdeckt hatte, den ich zusammen mit Sophie genommen hatte. Er führte bis zum Wäldchen und gabelte sich dann. Anstatt direkt auf das Haus zuzugehen, tat ich ein paar Schritte in den Wald. Dort vermummte ich mich mit Mütze und Schal und schaltete die Taschenlampe ein. Ich richtete den Lichtkegel auf den Boden und hoffte, dass nicht irgendwo ein Förster auf seinem Hochsitz saß und sich fragte, wer da durch den Wald geisterte.

Je weiter ich ging, desto deutlicher hörte ich das Quaken von Fröschen. Bei meinen bisherigen Besuchen hatten die Tiere keinen Mucks von sich gegeben. Jetzt aber veranstalteten sie einen Radau, als wollten sie den jüngsten Tag herbeiquaken. Es war nicht leicht zu lokalisieren, woher das Froschkonzert kam. Irgendwo am Rande des Wäldchens musste ein Weiher sein, den mir Sophie nicht gezeigt hatte. Ich nahm diese Veranstaltung mit gemischten Gefühlen zur Kenntnis: Zum einen würden die Frösche Frau Tolma im Verbund mit dem vollen Mond vielleicht wach halten. Zum anderen konnte mir der Krach nützlich sein, indem er Geräusche, die ich machte, übertönte.

Der Weg durch den Wald war lang und anstrengend. Mein Kopf wurde unter der Mütze unangenehm warm. Schweißtropfen kribbelten in meinen Augenbrauen, an meiner Nasenspitze und liefen meinen Rücken hinunter. Da ich nicht ganz die Richtung beibehielt, die ich ins Auge gefasst hatte, kam ich einige Meter unterhalb des Gartens aus dem Wald heraus. Ich schaltete die Lampe aus und folgte dem Saum des Waldes, bis ich das Grundstück erreicht hatte. Im Licht des Vollmonds standen die Büsche des Gartens wie aus Stein gemeißelt. Ich steckte die Taschenlampe in meinen Gürtel und bahnte mir einen Weg im Schutz von Sträuchern, Statuen und einem steinernen Springbrunnen. Um mich herum knackte und raschelte es. Vielleicht hatte es sich unter den Ratten der Gegend herumgesprochen, dass Frau Tolma den größten Feinkostladen weit und breit führte.

Im Schatten einer Statue zog ich den Schal vom Mund und atmete ein paar Mal tief durch. Auf der Rückseite des Hauses war kein Licht zu sehen. Ich verscheuchte den Gedanken, dass Frau Tolma hinter einer der dunklen Scheiben stand und mich beobachtete. Ohne noch einmal die Lampe zu benutzen, suchte ich mir einen Weg bis zur Außentreppe, die zum Keller führte. Anstatt gleich hinunterzugehen, warf ich noch einen Blick auf die Vorderseite des Hauses: Auch hier – alles dunkel.

Vor der Kellertür nahm ich den Bolzenschneider in beide Hände. Wie bei dem Testvorhängeschloss war das Durchtrennen des Metalls auch hier eine Sache von Sekunden. Ich lehnte den Bolzenschneider an die Wand, entfernte das Schloss und schob dann den Riegel zur Seite. Wie ich vermutet hatte, waren die Scharniere schon länger nicht geölt worden und quietschten. Um das Geräusch nicht unnötig in die Länge zu ziehen, zog ich die Tür mit einem Ruck auf. Vor mir zeichnete das Mondlicht ein helles Rechteck auf steinernen Boden.

Ich tat zwei Schritte, zog die Tür hinter mir zu und stand in völliger Dunkelheit. Es roch feucht und muffig. Ich nahm die Mütze ab, zog die Lampe aus meinem Gürtel und schaltete sie ein. Der Lichtkegel glitt über eine weiß gestrichene Wand, Regale, die wie zu erwarten mit allerlei Krempel zum Bersten gefüllt waren, Kisten, aus denen Kleider hervorquollen, eine nicht angeschlossene Waschmaschine, einen Lederkoffer, Farbdosen, eine offen stehende Holztür zur Linken und einen Gang, der geradeaus führte. Ich lauschte: Zu dem gedämpft hereinklingenden Quaken gesellte sich nun das Gluckern irgendwelcher Rohre. Zum Glück war der Boden nicht komplett mit Gerümpel zugestellt und gut passierbar.

Zunächst leuchtete ich hinter die offen stehende Tür zur Linken. Dort fand sich ein kleiner Raum mit unebenem Erdboden. Unzählige Einmachgläser auf wackelig aussehenden Holzgestellen, verschiedene Gartengeräte und eine Kiste mit Puppen. Anstatt das Kämmerchen genauer in Augenschein zu nehmen, folgte ich dem Gang geradeaus. Nach ein paar Schritten führte zu meiner Linken eine Treppe nach oben. Ich leuchtete die Stufen hinauf bis zu einer geschlossenen Tür. Vermutlich hatte ich diese Tür bei meinem letzten Besuch von der anderen Seite aus betrachtet.

Noch immer lief mir Schweiß den Rücken herunter. Ich atmete ein paar Mal tief durch, lauschte erneut und glaubte tatsächlich für einen Moment, ein Wimmern zu hören. Vermutlich spielte mir meine Fantasie einen Streich. Ich hielt mir vor Augen, dass es deutliche Unterschiede zwischen diesem Keller und den Räumen in meinem Traum gab. Er wirkte kleiner, weniger schwarz und weniger dicht. Es gab eine massive Metalltür, an der ein gelbes Schild mit der schwarzen Aufschrift »Heizöllagerraum« hing. Gegenüber stand ein Regal, auf dessen Brettern neben Boxhandschuhen und Stapeln von modrigen Schulheften ein paar noch eingeschweißte Batterien und eine ziemlich altmodisch aussehende Kollektion von Super-8-Kameras lagen.

Ein paar Schritte weiter den Gang hinunter stieg mir intensiver Gestank in die Nase. Etwas Vergleichbares hatte ich gerochen, als ich in kindlicher Neugier ein Stück Fleisch in einem Topf hatte verwesen lassen und nach ein paar Tagen den Deckel geöffnet hatte. Mein Blick wanderte zum Ende des Ganges. Dort, in die Ecke gekauert, lag eine Katze, die noch nicht lange tot sein konnte. Ich ging näher heran und leuchtete. Anstelle eines Bauches sah ich ein wimmelndes Chaos von weißen Fliegenlarven mit Köpfen, die nur aus einem schwarzen Punkt bestanden. Gleich neben der Katzenleiche lag eine weitere Tür, schlicht und aus Holz, das im unteren Drittel zerkratzt worden war. Entweder wetzten dort Katzen ihre Krallen, oder das tote Tier hatte in den Raum hineingewollt. Ich kämpfte gegen den Brechreiz und legte mein Ohr ans Holz. Es war nichts zu hören. Ich klopfte ein paar Mal zaghaft, aber es blieb still. Schließlich schlug ich etwas fester gegen das Holz und sagte leise: »Hallo. Ist da jemand?«

Vermutlich redete ich mit nichts anderem als einem Berg von vollgestopften Kisten. In diesem Moment hörte ich eine Art Stöhnen oder Maunzen. Mir war es weder möglich zu sagen, ob dieses Geräusch von einem Menschen oder einem Tier stammte, noch, ob es diesseits oder jenseits der Tür erklang. Ich legte meine unkontrolliert zitternde Hand auf die Klinke und drückte. Die Tür war abgeschlossen. Allerdings steckte der Schlüssel im Schloss. Etwas strich um meine Beine, und wieder ertönte dieses Maunzen, diesmal direkt in meiner Nähe. Ich nahm die Lampe in die andere Hand und drehte den Schlüssel, bis sich die Tür nach einem klackenden Geräusch nach innen aufdrücken ließ. Der Lichtstrahl meiner Lampe fiel auf ein Bett am anderen Ende eines mittelgroßen, schmucklosen Raumes. Zur Abwechslung war das Zimmer nicht mit irgendeinem Zeug vollgestopft. Ich leuchtete an die Decke, sah dort eine Glühbirne und fand schnell den dazugehörigen Schalter. Während meine Taschenlampe nur Ausschnitte erhellt hatte, füllte das Licht von der Decke jeden Winkel des Raumes. Der Boden war mit einem Teppich belegt, fleckige Auslegeware, die aussah, als hätten sich zahlreiche Spuckflecken zu einem bizarren Muster verbunden.

Die Katze, die eben noch an meinen Beinen geklebt hatte, huschte in den Raum, sprang auf das Bett und verharrte dort, während sie mit aufgerissenen Augen in Richtung Kopfende starrte, als sei dort etwas besonders Interessantes wahrzunehmen. Ich trat ein bisschen näher, konnte aber nichts erkennen, was die Konzentration der Katze erklärt hätte. Das Vieh glotzte, als könne es den Leibhaftigen sehen. Dann begann es, auf der unbezogenen Matratze auf und ab zu scharwenzeln. Neben der bekloppten Katze und dem Bett gab es ein Tischchen, eine leere Plastikflasche, ein paar Puppen und Stofftiere, darunter einen etwas antik anmutenden Hasen, dessen Bauch aufgeplatzt war und ein Innenleben aus Wolle und Sägespänen erkennen ließ. An der rechten Wand stand ein Schrank voller mottenzerfressener, nicht gerade modischer Mädchen- oder Frauenkleider. Auch ein paar Pullover und Hosen, die allesamt Sophie passen mochten. Sicher war ich mir da aber nicht. Neben dem Schrank führte eine offen stehende Tür in ein schmuddeliges WC mit Waschbecken und Dusche. Ich konnte mir jeden Gegenstand der beiden Räume betrachten, solange ich wollte: Irgendeinen Hinweis auf Sophie und ihr Verschwinden fand ich nicht. Alles, was mir dieser Raum bescherte, war eine langsam von der Körpermitte aus aufsteigende Übelkeit. Ich betrachtete mein Gesicht im Badezimmerspiegel. Es mochte an den Lichtverhältnissen liegen, zumindest sah ich darin nicht nur durcheinander, sondern richtiggehend krank aus. Ein paar Sekunden stand ich da, zu keinem klaren Gedanken fähig. Dann spürte ich den starken Wunsch, das Bad, den Raum, den Keller und das ganze Anwesen der Tolmas so schnell wie möglich hinter mir zu lassen. Ich trieb die Katze in den Gang zurück, löschte das Licht, zog die zerkratzte Tür hinter mir zu und schloss ab. Ohne mir eine Atempause zu gönnen, machte ich mich auf den Rückweg durch den Gang, vorbei am Heizöllagerraum. Als ich auf der Höhe des Treppenaufgangs zum Erdgeschoss angelangt war, fuhr mir ein Schrecken in die Glieder: Licht fiel wie ein gefrorener Wasserfall die Stufen hinunter. Mein Blick wanderte nach oben und blieb dort an einer Gestalt im Türrahmen haften. Frau Tolma sah zu mir hinunter. Ich dachte kurz daran, einfach loszurennen. Zwar hatte ich die Mütze nicht wieder aufgezogen, und es war ziemlich wahrscheinlich, dass Frau Tolma mich erkannt hatte. Andererseits: Was sollte sie schon groß ausrichten, wenn ich erst einmal auf und davon war?

»Kommen Sie bitte einmal hinauf.« Frau Tolmas Stimme klang ruhig und ohne Vorwurf. Es erschien mir albern, wie ein jugendlicher Kleinkrimineller davonzustürzen. Ich folgte ihrer Bitte.

10. KAPITEL

Ich schwitzte und war außer Atem, Frau Tolma hingegen wirkte merkwürdig aufgeräumt. Sie trug einen roten Morgenrock und war geschminkt. Ihre kräftigen Füße steckten in etwas zu zierlichen Hausschuhen.

»Kommen Sie!«, ergriff sie die Initiative. »Wir können beide etwas zu trinken vertragen.«

Nachts wirkte die Enge der von Gerümpel überwucherten Zimmer und Gänge noch bedrückender. Ich fühlte mich lebendig begraben, wie ein Archäologe in einem verwinkelten Mausoleum voller Grabbeigaben. Diesmal führte mich Frau Tolma nicht in die Küche, sondern in eine Art Wohnzimmer, in dem man sich tatsächlich auf einem roten Sofa niederlassen konnte. Auch der davor stehende Couchtisch war kaum zugestellt, hatte allerdings eine Reinigung nötig. Davon abgesehen präsentierte sich das Zimmer gewohnt abseitig. Wie Geschwüre wuchsen aus den Wänden Hirschgeweihe, Rehköpfe, ausgestopfte Vögel auf kleinen Ästen und Bilder von Flöte spielenden Hirtenbuben. Aus Regalen gafften Porzellanfiguren, auf einem Sekretär stapelte sich Papier. Obendrein hingen mehrere

Uhren an den Wänden, die kleinen Schwestern von drei gewaltigen Standuhren, die in verschiedenen Winkeln des Raumes verschiedene Zeiten anzeigten.

Frau Tolma holte aus einem Sideboard Gläser und eine Flasche Whiskey.

»Auf Eis können Sie doch verzichten?«

»Kann ich.« Bei diesen ersten Worten, die ich sagte, erschien mir meine Stimme wie die eines Fremden.

Frau Tolma füllte mit konzentrierter Miene zwei Gläser zur Hälfte und reichte mir eins davon. Ich nahm einen Schluck. Der Whiskey schmeckte außerordentlich gut.

»Sie sind ziemlich hartnäckig«, sagte Frau Tolma. »Ich weiß noch nicht, ob ich Sie für besessen oder heldenhaft halten soll. Haben Sie denn sonst keinen Lebensinhalt?«

Ich schwieg.

»Na, ich kann mich zumindest nicht entsinnen, dass ein Mann für mich je so einen Einsatz gezeigt hätte. Und Sie haben im Ernst geglaubt, ich halte Sophie hier im Keller fest?«

»Vielleicht. Oder für wen ist das Bett?«

Frau Tolma blickte eine Weile gedankenverloren vor sich hin. Ich konzentrierte mich auf das ferne Quaken der Frösche. Eine Katze huschte in den Raum. Das eingeschaltete Licht einer Stehlampe warf ihren Schatten verkleinert auf einen Karton vor dem Sideboard.

»Wissen Sie, wie es ist, eine geistig behinderte Tochter zu haben?« Frau Tolma sah mich unverwandt an.

»Nein.«

»Vermutlich wissen Sie nichts von Beatrice.«

»Nein, nie gehört.«

»Meine erste Tochter. Zwei Jahre älter als Sophie. Sie hatte von Geburt an einen Hirnschaden. Damals wurde so etwas noch nicht im Vorfeld untersucht – verstehen Sie? Wir haben sie verborgen.«

Ich dachte, Frau Tolma würde nur eine kurze Pause machen. Erst nach einer Weile bemerkte ich, dass sie offenbar mit ihren Erklärungen schon am Ende war.

»Verborgen«, wiederholte ich.

»Natürlich haben wir sie nicht ständig eingesperrt. Sie wurde auch zu einer entsprechenden Schule gebracht. Ich konnte sie nur an den Wochenenden nicht immer frei herumlaufen lassen. Sie hat zu viel Unfug gemacht.«

Ich stützte meinen Kopf in eine Hand. Für einen Moment musste ich die Augen schließen. Hinter meinen Lidern war eine tiefe Schwärze ohne irgendwelche Gedanken oder Vorstellungen. Von mir aus hätte es eine ganze Weile so bleiben können.

»Es war mein Mann, der Beatrice abschirmen wollte«, fuhr Frau Tolma fort. »Er musste es gar nicht aussprechen, und ich wusste schon, dass er Beatrice geheimhalten wollte. Sie können sich nicht vorstellen, wie es hier auf dem Land ist. Und die Familie meines damaligen Mannes ...«

»Ihr Mann ist also schuld daran, dass Sie Ihre Tochter eingesperrt haben. Böser Mann.«

Frau Tolma tippte mit ihrem Zeigefinger gegen den oberen Glasrand. »Sie wissen immer gleich, was das Beste ist, nicht wahr? Es muss großartig sein, wenn man so schlau ist.«

Ich nippte an meinem Whiskey. Frau Tolma schlug ein Bein über das andere. Der Morgenmantel verrutschte und ließ ein Stück von ihrem Unterschenkel erkennen.

»Ich habe Paul auf einer Party kennengelernt. Auf der nächsten Party hat er mich geschwängert.«

»Die wilden Sechziger.«

»Die waren keineswegs besonders wild. Aber Paul war ein von sich selbst eingenommener Playboy und ich ein dummes Mädchen. Er hat mich geheiratet, weil mein Vater Professor war.«

»Natürlich, warum auch sonst?«

»Das ist nicht so abwegig, wie es für Sie klingt. Natürlich sollte auch ein Skandal vermieden werden. Aber Paul stammt aus einer Unternehmerfamilie. Geld gab es genug, auch wenn man natürlich immer noch mehr haben wollte. Aber wie sein Vater hatte Paul Komplexe, was die höhere Bildung anbelangt. Eine Professorentochter macht was her. Paul dachte vermutlich, das erspart ihm die Lektüre unzähliger Bücher. Und dann war ich auch noch zwölf Jahre jünger und so dumm, dass ich ihn angehimmelt habe. Da konnte er kaum Nein sagen.«

»Dann haben immerhin Sie aus Liebe geheiratet.«

»Blödsinn. Ich hätte sonst die Wahl zwischen Abtreiben und Alleinerziehen gehabt. Da redet man sich Einiges schön.«

»Und dann haben Sie das Kind bekommen?«

»Nikolai. Ganz recht. Genauso gut hätte ich mich gleich einsperren lassen können. Paul hatte Besseres zu tun, als sich um einen schreienden Säugling zu kümmern. Tagsüber Baulöwe, nachts Partylöwe, während Mutti so tut, als hätte sie ihre Bestimmung gefunden. Tututu und hach wie süß. Dabei konnte ich mit Nikolai nichts anfangen. Ich fand ihn hässlich.«

»Jetzt sieht er ganz gut aus.«

»In der Tat – sehr gut. Das ist ja das Seltsame: Ich habe mich erst später in ihn verliebt.« Frau Tolma schwenkte ihr Glas und betrachtete die darin hin und her schwappende Flüssigkeit. Dann nahm sie einen langen Schluck und strich sich mit einer raschen Bewegung eine nicht sichtbare Menge Haar hinter das linke Ohr.

»Wo ist Beatrice jetzt?«, fragte ich.

»Tot.«

Besonders überrascht war ich nicht. Trotzdem fühlte ich mich schlagartig unwohl.

»Stört es Sie, wenn ich rauche?«, fragte ich und langte nach meinen Zigaretten. Frau Tolma schüttelte den Kopf. Dann stand sie auf und kam kurze Zeit später mit einem schwarzen Porzellanaschenbecher zurück.

»Lassen Sie uns nicht über die Toten reden«, sagte sie, nachdem sie wieder Platz genommen hatte. »Ich habe Sie heraufgeholt, weil ich Sie um etwas bitten möchte.«

Ich schüttelte den Kopf. »Das wird ja immer toller«, sagte ich mehr zu mir selbst.

»Das können Sie sehen, wie Sie wollen, aber bitte: Finden Sie meine Tochter!«

»Ich habe allmählich das Gefühl, dass in Ihrer Familie jeder einen Schaden hat.«

»Und?« Frau Tolma sah mich von der Seite an. »Haben Sie sich schon einmal gefragt, was Sie damit zu tun haben?«

»Ich? Ich kann jederzeit aufstehen und gehen und diesen Irrsinn hinter mir lassen.«

»Wenn Sie das wollen, dann gehen Sie doch! Ich halte Sie nicht auf. Von mir werden Sie nie wieder etwas hören.«

Die Mütze in der Rechten, stützte ich die Handflächen auf meine Knie und seufzte. »Ich habe noch Whiskey im Glas«, sagte ich kraftlos. Irgendetwas krachte im hinteren Teil des Raumes zu Boden.

»Diese Katzen«, stieß Frau Tolma leise und wütend zwischen den Zähnen hervor.

»Könnten auch Ratten sein.«

Frau Tolma überhörte meinen Kommentar. »Sie haben mehr Mumm, als ich Ihnen zugetraut hätte. Wenn Sie wollen, gebe ich Ihnen ein Foto von Sophie. Vielleicht hilft es Ihnen.« Sie bemerkte, dass ich ungläubig meine Brauen zusammenzog, und legte beiläufig eine Hand auf meine Schulter. »Ein Foto wird Ihnen bestimmt helfen. Sie können sich dann besser auf Sophie konzentrieren.«

Mit diesen Worten stand Frau Tolma auf und bahnte sich ihren Weg zu einem Schrank, der zum Teil von einer der drei monströsen Standuhren verdeckt wurde. Mit einem Handgriff hatte sie ihn geöffnet und ein Fotoalbum hervorgeholt.

Ich war erstaunt darüber, dass sie sich tatsächlich zurechtfand. Mit leicht schwankendem Schritt kam sie zurück zum Sofa und setzte sich wieder neben mich. Das Fotoalbum sah alt aus. Frau Tolma blätterte eine Weile, dann reichte sie mir zwei Bilder. Das eine war gerade mal ein paar Monate alt und zeigte Sophie so, wie ich sie in Erinnerung hatte. Sie guckte durch den Fotografen hindurch, in irgendeine weite Ferne. Die Hände hielt sie wie ein Schulmädchen aus Großmutters Zeiten oder ein in Würden ergrauter Politiker vor dem Bauch verschränkt. Das andere Bild zeigte Sophie als Kind. Es war eine etwas blasse, gelbstichige Farbfotografie. Sophie trug Zöpfe und blickte von unten ungläubig und sehr ernst in die Kamera. Ihr Kinn war leicht nach vorne geschoben, ihre Lippen fest aufeinandergepresst. In der Hand hielt sie ein Körbchen mit bunt bemalten Ostereiern.

»Wissen Sie«, sagte Frau Tolma, »Sophie ist als junges Mädchen öfter weggelaufen. Manchmal kam sie erst ein oder zwei Tage später wieder. Ich war oft nahe dran, die Polizei zu rufen.«

»Haben Sie denn jetzt die Polizei eingeschaltet?«

»Nikolai hat das erledigt. Er hat eine Vermisstenanzeige aufgegeben. Aber solange nichts auf ein Verbrechen deutet, leitet bestimmt niemand eine Fahndung ein.«

»Sie könnte doch bei ihrem Vater sein.«

»Ach was. Die beiden haben doch seit Jahren nichts miteinander zu schaffen. Trotzdem habe ich einen Privatdetektiv in München beauftragt. Er sollte herausfinden, ob meine Tochter bei meinem Exmann ist. Aber nichts.« Frau Tolma schüttelte den Kopf.

»Und was ist Ihre Vermutung? Wo steckt Sophie? Keine mütterliche Intuition?«

Frau Tolma schürzte die Lippen und sagte dann leise: »Sie ist weggelaufen. Weggelaufen und dann in Schwierigkeiten geraten.«

»Wovor denn weggelaufen?«

»Wenn ich das wüsste.« Da Frau Tolma nichts mehr sagte und mir keine sinnvolle Frage einfiel, trank ich mein Glas leer und stand auf.

»Danke für den Whiskey.«

»Sie melden sich, sobald Sie etwas herausfinden, nicht wahr?«

Ich nickte.

»Das ist sehr nett.« Frau Tolma machte keine Anstalten, mir die Hand zu geben oder mich zur Tür zu bringen. Wie zu sich selbst sagte sie: »Ich habe den Pool ja nie gewollt.«

»Wie bitte?«

»Wir hätten längst das Wasser aus dem Scheißding rauslassen sollen.«

Ich blieb ein paar Atemzüge unschlüssig stehen, dann formulierte ich eine plötzliche Eingebung: »Beatrice ist im Pool ertrunken?«

»Sophie sollte auf sie aufpassen. Die Tür im Keller stand offen.«

»Also hat jemand Beatrice rausgelassen und dann nicht mehr auf sie aufgepasst?«

»Sophie konnte sich nicht mehr genau erinnern. Sie war damals ja noch verträumter als heute. Sie war ständig in ihrem Zimmer und unterm Kopfhörer.«

»Hat man die Leiche untersucht? Ich meine, vielleicht war es ja ein Verbrechen?«

»Ja, hat man. Ich will gar nicht wissen, was sie alles mit Beatrice gemacht haben. Wenn es Sie im Detail interessiert: Man hat kein Sperma in ihr gefunden, keine fremden Haare, keine Verletzungen, die sie sich nicht selbst beigebracht haben könnte. Und wissen Sie, womit mich die Gerichtsmediziner damals getröstet haben?«

Ich schüttelte den Kopf.

»Ertrinken sei ein schöner Tod. Wenn kein Sauerstoff mehr da ist, um das Gehirn zu versorgen, wird man schwerelos, sieht schöne Landschaften, hört Engelsmusik. Auch wenn das nur ein paar Sekunden dauert, soll es einem ewig vorkommen, wie ein Paradies. Verstehen Sie? Die meinten, auch wenn man nicht an ein Paradies glaubt – meine Tochter hätte sicherlich am Ende eines gefunden.«

Nach einer Pause, die ich für angemessen hielt, fragte ich: »Haben Sie auch Fotos von Beatrice?«

»Ja«, sagte Frau Tolma und blätterte eine Weile in dem Album. Schließlich hielt sie mir eine Doppelseite hin, in der ausschließlich Bilder von Beatrice klebten. Das letzte Foto der Reihe zeigte Sophies Schwester mit struppigen Haaren und zornigen Augen.

11. KAPITEL

In der folgenden Woche konnte ich mich kaum aufs BUF oder die Projektmanagementsoftware konzentrieren. Ich saß an meinem Schreibtisch und sah durch den Bildschirm. Ich hätte gerne mit Nikolai gesprochen, aber er befand sich auf einer Geschäftsreise. Er mailte mir jedoch, ich solle ihn am Freitagabend bei sich zu Hause besuchen. Dann könnten wir in Ruhe über Sophie reden.

Ich konnte das Gespräch kaum abwarten, und als Nikolai mich und Vergil schließlich am vereinbarten Tag gegen 21 Uhr im Rahmen seiner Wohnungstür am Ende eines langen, dunklen Flurs empfing, fühlte ich mich unruhig und voller diffuser Erwartungen.

Nikolais Wohnung erweckte noch immer den Anschein, als stünde ein Umzug bevor oder hätte gerade stattgefunden. Selbst in der Küche stand ein Karton mit nicht ins Regal geräumten Gewürzen. Es sah ohnehin nicht so aus, als ob hier anständig gekocht würde. Ich konnte es richtiggehend vor mir sehen, wie Nikolai spätabends dasaß und ein Päckchen Asianudeln mit heißem Wasser übergoss oder einen Salat vom Bringdienst aß. Im Kühlschrank würde man vermutlich eine Flasche Sekt, vielleicht auch Champagner, eine Halbfettmargarine, zwei Fruchtjoghurts und eine Packung Schnittbrot finden.

Im Wohnzimmer tönte David Bowie aus den Boxen der Harman-Kardon-Anlage. Vergil legte sich auf den Platz zwischen einem Stapel Zeitungen und einem braunen Ledersofa. Nikolai räumte eilig ein paar Dinge vom Tisch und entschuldigte sich für die Unordnung. Er sei so viel unterwegs, dass ihm die eigene Wohnung wie ein Hotelzimmer vorkomme. Nikolai fragte, ob ich roten oder weißen Wein wolle, skizzierte fachmännisch die Rebsorten und Weingüter und stellte schließlich einen Dekantierer voll rotem Ahrwein und einen dreiarmigen Kerzenleuchter auf den Tisch. Als alles an seinem Platz war, schenkte er uns ein und prostete mir zu.

»Weißt du, dass du mein erster Besuch bist?«, sagte er. »Ich wohne hier seit zwei Jahren, und du bist mein erster richtiger Besuch. Du bist der erste – wie sag ich das jetzt? – Freund.«

Er legte den Kopf leicht schief, hob das Glas und nahm mit ritueller Geste einen Schluck, so als besiegle er dadurch das Gesagte.

»Lass uns über Sophie reden«, sagte ich.

»Gut. Vielleicht erzählst du erst einmal, was dein Stand ist. Alles, was du weißt und vermutest.«

Ich versuchte, so viel zu sagen, dass es auf Nikolai offen, ehrlich und vertrauenerweckend wirken musste. Ich erzählte, wie ich Sophie kennengelernt hatte, wie wir die Mutter in Kreuzheim besucht hatten und dass Sophie an unserem letzten gemeinsamen Abend etwas verstört gewirkt hätte. Sophies Überlegungen und Träume und ihre Sorge, etwas Wichtiges vergessen zu haben, ließ ich unerwähnt. Stattdessen schmückte ich mein Gespräch mit Vera und dem Swami aus und beschrieb ein wenig Sophies verlassenes Zimmer, allerdings ohne die Notizbücher zu erwähnen. Ich schloss mit der Vermutung, dass Sophie weggelaufen war. Nikolai, der bisher versonnen auf den Fuß des Kerzenleuchters geblickt hatte, schnippte mit den Fingern: »Das passt haargenau zu meinen Überlegungen.« Mit schwungvoller Geste goss er mir und sich nach. »Und genau das ist auch der Grund, warum ich bei der Polizei nicht die ganz große Welle gemacht habe.«

Ich zog eine Zigarettenschachtel aus meiner Hemdtasche und warf Nikolai einen fragenden Blick zu. Er sprang auf und kam nach ein paar Sekunden mit einem Glasaschenbecher zurück.

»Und was könnte der Grund sein?« Ich musterte Nikolai, der hellwach wirkte.

»Du weißt, dass ich noch eine Schwester hatte, oder?«

»Deine Mutter hat es mir erzählt.«

»Ah ja, die ist zu viel alleine. Wenn sie dann mal jemanden trifft, kann sie mit dem Reden kaum mehr aufhören. Hat sie dir auch erzählt, dass Beatrice ertrunken ist?«

»Ja, im Swimmingpool.«

»Genau. Hat dir meine Mutter noch mehr erzählt?«

Ich schüttelte den Kopf. Nikolai lehnte sich zurück und verschränkte die Arme hinter dem Kopf. Dann wippte er nach vorne, legte die Hände gerade auf den Tisch und begann zu erzählen: »Meine Mutter war an dem Wochenende unterwegs. Ich habe zu dieser Zeit längst in Köln studiert und bin nur manchmal nach Kreuzheim gefahren. Als es passiert ist, war Sophie vierzehn und Beatrice sechzehn, aber weil Beatrice so zurückgeblieben war, hatte Sophie den Status einer großen Schwester für sie. Sophie hat ihr alles Mögliche erklärt, gezeigt, ihr ständig geholfen. Viel mehr als meine Mutter. Man könnte sagen, dass meine Mutter Sophie ein bisschen so erzogen hat, dass sie sich um Beatrice kümmert, damit der Rest der Familie seine Ruhe hat. Das klingt fies, und ich habe das damals auch nicht so gesehen, aber mittlerweile glaube ich, dass da leider etwas dran ist. Meine Mutter hat das vielleicht nicht bewusst gemacht, aber du musst mal versuchen, dir vorzustellen, was für eine Belastung ein behindertes Kind ist.«

Ich drückte meine Zigarette im Aschenbecher aus und zündete gleich eine neue an, um sie mit tiefen Zügen zu Asche zu rauchen.

»Du kannst dir vielleicht denken, dass das Verhältnis von Sophie und Beatrice nicht ganz einfach gewesen ist.«

»Worauf willst du hinaus?«

Nikolai hob die linke Hand mit der flachen Seite in meine Richtung. »Ich sage dir, was ich weiß, aber es hat keinen Sinn, mit der Tür ins Haus zu fallen. Du würdest es nur in den falschen Hals bekommen. Ich kann mich aber auch kurzfassen. Wir können direkt zum Ende springen, wenn dir das lieber ist.«

»Nein. Erzähl einfach weiter.«

»Natürlich mochte Sophie ihre Schwester. Die beiden haben zu der Zeit viel zusammen gemacht, zum Beispiel eine Art Baumhaus gebaut. Sophie konnte rührend geduldig sein. Aber sie hatte es schwer. Bei mir und meiner Mutter war Beatrice zahm und angepasst, bei Sophie ließ sie ihren Dampf ab. Sie konnte richtig gemein sein.«

»Und du hast dir das einfach angesehen?«

»Ja, ich habe es für ziemlich selbstverständlich gehalten. Erst habe ich mich um Beatrice gekümmert, später war eben meine kleine Schwester dran. Dabei ist es eigentlich ohnehin ein Luxus, dass wir Behinderte mit durchschleppen.«

»Das klingt so, als ob du Beatrice heiß und innig geliebt hättest.«

»Ich liebe sie noch, falls du das nachvollziehen kannst. Aber um es kurz zu machen: Es ist ein Frühlingstag. Ich komme nach Hause, mit einer Tasche voll Wäsche. Ich schaue nach Sophie. Sie sitzt in ihrem Zimmer und hört Musik. So laut, dass man sie deutlich durch den Kopfhörer hört. Ich schaue nach Beatrice. Die Kellertür ist offen. Ich frage Sophie, warum die Tür offensteht und ob sie weiß, wo Beatrice ist. Sie hebt abwehrend die Hände und schüttelt den Kopf. Eine Viertelstunde später entdecke ich die Leiche im Pool. Sophie wirkt verstört, aber irgendwie nicht richtig erschrocken. Die offizielle Version lautete dann, dass Beatrice ausgebüchst und unbeaufsichtigt in den Pool gefallen ist.«

Reflexartig griff ich nach der Zigarettenpackung, besann mich dann aber und steckte sie wieder in meine Hemdtasche.

»Ich will nicht sagen, dass Sophie ihre Schwester ins Becken gestoßen hat«, brach Nikolai das Schweigen. »Das ist dir hoffentlich klar.«

»Was willst du dann sagen?«

»Ich liebe meine Schwester. Ich weiß aber auch, dass sie krank ist. Und sie war damals sehr überlastet. Das ist auch die Schuld von mir und meiner Mutter.«

»Sie hat Beatrice also rausgelassen, gesehen, wie sie in den Pool fällt und dann keine Hilfe geholt?«

»Zumindest war sie nicht überrascht, als sie ihre tote Schwester gesehen hat. Und es wäre auch eine Erklärung dafür, warum sie jetzt wegläuft. Durch irgendetwas kommt die Erinnerung zurück. Sie hat plötzlich schreckliche Schuldgefühle und läuft weg.«

»Ziemlich verwirrend, was du erzählst.«

»Hat sie nie mit dir darüber gesprochen?«

»Sie hat mir nicht einmal erzählt, dass sie eine Schwester hatte.«

Nikolai lächelte. Ich versuchte, einen klaren Gedanken zu fassen, aber mein Kopf schien mit einem Brei angefüllt, der ständig weiter aufquoll und die letzte Hirnwindung verkleisterte.

»Ich glaube, wir können beide etwas Aufmunterung gebrauchen.« Nikolai stand auf und ging im Zimmer hin und her. »Hättest du Lust, einen der Filme zu sehen, die ich gedreht habe?«

»Warum nicht?«, sagte ich geistesabwesend und willenlos. »Was ist das denn für ein Film?«

»Ein ganz kurzer. Wird dir gefallen. So eine Art Interview.«

»Okay. Gucken wir uns den halt an. Ich kann dir aber nicht versprechen, dass ich wirklich aufnahmefähig bin.«

»Schon okay. Wenn es jetzt nichts für dich ist, machen wir ihn eben wieder aus.« Nikolai bugsierte einen Beamer aus dem Schlafzimmer auf den Wohnzimmertisch und richtete ihn auf die Wand über dem Ledersofa. Dann holte er einen Laptop, verkabelte die Geräte und schaltete sie ein. In der Zwischenzeit trank ich ein weiteres halbes Glas und sah Vergil zu, der mit geschlossenen Augen dalag. In regelmäßigen Abständen hob und senkte sich sein Körper.

Nikolai schaltete die Lichter aus. Dann begann der Kurzfilm. Eine Frau saß auf einem Ledersofa vor einer weißen Wand. Vermutlich war es genau die Wand, auf die wir nun starrten. Die Frau war bis auf einen Slip und einen BH nackt. Ihre langen blonden Haare wirkten nass oder fettig, ihr eigentlich hübsches Gesicht hatte etwas verstörend Schiefes, die Augen sahen stumpf durch halb geschlossene Lider, so als wäre sie ziemlich betrunken. Ihr Kopf hing ein wenig zur Seite, und wenn man ihren Körper länger betrachtete, konnte man sehen, dass sie schwitzte und Narben an den Unterarmen hatte. Keine länglichen Selbstmordversuchsnarben, sondern kurze, kleine Schnitte kreuz und quer.

»Hallo Jenni?« Nikolais Stimme kam aus dem Off.

»Jahaa.« Jenni machte die Augen ein Stück weiter auf und versuchte, in die Kamera zu gucken. Als sie das Objektiv im Blick hatte, strich sie sich mit einer fahrigen Bewegung durch die Haare. Ich sah zu Nikolai hinüber, der konzentriert an die Wand guckte.

»Jenni, möchtest du uns nicht ein bisschen von dir erzählen?«

»Ich dachte, wir ficken.«

»Nein Jenni. Ich habe es dir doch erklärt. Du bekommst das Geld, ohne zu ficken.«

»Ja? Egal.«

»Jenni, guck mal. Ich hab hier 'ne Knarre, cool oder?«

»Cool.«

»Einen Derringer.«

»Ist aber illegal, oder? Oder bist du Bulle oder so?«

»Nimm die mal in die Hand.«

Jenni kicherte. »Trau mich nicht.«

»Doch, doch.«

»Ist die geladen?«

»Das ist ein Geheimnis. Aber stell dir vor, es ist ein Schwanz.«

Jenni kicherte wieder und nahm die Pistole entgegen. Dabei tauchten Nikolais Rücken und seine rechte Hand kurz im Bild auf. Jenni prüfte die Waffe in ihrer Hand, hielt sie an die Decke und machte »Bumm, Bumm!«

»Denk an den Schwanz!« Nikolais Stimme erklang nun wieder aus dem Off. Jenni leckte mit der Zunge über den Lauf.

Ich räusperte mich, aber Nikolai reagierte nicht darauf. Jenni steckte sich den Lauf in den Mund und saugte mit gespielter Hingabe daran.

»Was soll der Scheiß?« Meine Frage klang weniger entschlossen und vorwurfsvoll, als ich es beabsichtigt hatte.

»Ist doch nicht geladen«, sagte Nikolai verblüfft und hob entschuldigend die Hände. Im Video sagte er: »Jenni, du bist sehr hübsch. Vor allem deine Unterarme finde ich sehr hübsch.«

»Was ist denn mit meinen Unterarmen?« Die Frau im Film kicherte. Mir hatte Nikolais lässige Reaktion die Sprache verschlagen. Ich konnte nicht anders, als auf die Wand zu gucken, tatsächlich interessiert daran, wie die Szene weiterging.

»Die vielen Schnitte, die finde ich hübsch«, sagte Nikolai zu Jenni.

»Ach so. Echt? Wenn du willst, kann ich dir mit den Unterarmen einen runterholen. Kannst draufspritzen, wenn du willst.« Die Frau griff mit beiden Händen ihre Brüste und drückte sie zusammen.

»Danke für das Angebot, Jenni. Aber ich möchte mich lieber mit dir unterhalten.«

»Ach so.«

»Wie viele Freier hattest du heute schon?«

»Hä? Da muss ich überlegen. Heute, heute. Ich glaub zwei. Sag mal – hast du was zu trinken da?«

»Sicher. Ist Whiskey okay?«

»Immer her damit.« Sie kicherte wieder. Dann saß sie einfach nur da und versuchte, in die Kamera zu lächeln.

Man hörte Glas über Steinboden streifen, Jenni beugte sich zur Hälfte aus dem Bild heraus und war dann wieder mit einem Glas in der Hand zu sehen. Sie prostete der Kamera zu und trank dann in großen Schlucken.

»Und, gut?«

»Hä? Ja. Danke.«

»Machst du's den Freiern gerne?«

»Was bist denn du von Beruf? Bestimmt Banker oder so. Machst du das gerne oder wegen der Kohle?«

»Ich bin kein Banker und über mich reden wir jetzt nicht. Also: Machst du das gerne?«

»Nicht wirklich.« Sie kicherte. »Aber erzähl's nicht weiter.«

»Was würdest du denn lieber machen?«

Jenni ließ den Kopf sinken. Sie spielte mit dem Glas in ihrer Hand.

»Jenni. Schau bitte in die Kamera! Was würdest du lieber machen?«

»Keine Ahnung. Was mit Tieren oder so. Weißt du, Hunde. Hundetrainerin.«

»Hundetrainerin?«

»Ja, wo man die so erzieht.«

»Tja, das wär was, Jenni. Aber dazu braucht man eine Ausbildung und Disziplin und Selbstbewusstsein, oder Jenni?«

»Hmmm.«

Ich sah wieder zu Nikolai herüber: »Sag mal, was gucken wir da eigentlich?«

»Gefällt es dir nicht?«

»Ich weiß nicht, was die Scheiße soll.«

»Es ist ein Interview.« Nikolai sah mich derart gelassen und freundlich an, dass es mir schwer fiel, mich aufzuregen.

»Baut dich das auf? Fühlst du dich stark, wenn du eine Kaputte ausquetschen kannst?«

»Was stellst du dich so an? Ich hätte nicht gedacht, dass du einer von den Heuchlern bist.«

»Mach es einfach aus.«

Für einen Moment saß Nikolai lächelnd auf seinem Stuhl. Dann erhob er sich und drückte eine Taste auf dem Laptop.

»Pornos guckst du schon, oder?« Nikolai wartete meine Antwort nicht ab: »Da spielen Frauen wie Jenni mit. Hübsch zurechtgemacht. Aber du willst ja nicht hinter die Kulissen gucken. Du hältst dich für was Besseres, bist es aber nicht.«

»Keine Ahnung, was du für ein Problem hast, aber ich hau ab.« Ich stand auf, kam kurz ins Schwanken, mehr vor Erschöpfung als von den drei Gläsern Wein. Während ich Vergil weckte, stand Nikolai plötzlich neben mir. Er wirkte mit einem Schlag größer, massiver und nicht mehr im Geringsten kumpelhaft. Mit einer veränderten Stimme sagte er: »Du bist derjenige, der Probleme hat. Riesengroße Probleme.«

Ohne auf Nikolai einzugehen, öffnete ich die Tür und trat in den Flur. Es dauerte quälend lange, bis meine zitternde Hand den Lichtschalter gefunden hatte. Nikolai stand währenddessen im Türrahmen, so nah, dass ich glaubte, seinen Atem im Nacken zu spüren.

12. KAPITEL

Als ich am Montagmorgen im Büro meinen Posteingang checkte, klickte ich als Erstes auf eine neue Mail von Nikolai. Er sei ein paar Tage auf Dienstreise, und ich solle mich mit Frau Behrendt von der Personalabteilung in Verbindung setzen. Ich rief sie an und erfuhr, dass mein Ende des Monats auslaufender Vertrag derzeit leider nicht verlängert werden könne. Laut Herrn Tolma seien meine Aufgaben abgeschlossen. Ich bräuchte von nun an nicht mehr zur Arbeit zu erscheinen, würde aber selbstverständlich noch für diesen Monat entlohnt.

Als ich eine gute Stunde später die Tür zu meiner Wohnung aufschloss, fühlte ich mich erschöpft. Ich legte mich aufs Bett und verbrachte ein paar Stunden zwischen Schlafen, Dösen und Umherwälzen, bis am frühen Abend das Telefon klingelte. Ich zwang mich dazu, nicht gleich abzuheben, sondern mich ein paar Atemzüge lang zu sammeln. Als ich in der Leitung die Stimme meines Vaters hörte, war ich für einige Augenblicke so verwirrt, dass ich mich nicht auf das Gespräch konzentrieren konnte. In seiner verklemmten, umständlichen Art bat er mich, ihn möglichst bald zu besuchen. Er wolle mir etwas geben. Ich schlug den Postweg vor, aber mein Vater bestand auf dem Besuch. Schließlich fragte er sogar, ob bei mir alles in Ordnung sei, was ich bejahte. Dann drängte er wieder darauf, dass ich bald zu ihm kommen solle.

»Na, bringen wir es schnell hinter uns«, sagte ich. »Morgen?«

Bis tief in die Nacht lief ich mit Vergil durch und um das Messdorfer Feld. So lange, bis ich glaubte, schlafen zu können. Wieder zu Hause holte ich die zwei Fotos von Sophie hervor, die mir Frau Tolma gegeben hatte. Das Kinderbild sah ich mir nur wenige Sekunden an. Es gefiel mir nicht. Das andere Bild betrachtete ich dafür umso länger. Ich hätte gerne geweint, aber zum Weinen braucht man eine Form der emotionalen Klarheit, die ich nicht hatte. Ich legte mich ins Bett, löschte das Licht und versank in einem gleichgültigen Schwarz.

Ich stehe auf einer Wiese. Manche der Blumen und Gräser reichen bis zu meinen Hüften. Bienen und Schmetterlinge kleben an Blütenkelchen. In der Luft schweben Pollen, Staubteilchen und Spinnwebfäden. Die Konturen sind ungewöhnlich scharf. An der Abendsonne allein kann es nicht liegen. Im Vergleich zu dieser Wiese scheinen alle anderen Wiesen, durch die ich je gegangen bin, künstlich wie gut gemachte Computeranimationen, die sich bei näherem Hinsehen als eine Struktur aus Pixeln offenbaren. Jetzt aber sind die Dinge vollgesogen mit Wirklichkeit, Schwämme, aus denen man immer weiter Leben herauspressen könnte. Ich betrachte meine Hand. Noch nie habe ich so viele Details an ihr gesehen. Die Wege, die kreuz und quer durch ihre Innenseite laufen, lassen mich an die topografische Karte einer unbesiedelten Gegend denken.

Ich gehe ein paar Meter und streiche mit der rechten Hand über die Köpfe einiger Disteln. Kletten heften sich an meine Hose. Langsam drehe ich mich im Kreis und betrachte meine Umgebung. Abgesehen von einem Wald gibt es nur endloses, mit Gras bewachsenes Land. Irgendwo weit hinten läuft es mit dem Horizont zusammen. Die Ebene und der Himmel bilden die zwei Hälften einer Tasche, die mich umschließt. Die Luft ist aufgeladen, voller elektrischer Spannung, verdichtet, wie kurz vor einem Gewitter. Die Sonne steht als roter Halbkreis über den Wipfeln der Tannen. Im Saum zwischen Wiese und Wald erhebt sich auf meterhohen, fast weißen Pfählen eine Hütte, deren spitzes Dach über die Tannen ragt. Ich rieche das Harz der Nadelbäume, scharf wie Terpentin. Ich rieche die Säfte der Bienen, die Dünste der Blüten, die Chemie der Gräser.

Ich gehe näher an die Hütte heran und sehe, dass die Pfähle weder aus Holz noch aus riesenhaften Knochen bestehen, sondern aus einem mir unbekannten Material, glatt und hell wie gigantische Kohlstrünke. Um zur Tür der Hütte zu gelangen, erklimme ich eine Leiter aus demselben organischen Material. Die Sprossen atmen in meinen Händen.

Ich erreiche die Tür und klopfe. Als eine Weile niemand geantwortet hat, drücke ich gegen die Tür. Kurz darauf finde ich mich in Sophies Zimmer wieder. Ihr ungemachtes Bett, das große Fenster, hinter dem Schneeflocken um einen blattlosen Baum schweben. Es riecht nach Tee, Kerzenwachs und Rotwein. Sophie hat nichts verändert, seit ich das letzte Mal hier gewesen bin. Nur eine Kleinigkeit ist anders: An der Wand neben dem Bücherregal hängen Fotos. Ich trete ein, schließe die Tür hinter mir und gehe zu den Fotografien. Zwei von ihnen bilden mich ab: einmal, wie ich mit Sophie in diesem Zimmer sitze und Wein trinke, ein anderes Mal, wie ich ihr Gesicht im Schlaf beobachte. Mit dem Zeigefinger streiche ich vorsichtig über Sophies viel zu kleinen Kopf.

Es gibt andere Bilder, auf denen ich nur dann etwas erkennen kann, wenn ich nicht direkt hinsehe. Sobald ich mich ihnen zuwende, zerlaufen sie zu einem schwarzen Geschmiere. Gucke ich hingegen einige Zentimeter an ihnen vorbei, lassen sich aus den Augenwinkeln gewisse Dinge erkennen. Sicher bin ich mir nicht, aber es gibt Andeutungen von Kellern, Tiefgaragen, unter der Erde liegenden Bauwerken, vielleicht Bunkern. Es gibt einen offenen Sarg, in dem mein Vater liegt und mich ansieht.

In diesem Moment öffnet sich die Hüttentür. Im orangefarbenen Licht, das den Rahmen füllt, steht Sophie. Sie trägt ein schwarzes, bodenlanges Kleid. Sie ist barfuß und ungeschminkt.

»Was tust du hier?«

»Ich sehe mir die Fotos an.«

»Du hast mich nicht um Erlaubnis gefragt.«

»Entschuldigung, du warst nicht da.«

»Das ist noch lange kein Grund, einfach meine Hütte zu betreten. Was fällt dir überhaupt ein?«

»Ich suche dich schon so lange. Ich vermisse dich.«

»Verschwinde.« Sophies Gesicht wirkt im Halbdunkel des Zimmers wie eine geschnitzte Holzmaske voller Furchen. »Hörst du nicht? Du sollst dich zu Luft machen. Ich bin nicht dein Trost.«

In ihrem Gesicht glaube ich kurz, ein anderes Gesicht zu sehen. Bevor ich Zeit habe, es zuzuordnen, ist es schon von einem weiteren Gesicht abgelöst worden. Auch dieses neue Gesicht erscheint zu flüchtig, um etwas zu erkennen.

»Du siehst eigenartig aus«, sage ich.

»Was meinst du damit?«

»Hässlich.« In diesem Moment verändert sich ihr Gesicht ein weiteres Mal und verformt sich zu einem Brei, in dem zwei unterschiedlich große Augen und ein lippenloser Mund mit spitzen Zähnen schwimmen.

»Du verwechselst mich«, sagt sie mit einer Stimme, die klingt wie das Summen eines Wespenschwarms. Meine Perspektive verändert sich. Ich schwebe mit großer Geschwindigkeit von Sophie weg und sehe sie und die Einrichtung ihres Zimmers plötzlich als Projektion auf einer etwa zwei Quadratmeter großen Leinwand. Der Stuhl, auf dem ich sitze, ist aus Plastik, der Raum um mich herum leer, bis auf einen Mann mit Halbglatze und Koteletten, der neben mir steht.

»Wenn Ihnen diese eher abenteuerlichen Varianten gefallen – das ist kein Problem.« Er lächelt mich geschäftstüchtig an. »Denkbar wäre auch ein tragischer Verlauf, in dem Sophie getötet wurde und Sie den Mord aufdecken. Oder ein Happy End. Oder wir löschen das Sophie-Programm ganz, wenn Sie doch lieber etwas anderes ausprobieren möchten. Was soll ich Ihnen zeigen?«

Mit einem Ruck wachte ich auf. Mein Herz schlug so laut, dass ich Angst hatte, es könne jeden Augenblick für immer stehen bleiben. Es dauerte eine Weile, bis ich verstand, dass ich mich in meinem Zimmer in Bonn befand. Ängstlich sah ich mich um und versuchte, mich daran zu erinnern, wie lange ich dort schon wohnte, wen ich kannte und was ich normalerweise tat. Während ich überlegte, kam mir zu

Bewusstsein, dass ich gestern nichts getrunken hatte und am Tag davor nur ein Glas Wein. Ich hatte es einfach vergessen.

Ich schaffte es, die Beine über die Bettkante zu wuchten und aufzustehen, bevor mich eine in den Körper kriechende Hilflosigkeit vollständig lähmte. Ich wusch mir das Gesicht mit kaltem Wasser und zündete mir dann eine Zigarette an. Meine Brust war zum Bersten mit Schmerz und Angst gefüllt. Während ich auf der Bettkante saß und rauchte, nahm der Druck in meinem Körper noch zu und wurde schließlich so stark, dass ich glaubte, ihn keine Sekunde länger aushalten zu können. Ich nahm die Zigarette und drückte die glimmende Spitze in meine Handfläche. Während es dort immer heftiger pulsierte und kleine Wellen über den Arm und die Schulter bis in den Kopf jagten, wurde ich etwas ruhiger.

Die Leute, die sich für ihre zufriedenen, nüchternen, verantwortungsbewussten Leben rühmen, haben in der Regel bloß das Glück, dass ihre Probleme nicht größer sind als ihre Fähigkeit, damit zurechtzukommen. Mir war klar, dass sich das bei mir anders verhielt. Vermutlich hätte ein Therapeut in meinen Traum etwas hineininterpretiert, das Aufschluss über mein Problem und zugleich über dessen Lösung geben sollte. Aber ich habe nie etwas davon gehalten, Träume zu deuten. Wenn Träume überhaupt etwas zu sagen haben, dann sagen sie es direkt und unmissverständlich und nicht in einer unbekannten Sprache, die übersetzt werden muss. Vielleicht ist es eher so: Die Realität ist ein verschlüsselter Traum.

Als ich mich weit genug gesammelt hatte, machte ich mich auf den Weg in eine Kneipe. Die *Bierquelle* war ein guter Ort, wenn man bereits vormittags Durst hatte. Man war nicht allein, wurde aber meist auch nicht unnötig angequatscht. Es gab eine Jukebox mit Achtziger-Hits und Schlagern, je nach Tag einen bärtigen Wirt, der ohne zu fragen neue Biere und Kurze hinstellte, oder eine blondierte Wirtin, die eine gute Ersatzmama abgab.

Beim vierten Bier fühlte ich mich fast wieder stabil. Ich ließ mir eine Frikadelle mit Senf kommen und dachte über die nächtlichen Eindrücke nach. Wenn ich die Augen schloss, konnte ich Sophies Zimmer sehen, die Fotos an der Wand, Sophies monströses Gesicht – alles deutlicher als jede Erinnerung an irgendein Ereignis der letzten Tage und Wochen.

Leicht schwankend und angenehm dumpf ging ich gegen 13 Uhr auf die Toilette. Ich lehnte den Kopf an die Wand und pisste ins Urinal, in dem ein kleines Fußballtor stand. Es gab ein Bällchen an einem Faden, das man mit seinem Strahl ins Tor bugsieren oder wie einen Kreisel rotieren lassen konnte. Als mir einfiel, dass ich in drei Stunden mit meinem Vater verabredet war, lachte ich schnaubend auf.

Keineswegs nüchtern, aber aus dem Mund schön frisch nach Minze riechend, parkte ich den Kadett vor einem Backsteinbau im Norden Kölns. Irgendwann vor langer Zeit war ich schon einmal hier gewesen, vielleicht verwechselte ich aber auch die Doppelhaushälfte, in der mein Vater wohnte, mit einer ähnlichen, in der er früher gewohnt hatte.

Die Sonne schien, die Vögel sangen und mir war schlecht. Allein das Wort »Vater« ekelte mich an. Wie gerne hätte ich keinen Vater gehabt oder zumindest nicht diesen Typen, der mir als Kind Angst gemacht hatte und den ich heute verachtete.

Ich klingelte und nur wenige Herzschläge später öffnete der Mann, der heute kleiner war als ich und dessen seltsam jungenhaften Lockenkopf grau-weiße Strähnen durchzogen. Er lächelte so, als ob er sich tatsächlich freute, mich zu sehen.

»Ich hab nicht viel Zeit«, sagte ich. »Gib mir einfach, was du mir geben willst.«

»Komm doch mal kurz rein«, sagte mein Vater, und ich folgte ihm durch einen Flur in ein sehr sauberes und sehr aufgeräumtes Wohnzimmer. Alles war hell und gerade. Kein Krümel war zu sehen, kein Bild zu viel hing an den Wänden. Ich fühlte mich wie in das Foto eines Möbelkatalogs geraten, vielleicht auch wie in einer Fernsehreklame, nur dass da junge Muttis und süße Kinder durch die Räume springen.

Mein Vater servierte entkoffeinierten Kaffee. Im Hintergrund dudelte Jazz.

»Setz dich doch!«

»Können wir es nicht kurz machen?«

»Warum hast du es so eilig?«

»Ich habe keine Lust, unnötig Zeit mit einem Säufer zu verbringen.«

Mein Vater lächelte. Er wirkte viel ruhiger als vor dem Amtsgericht. Beinahe ausgeglichen. Auch seine etwas zu kurz geratenen Finger schienen ihren Frieden gefunden zu haben.

Er setzte sich auf einen Stuhl und sagte: »Ich trinke seit Jahren keinen Alkohol mehr. Aber du hast schon recht: Ein Säufer bleibt man ein Leben lang. Es heißt ja auch trockener Alkoholiker.«

»Gehst du in so eine Gruppe?«

»Im Moment nicht. Du?«

Ich lachte kurz und hart auf: »Kein Bedarf.« Dann ließ ich mir von meinem Vater den Weg zu einem kleinen Gäste-WC zeigen. Auch darin war es so sauber, dass man vom Boden hätte essen können. An der Wand rechts von der Kloschüssel hing ein eingerahmter Spruch: »Herr, gebe mir die Gelassenheit, Dinge hinzunehmen, die ich nicht ändern kann, den Mut, Dinge zu ändern, die ich ändern kann, und die Weisheit, das eine vom anderen zu unterscheiden.«

Nachdem ich gepinkelt hatte, ließ ich den Wasserhahn laufen und öffnete kurz den Spülkasten. Natürlich fand sich keine Wodkaflasche darin, aber nachgucken musste ich trotzdem.

Ich ging zurück ins Wohnzimmer. Durch das halb offene Fenster hörte man spielende Kinder. Irgendwo, nicht allzu weit weg, mähte jemand den Rasen.

»Alkoholismus ist eine Krankheit«, sagte mein Vater.

»Klar, keiner kann was dafür.«

»Es gibt wechselnde Moden in der Forschung. Mal gilt das Milieu als entscheidend, dann die Gene, dann die Herkunftsfamilie. Die meisten neueren Ansätze sprechen von einer polykausalen Genese. Zumindest ist man sich weitgehend einig: Alkoholismus ist eine Krankheit und verläuft in der Regel fortschreitend.«

»Du brauchst dich bei mir nicht zu entschuldigen. Lass einfach gut sein.«

»Ich weiß. Ich spreche auch gar nicht von mir. Also: Meistens kommen beim Alkoholismus mehrere Ursachen zusammen. Vielleicht erst mal Mutationen im CRHR1-Gen und ein grundsätzlicher Mangel an Dopamin. Sehr wahrscheinlich wird dadurch Stress schlechter verarbeitet. Dann kommt erlerntes Suchtverhalten dazu. Dazu schwierige Umstände. Persönliche Probleme. Geringe Frustrationstoleranz. Und so weiter.«

»Das lese ich dann mal in Ruhe bei Wikipedia nach. Können wir jetzt zum Ende kommen?«

»Ich möchte dir noch etwas sagen, was bei Wikipedia nicht steht: Alkoholismus ist nur ein Symptom für ein tieferliegendes Problem. Ich nenne es Erkenntnis.«

»Wie bitte?«

»Wenn du verstanden hast, was du bist und wo du bist, dann willst du nur noch weglaufen.«

Ich nickte. Ich hatte mich dazu entschieden, den Mann noch ein bisschen reden zu lassen und mich dann auf den Weg zu machen. Alles andere hätte wie eine Flucht ausgesehen, die ich mir selbst übel genommen hätte.

»Es gibt viele Arten zu fliehen«, sagte mein Vater, »aber das Gefängnis ist überall. Irgendwann verstehst du, dass es nur einen Weg in die Freiheit gibt.«

»Ja?«

Mein Vater berührte mit Zeige- und Mittelfinger der linken Hand mehrmals sachte seine Stirn: »Du musst es zerstören.«

Er sah mich an. Ruhig und ernst und klar. Anders, als ich ihn je gesehen hatte. Für einen Augenblick wirkte er trotz seines wirren Geredes ganz mit sich im Reinen.

»Okay«, sagte ich. »Ich denke mal drüber nach. Was wolltest du mir geben?«

Mein Vater nickte, stand auf und kam ein paar Augenblicke später zurück und reichte mir einen Briefumschlag: »Du weißt es vermutlich nicht, weil Karin es dir nicht erzählt hat: Ich habe eine kleine Ferienwohnung im Siegerland. Wenn du nachdenken willst, kannst du dorthin fahren. Gut, die Gegend ist nicht aufregend. Aber man kann dort einen klaren Kopf bekommen, ein bisschen Abstand gewinnen.«

»Ja, ich überleg's mir.« Ich stand auf.

»Warte.«

Mein Vater schrieb eine Adresse auf ein Stück Papier und reichte es mir. Ich nickte und steckte den Zettel in eine Hintertasche meiner Jeans, während er zu einer Kommode im Flur ging und aus einer Schublade einen Schlüsselbund mit drei Schlüsseln hervorholte, um ihn mir in die Hand zu drücken. Ich ließ mich zur Tür bringen und sagte: »Na, dann.« Mein Vater sagte gar nichts, stand im Türrahmen und lächelte.

Im Auto sagte ich laut »Was für ein Schwachsinn«, dann öffnete ich den Briefumschlag und entfaltete einen Bogen DIN-A4-Papier. Darauf standen kleine, akkurate, mit Kugelschreiber geschriebene Buchstaben:

> *Wenn ein Gegenstand der Außenwelt dich missmutig macht, so ist es nicht jener, der dich beunruhigt, sondern vielmehr dein Urteil darüber; dieses aber sofort zu tilgen, steht in deiner Macht. Hat aber die Missstimmung in deinem Seelenzustande ihren Grund, wer hindert dich, deine Ansichten zu berichtigen?*
> *Desgleichen, wenn du darüber missmutig bist, dass du dich nicht in deinem Tätigkeitskreis befindest, der dir als vernünftig erscheint, warum nicht lieber tätig als missgestimmt sein?*
> *»Aber ein Hindernis, stärker als ich, stellt sich in den Weg.« So sei dennoch nicht missmutig; der Grund deiner Untätigkeit liegt ja dann nicht in dir.*

»Aber das Leben hat keinen Wert mehr für mich, wenn das nicht ausgeführt wird.« Nun, so scheide aus dem Leben, so ruhig, als wenn du es vollbracht hättest; doch vergiss nicht, deinen Widersachern zu verzeihen.

(Marc Aurel, Selbstbetrachtungen, 8. Buch, 47)

13. KAPITEL

Siebzehn Tage später wurde mein Vater beerdigt. Die Putzfrau hatte ihn zusammen mit einer Wodkaflasche in der Badewanne gefunden. Laut dem Polizeibericht hatte mein Vater einen Tag nach meinem Besuch fünf Packungen Diazepam geschluckt und war an Atemstillstand gestorben.

Da sonst niemand in Frage kam, mussten mein Bruder und ich ein Bestattungsunternehmen und dann anhand von Katalogen einen Sarg und schließlich einen Kondolenzkartenentwurf aussuchen. Wir verschickten die Karten, setzten einen Spruch und das Datum der Beerdigung in die Zeitung und bestellten einen Grabstein. Außerdem mussten wir den Hausstand meines Vaters auflösen, ohne ein Testament zu finden, dass uns erklärte, wer was bekommen sollte. Eine Beerdigung ist eine aufwendige und kostspielige Angelegenheit, vergleichbar vielleicht mit einer Hochzeit, aber wenigstens hatten wir schon Übung.

Der Gottesdienst war peinlich. Statt von »Selbstmord« war von »Tragödie« die Rede. Während der Predigt und der Rede eines Lehrerkollegen zählte ich das Wort insgesamt dreimal, das Wort »tragisch« sogar fünfmal. Auch »tiefer Trauer« und »Bestürzung« wurde hinreichend Ausdruck verliehen.

Die Sonne strahlte von einem wolkenlosen Himmel, als die Sargträger das kostengünstige Modell langsam in die mit Kunstrasen ausgeschlagene Grube hinabließen. Während der Priester Weihwasser auf den Sarg sprengte und die üblichen Worte aufsagte, fiel mein Blick auf eine Krähe, die sich dekorativ auf einem Grabstein in der Nähe postiert hatte.

Schließlich standen Daniel und ich Spalier und ließen uns von allen möglichen Menschen die Hände schütteln und »herzliches Beileid« aussprechen. Manche dieser völlig fremden Leute legten mir auch eine Hand auf die Schulter und sahen mir wissend in die Augen.

Nicht viel später löste sich der Spuk auf. Die einen machten sich auf den Weg nach Hause, ein kleiner Kreis folgte Daniel und unserer Tante, um noch im Pfarrheim Suppe und belegte Brote zu essen. Ich blieb ein paar Minuten am Grab zurück und atmete auf, als die ganze Parade endlich verschwunden war. Ohne zu wissen, warum, brach ich plötzlich in ein krampfartiges Heulen aus.

In den Tagen nach der Beerdigung saß oder lag ich die meiste Zeit auf dem Bett und starrte in den Raum. Eine Weile spielte ich mit dem Gedanken, in mein Auto zu steigen, von Stadt zu Stadt zu fahren und jedem, den ich sah, das Foto von Sophie unter die Nase zu halten. Je länger ich jedoch darüber nachdachte, desto weniger gefiel mir das Bild, wie ich durch Fußgängerzonen irrte und Passanten behelligte, unrasiert und mit zunehmend unstetem Blick.

Meine Gedanken kreisten nach wie vor beinahe zwanghaft um Sophie, aber dazwischen klafften Lücken, in die sich nun ein Gefühl der Ausweglosigkeit schlich. Ich fragte mich zum ersten Mal in aller Deutlichkeit, was ich mir von Sophie versprach. Selbst wenn sie wieder auftauchen würde, wie sollte es dann weitergehen? Was sollte Sophie daran ändern, dass ich entweder täglich trinken oder mich dem Kaufhaus aussetzen musste? Ich konnte zwischen zwei Gefängnissen wählen. In beiden würde ich wahrscheinlich kaputtgehen, wenn ich nicht vorher den Fluchtweg benutzte, den mein Vater gewählt hatte.

Zu meinem Geburtstag raffte ich mich auf und lud Hermann in ein Restaurant ein. Wir nahmen Rumpsteaks mit Bratkartoffeln und Salat, Vergil bekam eine kleingeschnittene Bockwurst. Hermann versuchte ein ernstes Gespräch von Mann zu Mann in Gang zu bringen, aber ich hatte auf seine Analysen und Ratschläge keine Lust. Er fragte mich, wie lange mein Geld reichen würde und was ich nun vorhätte. Ich antwortete »lange« und »wegfahren«. Dann schrieb ich ihm die Adresse der Wohnung auf, in der ich die nächsten Wochen verbringen wollte.

Das Ferienhaus meines Vaters steht in einem Dorf im Siegerland. Ein Ort, so klein, dass er auf vielen Karten nicht eingezeichnet ist, und den es dreimal gibt, jeweils mit einem anderen Zusatznamen. Als ich versuchte, dieses Kaff mit dem Auto zu erreichen, kam es mir so vor, als ob es seinen Standort wechselte. Links wurde zu rechts und rechts zu links. Wo ich eben geradeaus gefahren war, schien plötzlich eine Kurve zu sein. Der eine Passant zeigte nach Norden, ein anderer schickte mich nach Süden. Ich geriet auf Feldwege und in Sackgassen, verfluchte erst die Karte, dann die Passanten, dann mich selbst. Mehrmals kam ich an den gleichen Stellen vorbei, während andere Orientierungspunkte, die man mir beschrieben hatte, niemals auftauchten. Irgendwann – ich war müde, fand das Ganze allmählich egal und stand kurz davor, laut loszulachen – fuhr ich über eine Hügelkuppe, links Tannen, rechts ein kleines Tal, und passierte plötzlich auf der anderen Seite der Erhebung ein Schild, auf dem ich verwundert den Namen des Ortes las.

In dem Dorf gab es einen Gasthof, einen Edeka-Supermarkt und eine Kapelle. Hinter der Kapelle zog sich ein kleiner Friedhof einen Hang hinauf, der bis zu einem bewaldeten Hügelkamm anstieg. Links neben dem Friedhof stand ein kleines Gebäude: weiß, einstöckig, in den Hang hineingebaut, Tannen im Rücken, mit Flachdach und Garage, rundherum Wiese.

Als ich das Fertighaus betrat, stand ich zunächst in einer muffigen Diele mit Garderobe, Stromkasten und Spiegel. Rechterhand führte eine Tür in eine kleine Küche mit hellgrauem PVC-Boden, eine weitere Tür in ein Bad mit lindgrünen Kacheln und einer Duschkabine. Linkerhand, der Küche gegenüber, befand sich ein etwas größeres Zimmer. Auf einem Teppich mit rot-blauem Muster standen eine Couch und ein Sessel aus Leder, ein Glastisch, ein Fernsehapparat und zwei Regale mit Büchern und DVDs. Eine hell gebeizte Stiege führte knapp zwei Meter höher zu einem breiten Hochbett, das gut ein Drittel in den Raum hineinragte. Bettwäsche fand ich in einem kleinen, nicht sehr stabil wirkenden Schrank, aus dem es nach Mottenkugeln roch.

Die Schränke in der Küche gaben Einiges her: Gewürze, Tütensuppen, Mehl, Kaffeepulver, Kaffeefilter, Dosenmilch, Konserven mit Pfirsichen, Pilzen, Erbsen, Linseneintöpfen, Packungen mit Spaghetti und Reis. Ich schloss den Kühlschrank an die Steckdose an und besah seinen Inhalt: ein einsames, unangebrochenes Glas Senf. Ich kochte mir einen Kaffee und rauchte eine Zigarette an dem niedrigen und etwas wackligen Küchentisch. Eine batteriebetriebene Krupps-Wanduhr tickte. Auf dem Fensterbrett stand ein Kassettenrekorder mit Radio. Durch das Fenster konnte man zum Friedhof blicken. Ich strich über Vergils Rücken und spürte eine bleierne Müdigkeit in mir aufsteigen.

Diese Müdigkeit stülpte in den nächsten Tagen eine Glocke über mich. Außerhalb der Glocke schien die Sonne aus knallblauem Himmel, krakeelten die Vögel in aller Frühe, standen die Bäume starr in der Hitze. In der Glocke waberte ein unsichtbarer Dunst, der meinen Blick trüb, meinen Kopf schwer und meine Gedanken schwammig machte. Zu allem musste ich mich aufraffen: aufstehen, mich anziehen, Zähne putzen, Kaffee kochen, überlegen, was ich einkaufen sollte, essen, spülen, mich ausziehen. Das einzige, was mir leicht fiel, war das Rauchen. Oft saß ich auf der Ledercouch, rauchte und versuchte, mich zu etwas durchzuringen. Ich wartete auf einen Impuls, der es mir leichter machen würde, den Müll rauszutragen, oder ein Mittagessen zu kochen. Manchmal saß ich so lange herum und rauchte so viele Zigaretten, dass ein flaues Gefühl den Appetit vertrieb. Immerhin fiel es mir nicht allzu schwer, Vergil zu den gewohnten Zeiten sein Essen hinzustellen und dreimal am Tag mit ihm spazieren zu gehen.

Die Umgebung, durch die wir liefen, erschien mir unspektakulär. Abgesehen von dem Dorf gab es die Landstraße und Felder, auf denen hin und wieder Kühe standen. Der Friedhof war klein und nicht sonderlich aufregend. Ein paar Holzkreuze, ein paar Steine. Mal ordentlich gepflegt, hin und wieder auch verwahrlost. Am interessantesten war vielleicht noch der Wald. Er erweckte nicht den Anschein regelmäßiger Beforstung und wucherte an manchen Stellen wild vor sich hin. Er war von Quellen und kleinen Bächen, Lichtungen und Hügeln durchsetzt. Vom Blitz oder Alter gefällte Bäume lagen kreuz und quer. Mit einem Auto wäre man auf den gewundenen Waldwegen nicht weit gekommen.

Die Spaziergänge mit Vergil weckten kurz meine Lebensgeister, aber lange hielt diese Erfrischung nicht vor. Ich musste nur das Haus betreten, schon wurde ich wieder kraftlos und müde. So müde ich jedoch auch war, schlafen konnte ich kaum. Eine Unruhe nistete in mir und brach vor allem dann aus, wenn ich mich ins Bett oder aufs Sofa legte. Fiel ich dann doch in einen Schlaf, von dem sich kaum sagen ließ, ob es ein wirklicher Schlaf gewesen war, fiel es mir anschließend schwer aufzustehen, ganz gleich, ob ich im Bett oder auf dem Sofa lag. Manchmal schlief ich dann wieder ein und wachte zu sonderbaren Zeiten auf, um mit brummendem Schädel und schlechtem Geschmack im Mund in die Küche zu torkeln und mir einen Kaffee zu machen. Der Kaffee gab dann einen kurzen Schub, aber nach einer halben Stunde war ich wieder müde. Die Kaffeeschübe nutzte ich dazu, Einkaufslisten aufzustellen oder ein Sportprogramm zu notieren, zu dem ich mich die ersten Tage allerdings nicht aufschwingen konnte.

Bei meinem ersten Einkauf im Edeka erkundigte sich die Kassiererin nach meinem Vater. Ich sagte, er sei gestorben, sie sagte »ach« und »der war doch noch gar nicht alt«. Dann fragte sie, was ich hier vorhatte, und zeigte sich verwundert darüber, dass ich einige Tage alleine in dem Ferienhaus bleiben wollte.

»Das ist für junge Leute doch langweilig hier«, sagte sie, als ob es für die Alten spannend wäre. Ich erwiderte, mir käme die Langeweile gerade recht, ich müsse mich konzentrieren. Sie bohrte weiter, und da ich ihr schlecht erklären konnte, worauf ich mich konzentrierte, erzählte ich ihr, ich würde ein Buch schreiben. Auf weitere Nachfragen entgegnete ich, dass ich den Inhalt noch nicht verraten dürfe. Sie wirkte hin- und hergerissen zwischen Interesse und einer gewissen Skepsis, kassierte aber ohne weitere Fragen Hundefutter, Milch und Gemüse ab.

Ich konnte mich nie lange auf etwas konzentrieren. Manchmal blätterte ich in einem der Bücher, die im Wohnzimmer standen, und merkte nach ein paar Minuten, dass ich nicht wusste, was ich gerade gelesen hatte. Es war ohnehin eine merkwürdige Auswahl an Romanen und Sachbüchern, die mein Vater zusammengestellt hatte: »Spanische Küche« stand neben Kafkas »Der Prozess«, ein Buch über Enten neben »Dr. Schiwago«, ein Psychologie-Lehrbuch von Zimbardo neben »Pippi Langstrumpf«. Überhaupt gab es eine ganze Menge Kinderbücher: »Pitje Puck als Detektiv«, »Latte Igel reist zu den Lofoten«, »Dschimmy: eine Geschichte aus dem Urwald« und andere Lektüre, die größtenteils aus den Sechzigern stammte, der Zeit, in der mein Vater selbst ein Kind gewesen war. Auch die wenigen DVDs wirkten wie ein achtlos zusammengekauftes Sammelsurium: *Life of Brian*, *Der letzte Tango in Paris*, *Die Träumer*, eine Tierdokumentation, ein paar *Dick & Doof*-Filme, *Eine Liebe von Swann*, die alte *Star Wars*-Trilogie,

Das Schweigen der Lämmer, Das Fenster zum Hof, Der Partyschreck und ein paar andere Filme, von denen ich mir einige ansah, ohne ihnen wirklich zu folgen.

Hin und wieder versuchte ich mich darin, etwas Aufwendiges zu kochen. Allerdings war die Küche im Ferienhaus nur spärlich ausgestattet. Eher eine Notlösung. Vor allem fehlte ein richtig scharfes Küchenmesser. Das Kochen überforderte mich. Ich wusste manchmal nicht mehr, welchen Handgriff ich als Nächstes tun musste. Zweimal verlor ich die Nerven und zerschlug ein paar Porzellanteller.

Das Einzige, was mir gelang, war eine Rindfleischsuppe. Ich kratzte das Mark aus zwei Knochen und formte Klößchen daraus, dann kochte ich die Knochen und ein Stück Suppenfleisch in einem Liter Wasser und gab klein gehacktes Suppengrün dazu und Kartoffeln und Mettenden in Scheiben. Von dieser Suppe konnte ich fast drei Tage essen, konnte sie aber schon am zweiten nicht mehr sehen. Ohnehin hatte ich kaum Appetit und musste mich zum Essen genauso überwinden wie zu fast allem anderen.

Abends schaltete ich oft den Fernseher an. Wenn ich ihn wieder abstellte, wurde es unnatürlich still. Blieb ich auf dem Sofa sitzen und lauschte dieser Stille, musste ich an das Kaufhaus denken. Ich fragte mich, warum es mich bisher in Ruhe gelassen hatte, spürte Angst in mir aufsteigen und überlegte, ob ich nicht jemanden anrufen sollte. Stellte ich mir dann aber das Gespräch mit einem anderen Menschen vor, spürte ich Widerwillen. Statt also jemanden anzurufen, redete ich mit mir selbst. Immer wieder drehten sich diese Selbstgespräche ums Saufen. Ich konnte manchmal minutenlang an nichts anderes denken als an eine Flasche Bier oder Wein. Ich war mir sicher, dass mich bereits wenige Gläser aus diesem von Unruhe und Furcht durchsetzten Wachkoma hätten erlösen können. Genau genommen war überhaupt nichts dabei, einfach in den Edeka zu spazieren, ein Sixpack aufs Band zu legen und endlich wieder einen netten Tag zu erleben. Es dauerte nicht lange und dieser Einkauf wurde zu einer fixen Idee. Wieder und wieder stellte ich mir das kalte Bier vor, die hübsche grüne Flasche, den Geschmack auf meiner Zunge. In diesem Zustand hätte ich grandiose Bierwerbespots schreiben können. Eine von Glanz umgebene Flasche, ein heiliger Gral für die Dürstenden. Wunderschöne Nixen, die mit dem flüssigen Gold aus den Tiefen des Meeres auftauchten: »Freibeuter Bier«, Starkbier »Schwarze Perle«, »Die Bierinsel«. Wir lagen vor Madagaskar und hatten kein Bier an Bord. Fünfzehn Mann auf der Pilsbierkiste. Joohoo – und 'ne Buddel voll Rum.

Ich diskutierte das Pro und Contra von ein bisschen Alkohol. Einerseits dachte ich, dass die rigide Abstinenz bisher lediglich dazu geführt hatte, dass ich mittlerweile statt einer Packung zwei am Tag rauchte. Auf diese Weise würde ich mich schneller ruinieren, als wenn ich wieder meine eingespielten Trinkgewohnheiten aufnahm. Dann wieder dachte ich, dass ich mir doch vorgenommen hatte, mich dem Kaufhaus zu stellen, dass ich die Kontrolle nicht verlieren durfte, dass ich aushalten musste, dass die Unruhe bereits ein schlechtes Zeichen war und so weiter. So hatte ich bald einen wunderschönen Gedanken-Ringelpiez oder eher gesagt ein mentales Tauziehen ins Leben gerufen. Ein Teil argumentierte fürs Trinken, der andere dagegen. Der eine wollte ein bisschen Erleichterung, der andere Kontrolle, und es dauerte nicht lange und die Unversöhnlichkeit der einen Stimme stachelte den Trotz der anderen an. Es endete, wie es enden musste: Ich kaufte mir nicht ein Sixpack, sondern zwei, dazu eine Flasche Rotwein, und trank alles an einem Tag aus, bis ich völlig blau auf der Ledercouch lag. Vergil hockte dabei die meiste Zeit in einer Ecke und äugte hin und wieder zu mir herüber.

Als ich am nächsten Tag wieder aufwachte, fühlte ich mich wie ausgekotzt. Die Müdigkeit konnte nun als Kater ausgelegt werden, der Kontrollfreak fing wieder an, mir Vorhaltungen zu machen, solange bis ich großen Bierdurst bekam.

Am Nachmittag ebbte der Kater langsam ab. Ich holte den Radio-Kassetten-Rekorder aus der Küche ins Schlafzimmer und suchte einen Klassik-Sender. Eine Frauenstimme sagte gerade seriös gedämpft »Requiem« und »Wolfgang Amadeus Mozart«, dann begann ein Orchester zu spielen. Während die Musik aus dem kleinen Gerät klang, kam Vergil zu mir und stupste mich mit seiner Schnauze an. Ich streichelte seinen kleinen Hundeschädel und spürte Tränen in mir aufsteigen. Ich langte nach einer Zigarette und inhalierte in tiefen Zügen. Wenn ich wirklich mit dem Trinken aufhören wollte, würden ein paar gute Vorsätze nicht reichen. Mit irgendwelchen halbherzigen Grundsätzen, unsteten Wünschen und Möchtegernüberzeugungen würde ich nicht weit kommen. Ich konnte es vielleicht schaffen, wieder ein paar Tage nicht zu trinken, aber wenn ich kein Ziel hatte, etwas, für das sich der Verzicht lohnte, dann würde ich nicht lange durchhalten. Bei Licht besehen hatte ich nichts in der Hand. Ich horchte in mich hinein, aber da war nicht viel zu finden. Da war eine Trauer, aber keine Hoffnung. Eine Sehnsucht, aber kein Glaube.

Ich saß auf dem Sofa und rauchte. Eine tragikomische

Figur, die sich mit der Jagd nach einer Frau von den wesentlichen Fragen abgelenkt hatte. Eigentlich hatte sich durch Sophie meine Lage nur verschlechtert, und trotzdem konnte ich sie mir nicht aus dem Kopf schlagen. Vermutlich gab es Leute, die ihr Leben als sinnvoll erlebten, ohne dabei auf zwielichtige Frauen zu setzen. Vermutlich gab es Leute, die nicht ständig das Gefühl hatten, dass sie etwas Entscheidendes vermissten. Bei mir verhielt es sich anders. Etwas Unbenennbares fehlte. Das, was ich wirklich wollte, war schon verloren, vor langer Zeit – oder nie da gewesen. Wenn ich mich konzentrierte, konnte ich den Mangel körperlich als ein Loch in der Brust spüren.

Ich saß da, sog Qualm in das Loch und versuchte, den Mangel zu ergründen, kam aber zu keinem Ergebnis. Schließlich drückte ich die Zigarette aus, legte mich der Länge nach aufs Sofa und gab mich ganz dem Gefühl der Ohnmacht hin. Ich konnte ihr nicht helfen, ich konnte ihrer toten Schwester nicht helfen, ich konnte meiner toten Mutter nicht helfen, ich konnte meinem toten Vater nicht helfen. Ich konnte noch nicht mal mir selbst helfen. Das war der Boden der Tatsachen, da gab's kein Deuteln. Der Gedanke, völlig machtlos zu sein, beruhigte mich. Ich schloss die Augen, und die Müdigkeit wurde noch überwältigender. Ich verwandelte mich in einen Zug, der ohne Wissen und Willen auf festen Schienen langsam in einen lichtlosen Tunnel fährt.

TEIL III

14. KAPITEL

Ich blicke an die Decke und stelle fest, dass ich dort oben liege, zusammengekauert auf einem Ledersofa. Wie die Leiche eines Fremden. Ich betrachte die Szene eine Weile. Dann wende ich mich ab und suche nach dem Fahrstuhl. Er muss in der Nähe sein. Es ist lange her, dass ich ihn benutzt habe, aber ich kann mich deutlich erinnern. Vergil liegt ganz in der Nähe, eingehüllt in ein schwach pulsierendes Licht, das irgendwie schmutzig wirkt. Als ich ihn genauer ansehe, fällt mir eine silbrige Schnur auf. Zunächst halte ich sie für eine Hundeleine. Allerdings ist sie nicht an seinem Hals befestigt, sondern kommt aus der Mitte seines Körpers. Von dort schlängelt sie sich in zahlreichen Kurven durch den Raum. Mein Blick folgt dieser Schnur und findet an ihrem anderen Ende einen zweiten Vergil, der mich aus schwarzen Augen anblickt. Jetzt erst bemerke ich, dass auch aus meinem Bauchnabel ein solches Seil wächst und mich mit meinem schlafenden Körper auf dem Sofa verbindet. Ich versuche, vorsichtig das Band zu berühren, aber meine Hand geht hindurch, als sei es Luft. Meine Hand ist viel größer, als ich sie in Erinnerung habe. Außerdem verändert sie ihre Form wie die Flüssigkeit in einer Lavalampe. Eine ganze Weile tue ich nichts anderes, als die zerfließende und sich neu formende Hand zu betrachten. Mit der Zeit merke ich, dass mein Atem und der Rhythmus, in dem sich die Masse meiner Hand bewegt, miteinander zusammenhängen. Atme ich langsamer, werden auch die Intervalle langsamer, in denen sich Handteller und Finger ausdehnen und zusammenziehen. Und je langsamer ich atme, desto leichter fällt es mir, durch Konzentration selbst zu bestimmen, in welche Richtung sich die einzelnen Teile der Hand bewegen. Schließlich habe ich eine mehr oder minder gleichbleibende Form erreicht, die der Hand, wie ich sie kenne, einigermaßen ähnlich ist.

Vergil steht vor der Wand. Er hat den Eingang zum Fahrstuhl entdeckt. Ich drücke den Knopf, und die Flügel der Tür gleiten auseinander. Kann es ein Traum sein, wenn ich denke, dass es kein Traum ist? Kann man in Träumen überhaupt so denken, wie ich denke? Und erkennt man in Träumen etwas wieder, so wie ich jetzt diese Art von Fahrstuhlkabine mit ihrer metallischen Leiste voller eingravierter Zahlen und Buchstaben wiedererkenne? Ich bin mir sicher, dass wir uns im Untergeschoss befinden, und drücke den Knopf neben »1. Tiefgeschoss«. Lautlos sinkt der Fahrstuhl in die Tiefe. Kurz darauf öffnen sich die Stahlflügel, und vor Vergil und mir liegt eine riesige, beleuchtete Halle voller Menschen. Es ist sonderbar still, weil kaum jemand spricht. Der Raum, wenn man ihn überhaupt so nennen will, ist so groß, dass ich abgesehen von Boden und Decke nur eine einzige Wand erkennen kann. In diese Wand sind unzählige Fahrstuhltüren eingelassen. Aus einer davon treten Vergil und ich in den Raum. Außer Bänken, auf denen Menschen sitzen und scheinbar auf irgendetwas warten, gibt es keinerlei Einrichtung.

Ich fixiere einen einzelnen älteren Mann. Er geht auf eine der Fahrstuhltüren zu, bleibt eine Weile unschlüssig davor stehen und dreht sich schließlich wieder in die Richtung, aus der er gekommen ist. Aber auch diesen Weg behält er nicht lange bei. Nach wenigen Minuten bleibt er wieder stehen und kehrt nach kurzer Überlegung zurück zu der Fahrstuhltür. Der Mann wirkt nicht unglücklich, nur ratlos, und wie ihm geht es offenbar den meisten Menschen hier. Wenn sie nicht auf den Bänken sitzen, stehen sie vor den Fahrstuhltüren oder gehen unentschlossen zwischen diesen Türen und den Bänken oder anderen Orten des Raumes hin und her.

Ich kenne diesen Raum. Als Kind bin ich hier zwischen Leuten herumgegangen, die mir mit ihren verwirrten Gesichtern und ihrer achtlosen Art Angst eingejagt haben. Jeder lief für sich, tief in Gedanken und kaum ansprechbar. Auch jetzt scheine ich für die hin und her Irrenden Luft zu sein.

Als der ältere Mann wieder einmal vor der Fahrstuhltür in meiner Nähe steht, spreche ich ihn an. Wie aus einem Traum geweckt hebt er den Kopf, sieht aber an mir vorbei. Ich frage ihn, ob er weiß, wo ich Sophie finden kann. Zugegebenermaßen eine seltsame Frage. Aber die Reaktion des Mannes ist nicht weniger seltsam: Ohne mich zu beachten, dreht er sich um und geht zurück in Richtung der Bänke.

Im zweiten Tiefgeschoss erwartet Vergil und mich ein Panorama, das viel stärker an ein Kaufhaus erinnert, oder besser gesagt: an eine Shopping Mall von nicht zu ergründender Größe. Wir stehen auf einer Empore, von der aus man viele Stockwerke nach oben bis zu einer Kuppel aus milchigem Glas und viele Stockwerke nach unten bis auf den Boden einer Halle blicken kann. Rolltreppen und Aufzüge verbinden die Etagen, während die Halle durch eine elektrische Bahn mit weiteren Hallen verbunden ist. Rechtecke, die in meiner Erinnerung ein größeres Rechteck bilden und aus denen etliche Korridore abzweigen, vorbei an Schaufenstern und Ständen unter Kameras und Lautsprechern und Werbeplakaten und hausgroßen Bildschirmen, auf denen die Gesichter junger Menschen lächeln.

Auch in diesem Tiefgeschoss gibt es zahllose Passanten, die so wirken, als sollte man sie besser nicht ansprechen. Allerdings ist es deutlich lauter, nicht nur wegen der Bahn und den Lautsprechern, aus denen manchmal Ansagen kommen, sondern auch, weil hier weitaus mehr Leute miteinander sprechen. Außerdem gibt es Frauen und Männer in blaugrauen Uniformen, die an bestimmten Punkten stehen und Auskunft geben.

»Kann ich Ihnen weiterhelfen?« Neben mir steht eine alterslose, uniformierte Frau, von der ich glaube, sie schon einmal gesehen zu haben. »Sie sagen mir, was Sie suchen, und ich sage Ihnen, wo Sie es finden«, sagt sie und lächelt warmherzig.

»Ich bezahle hiermit, richtig?« Ich tippe mit dem Zeigefinger der einen Hand auf den Daumen der anderen.

Die Frau in der Uniform legt den Kopf ein wenig schief: »Natürlich. Möchten Sie, dass ich für Sie nachsehe, wie hoch Ihr Guthaben ist?«

Ich nicke und halte der Frau meine rechte Hand hin. Sie zieht einen Scanner aus ihrer Jackett-Tasche und drückt meinen Daumen auf das Display.

»2,3 Millionen«, sagt sie und zeigt mir die Zahl auf dem handtellergroßen Gerät.

»Das ist eine ganze Menge, oder?«

»Ja. Damit stehen Ihnen viele wundervolle Produkte und Dienstleistungen offen.«

»Ich suche eine bestimmte Frau. Sie heißt Sophie. Ich habe ein Foto dabei.«

»Ich will sehen, was sich machen lässt.«

Ich ziehe mein Portemonnaie aus der Hosentasche und hole das Foto von Sophie heraus. Es sieht verblasst und ein wenig zerlaufen aus. Die Uniformierte betrachtet es interessiert, während mir klar wird, dass sie mit der Fotografie nicht das Geringste anfangen kann.

»Ich denke, da wird sich was machen lassen. Wie viel wollen Sie denn investieren?«

»Na, was es eben kostet.«

»Es gibt verschiedene Möglichkeiten. Im Bereich ›kreative Wirklichkeit‹ können Sie alle erforderlichen Daten eingeben und Sophie treffen, wann immer Sie einen Tank aufsuchen. Die Stunde kostet tausend.« Die Frau merkt, dass ich mit dieser Variante nicht zufrieden bin.

»Alternativ können Sie Ihre Erinnerungen auslesen lassen und auf diese Weise Sophie wiederfinden.«

»Ich würde sie gerne wirklich wiedertreffen.«

»Was meinen Sie mit ›wirklich‹?«

»Nicht hier in diesem Traum und auch nicht in irgendeinem Tank, sondern eben wirklich.«

Die Uniformierte schmunzelt: »Ich verstehe. Keine Sorge: In Ihren Erinnerungen ist auch die Information gespeichert, wie Sophie gefunden werden kann.« Die Frau führt mich zu einem Stand, an dem Faltpläne verteilt werden. Sie nimmt einen davon und faltet ihn auseinander.

»Hier haben Sie eine Karte von Bereich C dieser Etage. Sie befinden sich hier. Das nächste Institut zur Erinnerungserforschung finden Sie hier.« Die Frau tippt auf einen Punkt in der Karte. »Sie müssen allerdings mit Kosten von bis zu hunderttausend rechnen.«

Ich bedanke mich, nehme die Karte und mache mich auf den Weg. Vergil und ich passieren Schaufenster mit Dessous, Dildos, Handschellen, Gleitcremes, Massageölen, Liebeskugeln und Aphrodisiaka. Über Vorhängen und Portalen leuchten Buchstaben und preisen Stripkabinen, Tabledance, Darkrooms und Livesexshows an. In schwach beleuchteten Passagen führen Außentreppen zu Laufhäusern oder Swingerclubs. Mitten im Gedränge zupft mich ein Junge mit Segelohren am Ärmel und bietet mir an, mein persönlicher Sklave zu sein. Ein älterer Mann drückt mir eine Visitenkarte mit der Adresse eines »Hellfireclubs« in die Hand. Vergil und ich gehen über einen Platz, an dem Scheinwerfer und Kameras auf eine Matratze gerichtet sind. Ein Kleinwüchsiger mit extrem behaartem Rücken penetriert eine Frau mit Silikonbrüsten von hinten. Ein paar Passanten zücken ihre Mobiltelefone, um ein Foto zu schießen oder einen Filmclip aufzunehmen. Immer wieder sehe ich Geschäfte und Reklametafeln, deren Sinn sich mir nicht erschließt. Einmal sehe ich durch eine Glasscheibe einen Raum, in dem Menschen in Betten liegen und schlafen, während eine Frau in weißem Kittel Elektroden kontrolliert, die an den Schläfen der Menschen angebracht sind. An einer anderen Stelle werden aneinandergefesselte Kinder in plüschigen Tierkostümen über eine Rampe in ein großes Zirkuszelt geführt.

Als wir schließlich das Institut zur Erinnerungserforschung erreichen, fühle ich mich erschöpft und gereizt. Es beruhigt mich ein wenig, dass die Einrichtung des Instituts an eine größere Arztpraxis erinnert. Ich fülle ein Formular aus, unterschreibe eine Einverständniserklärung, warte in einem Wartezimmer und werde schließlich in einen Raum gebeten. Ein großer, blonder Mann in weißem Arztkittel schüttelt meine Hand und erklärt, dass ich mich zum Auslesen meiner Erinnerungen in einen Tank legen und mit Elektroden verbinden lassen müsste. Während ein Computerprogramm nach allen Informationen über die Gesuchte fahnde, hätte ich ein stark stimulierendes Programm aus den Rubriken »Sex« oder »Abenteuer« aufzurufen und durchzuspielen. Ich könne den Vorgang jederzeit per Knopfdruck abbrechen, was allerdings mit zusätzlichen Kosten verbunden sei.

»Das versteht sich doch alles von selbst«, sage ich, und der Mann lächelt, als ob ihm Ironie völlig fremd sei.

»Eigentlich schon«, sagt er.

Nach einem kleinen Gesundheitscheck werde ich in einen weiteren Raum gebracht. Außer einer sargförmigen, übermannsgroßen Kapsel gibt es keine Einrichtungsgegenstände. Eine junge Frau mit platinblonden Haaren bittet mich, meine Kleider abzulegen und in die Kapsel zu steigen, die zur Hälfte mit körperwarmem Wasser gefüllt ist. Mein Kopf kommt auf einer Art Kissen aus Schaumstoff zu liegen. Schließlich wird meiner rechten Hand ein Handschuh übergestülpt, während an meinen Schläfen Drähte befestigt werden. Bei diesem ganzen Brimborium rechne ich mit einem stolzen Preis. Die Frau erklärt, dass es noch andere Techniken gäbe, diese aber die fortschrittlichste sei.

»Ich werde jetzt gleich den Deckel schließen«, sagt sie und lächelt zu mir in die Kapsel. »Direkt vor sich sehen Sie dann den Bildschirm und einen kleinen Pfeil, den Sie mit der rechten Hand steuern. An Ihrer Handinnenfläche befindet sich eine Taste, die Sie mit dem Daumen drücken können, um etwas auszuwählen. Der Konfigurator wird in einer Minute gestartet. Sollten Sie sich durch die Wahlmöglichkeiten überfordert fühlen, können Sie auch einfach auf ›Random‹ klicken.«

Der Deckel schließt mit einem leisen Klacken. Kurz ist es dunkel, dann leuchtet vor mir ein Bildschirm, auf dem zwei Icons erscheinen. Eigentlich will ich die Kategorie »Abenteuer« wählen, aber die entspannte Art der Assistentin und das aufreizende Bild neben der anderen Kategorie geben mir den Gedanken ein, dass ich ja niemandem schade, wenn ich ein Computerprogramm mit sexuellem Inhalt aufrufe.

Zunächst soll ich auswählen, ob ich mit Männern oder Frauen oder beiden Geschlechtern verkehren will. Ob mit einem, zwei oder mehr Partnern. Es gibt Kategorien wie »Schulmädchen«, »Latinas«, »U18« oder »Krankenschwestern«. Davon abgesehen habe ich die Möglichkeit, mir meinen Wunschpartner selbst zusammenzustellen: Alter, Hautfarbe, Haarfarbe, Augenfarbe, Augenschnitt, Nasengröße. Eine Weile probiere ich verschiedene Brustgrößen an einer Blondine aus. Irgendwann bin ich es leid, drücke auf »Random« und bin mit dem Ergebnis zufrieden. Die Schambehaarung bringe ich in eine etwas rasiertere Fasson, dem Hintern füge ich ein wenig Cellulitis hinzu, um das Ganze nicht zu glatt zu gestalten. Nun muss ich noch den Ort eingeben und ein Szenario entwerfen. Auch hier gibt es wieder Menüs mit zahllosen Untermenüs. Viele Auswahlmöglichkeiten tragen englische Namen. Während ich mir unter »Torture«, »Nine Month Pregnant«, «Golden Shower« oder »First Time« noch etwas vorstellen kann, versetzen mich Begriffe wie »Milf«, »Cameltoe« oder »Sybian« in Ratlosigkeit. Es gibt auch die Möglichkeit, ein eigenes Storyboard zu skizzieren. Der Einfachheit halber nehme ich die abgespeckte Einsteigervariante, wähle bei Örtlichkeit nur »Schlafzimmer« und dann »Random« und versuche, bei den sexuellen Spielarten in ein möglichst gewöhnliches Szenario zu gelangen. Im »Classic«-Menü klicke ich drei handelsübliche Stellungen und ein bisschen Oralverkehr an, überlasse aber meiner Blondine, also dem Computer, die Reihenfolge. Ich verzichte darauf, meiner Gespielin bestimmte Worte in den Mund zu legen, und stelle den Stöhnkonfigurator ebenfalls auf die zufällige Auswahl ein. Ein Avatar erscheint und meldet sich mit einer Frage zu Wort. Ob alles in Ordnung sei, ob ich klarkäme. Ich tippe ein, dass ich mir ein bisschen doof vorkäme. Der Avatar schlägt mir vor, in der Rubrik »Emotional Intensity« ein Häkchen zu machen und einen Wert zwischen eins und zehn einzugeben. Ich mache das Häkchen und wähle die Sechs. Es ertönt schummrige Chill-out-Musik. Vor mir steht die konfigurierte Frau in einem eleganten schwarzen Kleid. Sie hält zwei Gläser mit Sekt, und als sie mir eins davon in die Hand drückt, frage ich mich, wie ich ein virtuelles Glas greifen kann, merke aber, dass es sich ebenso kühl und glatt anfühlt, wie ich es bei einem materiellen Glas erwarten würde. Das Szenario ist dennoch ein wenig albern: Eine blonde Frau mit der Aura einer attraktiven Nachrichtensprecherin empfängt mich im schwarzen Cocktailkleid und reicht mir ein Glas Sekt. Gleich wird sie mir noch Pralinen in den Mund werfen, und dann beginnt die Verkaufsshow für Diamantringe und Platinuhren. Das Zimmer, in dem wir stehen, kommt mir allerdings bekannt vor. Zumindest Teile davon. Das große Fenster, hinter dem die kahlen Äste eines Baumes zu erkennen sind, das Bett mit der zerwühlten dunkelroten Bettwäsche, die

Kerzen, ein Buch auf einem Nachttisch. Während ich mit der blonden Frau anstoße und mich beim Trinken frage, wie bekloppt ich wohl in diesem Tank aussehe, wenn ich schlucke, ohne wirklich zu trinken, bekomme ich eine Erektion. Es ist weniger das gute Aussehen der Frau, das mich erregt, als ein Geruch, der von ihr oder dem Zimmer ausgeht, vielleicht aber auch ein elektrischer Impuls. Ich stelle das Glas zur Seite, nehme der Frau das ihre aus der Hand und ziehe sie dann an mich. Wir tauschen einen langen Kuss aus, mein Glied wächst noch weiter, und ich wünsche mir, dass die Frau ihre Hand darauflegt, was sie keine Sekunde später tut. Lange, schlanke Finger massieren mein Geschlecht, während die andere Hand an dem Hemd nestelt, das ich in der Simulation trage. Meine Hände streifen wie von selbst die Träger ihres Kleides nach unten, bis ich schließlich ihre warmen Brüste umgreife und wir gemeinsam auf das Bett sinken. Es fühlt sich vollkommen natürlich an, wie wir uns ausziehen und küssen, wie ihre hart gewordenen Brustwarzen über meinen Bauch streifen. Kleine Schauer rieseln durch meine Nerven bis in die letzten Winkel meines Körpers. Ich fühle mich wach und lebendig. Die blonde Frau wird schöner und schöner. Sie ist die schönste aller Frauen. Vielleicht ist sie auch alle Frauen. Fasziniert blicke ich in ihr Gesicht. Ihre geschlossenen Lider zittern. Ihr Atem geht schneller und schneller.

»Tom«, haucht sie. »Ich liebe dich.«

Ich kann mich nicht daran erinnern, wann mich das letzte Mal jemand »Tom« genannt hat. Es klingt ziemlich peinlich, und für einen Augenblick vergeht mir die Lust. Ich frage mich, woher die Frau meinen Namen weiß, warum sie die dämliche englische Kurzform verwendet und warum ich ihren Namen nicht kenne. Sie greift mit ihren

Händen in meine Haare, wuschelt darin und sieht mich aufmerksam an.

»Mach dir keine Gedanken, Süßer. Komm, bleib bei mir.«

Unsere Becken tanzen miteinander. Ich schließe wieder die Augen und konzentriere mich auf das warme, pulsierende Gefühl in meinen Lenden, auf den sanften Druck, den ihre zuckende Scheide auf mein Glied ausübt.

Ich greife mit beiden Händen fest in ihr Haar. Sie stöhnt unter mir. Der Orgasmus schießt aus der Tiefe meines Körpers. Im gleichen Augenblick zieht sich der Unterleib der Frau zusammen und bäumt sich dann mehrmals zuckend auf. Ihr Schrei vermengt sich mit meinem. Schweißnass klammern wir uns aneinander. Eine Träne läuft aus ihrem linken Auge. Kurz darauf wird es dunkel. Das Einzige, was ich wahrnehme, ist ein leises Ticken. Ein paar Augenblicke später öffnet sich die Kapsel, und das lächelnde Gesicht der Assistentin erscheint. Ihre Lockerheit dämpft mein Schamgefühl, als sie mir in einen Bademantel hilft. Ich werde von ihr in ein schlichtes Zimmer mit frisch bezogenem Bett gebracht.

»Sie sollten nun schlafen. Wenn Sie aufwachen, müssten die Daten vorliegen.«

Ich nicke, lege mich ins Bett und spüre die Schwere meiner Glieder. Dann verschwimmen meine Gedanken.

15. KAPITEL

Ich höre das Singen von Vögeln und frage mich, wo hier Vögel sein sollen und ob es sich vielleicht um eine Aufnahme handelt, die aus einem Lautsprecher dringt. Als ich die Augen öffne, ist die Zimmerdecke unerwartet nah. Ich erinnere mich an das Hochbett, das Ferienhaus, und ich ärgere mich, dass die Assistentin nicht hier ist, um mir das Ergebnis der Erinnerungserforschung mitzuteilen. Ich suche nach Anhaltspunkten dafür, dass es sich bei dem Kaufhaus um ein Traumgespinst handelt, und fühle sofort eine Angst aufsteigen, die ich nur zu gut kenne. Ich bin gefangen in einer Einsamkeit, die mich vernichten wird.

Nach einem tristen Frühstück bei Radiomusik sitze ich auf dem Sofa, rauche und spreche mit mir selbst. Ich ermahne mich, Verantwortung zu übernehmen, die Weinerlichkeit zu lassen, mich dem zu stellen, was mich offenbar kleinkriegen will. Ich sage mir, dass mich meine Gedanken und Entscheidungen zu dem Typen gemacht haben, der jetzt auf dem Sofa sitzt und nicht aufhören kann, in endlosen Schleifen zu denken. Also muss ich anders denken und andere Entscheidungen treffen. »Das Alte kann ich nicht löschen, aber mit Neuem überschreiben«, rede ich mir zu. Ich bekomme Lust, diesen Satz aufzuschreiben und obendrein meine bisherigen Gedanken und Entscheidungen festzuhalten und einer Prüfung zu unterziehen. Jede Halbwahrheit und Lüge, jede unüberprüfte Annahme will ich mir vor Augen führen.

Ich setze mich an den Küchentisch und mache mit Werbegeschenken der Heizungs- und Installationsfirma Krause – einem Kugelschreiber und einem Schreibblock – ein paar Notizen, die mir helfen sollen, meine Gedanken zu sortieren. Hätte ich ein altes Tagebuch zur Hand, dann müsste ich vermutlich feststellen, dass ich heute fast dasselbe aufschreibe wie mit zwölf oder dreizehn Jahren.

Nach etwa einer halben Stunde breche ich die Inventur meiner Entscheidungen und Überzeugungen ab und notiere stattdessen, was mir zum Kaufhaus einfällt. Ich erinnere mich an lange zurückliegende Gespräche mit Uniformierten, an große, stählerne Tore und bewachte Durchgänge, an jemanden, der mir erklärt, dass ich zu viel oder zu wenig Geld hätte, um diese oder jene Zone zu betreten. Ich entsinne mich der Frage, ob im Kaufhaus nur gekauft oder irgendwo auch produziert wird, wo die Waren überhaupt herkommen und wie sich der in meinem Daumenabdruck gespeicherte Geldwert errechnet und verändert. Ich frage mich, für wen die Uniformierten arbeiten, wem das Kaufhaus gehört und was sein Zweck ist. Anhand einer Skizze versuche ich, mich an die Struktur der Tiefgeschosse zu erinnern, Anhaltspunkte für ihre Größe zu finden und festzuhalten, nach welchen Gesichtspunkten das Angebot innerhalb der acht Stockwerke sortiert ist.

Nach etwa zwei Stunden ruhe ich mich aus, trinke ein Glas Wasser und notiere dann ein Tagesprogramm. Um 8 Uhr aufstehen, Sport treiben, Notizen machen, mich mit gutem Essen belohnen, wenn ich es schaffe, keinen Alkohol zu trinken. Ich plane, mir einen Radiowecker zu besorgen, den ich so programmieren kann, dass er ab 8 Uhr gnadenlose Chartmusik spielt. Das wird mir schon auf die Beine helfen. Zusätzlich stelle ich ein kleines Sportprogramm auf. Ich nehme mir vor, sanft zu beginnen und dann im Laufe der Tage die Übungen zu steigern. Ein paar Liegestütze hier, Kniebeugen da und Sit-ups dort. Und ein Aufwärmprogramm. Das Ganze bei offenem Fenster. Lange Spaziergänge mit Vergil. Vor allem am Abend. Dann weitere Notizen – Lebensinventur und detaillierte Beschreibungen des Kaufhauses – und schließlich ins Bett gehen und akzeptieren, was immer geschehen mag.

Als ich alles aufgeschrieben habe, ist es unangenehm still in der Küche. Die Wanduhr tickt, sonst ist nichts zu hören. Ich sehne mich nach Gesellschaft, gleichzeitig weiß ich, dass ich niemanden in meiner Nähe ertragen kann, vor allem niemanden, der sieht, was mit mir los ist.

Ich gehe mit Vergil in den Wald. Ich fühle mich ausgelaugt, so als hätte ich in der Nacht keine Minute geschlafen. Ich vermisse Sophie. Ich vermisse sie so sehr, dass ich ein Stechen im Herzen fühle und minutenlang auf einer Waldlichtung stehen bleibe, ohne den geringsten Antrieb weiterzugehen. Dann bekomme ich einen unglaublichen Durst auf ein paar Flaschen Bier. Ich schaffe das nicht, denke ich. Dann denke ich: Das habe ich schon oft gedacht. Und dann: Vermutlich hatte ich immer recht.

Nachmittags fahre ich in die nächste Kleinstadt und gehe die Fußgängerzone auf und ab. In einem Schreibwarenladen kaufe ich ein leinengebundenes Notizbuch, in einem Elektrogeschäft einen Radiowecker. Als ich mit einer Tüte in der Hand zum vierten Mal vom einen Ende der Einkaufsstraße zum anderen gehe, kommt mir eine schwarzhaarige Frau entgegen, die ich zu kennen glaube. Sie trägt ein T-Shirt, auf dem eine nackte Frau mit gelbglühenden Augen in einer Badewanne voller Blut sitzt. Wir sehen uns an. Nach einer standbildhaften Sekunde sagt sie: »Ach nee.«

Jetzt erkenne ich Cora, und mir fällt sofort ein, dass ich sie bei meinem letzten Besuch im *GUM* erst blöd angebaggert und dann nie angerufen habe. Wir tauschen ein paar wirre Sätze aus, die sich um die Frage drehen, was der jeweils andere hier macht. Wenn ich es richtig verstehe, kellnert Cora in der Kneipe ihres Bruders und wohnt in dieser Zeit bei ihren Eltern. Als ich zu erklären versuche, was ich den ganzen Tag alleine im Ferienhaus meines Vaters mache, unterbricht sie mich: »Mann, du siehst echt fertig aus.«

Ich nicke und sage, ohne über meine Worte nachzudenken: »Ich hätte mich an dem Abend im *GUM* gerne anders verhalten. Ich hätte dich auch gerne angerufen. Aber das ging alles nicht.«

»Schon gut.«

»Guck«, ich ziehe mein Mobiltelefon aus der Hosentasche. »Ich habe deine Nummer hier abgespeichert, aber ...«

»Ja, kein Stress. Sag mal, ist alles okay bei dir?«

Ich schüttele den Kopf.

»Tja, schade. Ich muss jetzt zur Arbeit. Meine Nummer hast du ja.«

Ich frage sie, wo sie arbeitet und wie lange und ob ich sie später abholen kann. Sie zögert und sagt dann »okay«, ohne dass es besonders einladend klingt.

Am späten Abend empfängt mich die Kneipe *Sonneneck* als

dumpfe, hölzerne Stube. Ein Spielautomat, grüne Papiertischdecken, Lampenschirme, die wie gehäkelt aussehen – so sieht der Laden aus, den Coras Bruder gepachtet hat. An einem Tisch kloppen drei Männer Karten. Am Tresen kippen zwei weitere Männer Kurze und Bier. Hinter dem Tresen steht Cora und poliert ein Weizenglas.

»Ich bin noch nicht fertig«, sagt sie. »Darf's was sein?«

»Einen Kräutertee, bitte.«

»Witzig.«

»Nein, ich mein's ernst.«

Ein Mann in kariertem Hemd dreht sich zu mir und sagt: »Ist dir kalt?«

»Nein, aber nach einer Erfrischung zumute.«

Cora schüttelt den Kopf und kramt einen Teebeutel hervor.

»Erfrisch du dich mal«, sagt der Hemdsärmelige. »Cora, machste mir noch'n Kümmerling?«

Der Mann bekommt seinen Schnaps, kann das Thema aber nicht ruhen lassen. Er dreht den Kopf wieder ein Stück in meine Richtung und sagt, ohne mich richtig anzusehen: »Bist du Moslem, oder was?«

»Nein, Alkoholiker.«

Mein Sitznachbar will etwas erwidern, scheint aber die richtigen Worte nicht zu finden und überlegt es sich anders. Cora stellt mir den Kräutertee hin und zieht eine Augenbraue hoch. Ich sitze auf meinem Hocker und habe Angst, dass ich jeden Moment anfangen könnte, am ganzen Leib zu zittern.

Plötzlich hält mir der Mann eine Packung Marlboro hin: »Oder bist du auch auf Nikotinentzug?«

Eine halbe Stunde später sind Cora und ich endlich alleine.

Mit ausdrucksloser Miene schraubt sie die Zapfhähne ab und legt sie ins Spülbecken.

»Was jetzt?«, frage ich.

»Keine Ahnung, schlag was vor.«

»Vielleicht spazieren gehen?«

Cora führt mich eine Straße bergauf, die aus der kleinen Stadt hinausführt. Wir folgen einem Feldweg, und Cora redet über die trostlosen Gestalten im *Sonneneck* und ihren Bruder, der aufpassen müsse, nicht irgendwann sein bester Kunde zu werden. Sie redet darüber, um wie viel besser es ihr in Bonn gefalle und dass sie sich jedes Mal vornehme, in den nächsten Semesterferien viel weniger Zeit bei ihren Eltern und ihrem Bruder zu verbringen, sie aber dann doch jedes Mal wie durch einen Fluch in dieses Kaff gezogen werde.

Wir erreichen eine Bank, von der aus man Felder und die Lichter des Städtchens sehen kann. Ich biete ihr eine Zigarette an und hoffe, dass sie weiterredet. Ihre Worte beruhigen mich. Zwischendurch vergesse ich, dass ich überhaupt da bin.

»Sag mal«, unterbricht sich Cora plötzlich selbst. »Was genau machst du da in dieser Zweitwohnung von deinem Vater?«

»Ich schreibe ein paar Sachen auf.«

»So romanmäßig?«

»Nein, eher wie ein Tagebuch.«

»Ich schreibe nämlich manchmal. Ich dachte, ich treffe mal jemanden, der das auch macht.«

»Was schreibst du denn?«

»Gedichte und so kleine Prosasachen. Kann aber nichts auswendig. Dann schreibe ich manchmal auch Gedanken auf, wenn ich glaube, die sind total geil, und nachher lese ich die und denke: ›Boah, Cora, warst du bekifft oder was?‹« Sie lacht und schüttelt den Kopf, als hätte sie gerade einen abseitigen Witz gehört. Für einen Moment legt sie drei Finger auf meinen Oberschenkel und sagt: »Ich find's cool, dass wir uns getroffen haben.«

»Ich auch«, sage ich und bekomme wieder Angst, gleich zittern oder unkontrolliert losheulen zu müssen. Cora sieht mich von der Seite an. Vielleicht merkt sie, dass mit mir etwas nicht stimmt.

»Was sollte das eigentlich eben mit dem Alkoholiker?«

»Das weiß ich selbst nicht. Vielleicht wollte ich was ausprobieren.«

»Check ich nicht.«

»Mein Vater war Alkoholiker.«

»Und jetzt ist er es nicht mehr?«

»Er hat sich umgebracht.«

Cora legt eine Hand auf die andere und sagt leise: »Ach du Scheiße.« Nach einer Schweigeminute fragt sie: »Und darüber denkst du jetzt nach?«

»Auch.«

»Und dafür musst du alleine sein?«

Ich nicke und sage: »Ich habe bloß Angst davor, alleine zu schlafen.«

Cora denkt einen Moment nach.

»Also pass auf«, sagt sie dann. »Ich wohne hier bei meinen Eltern.«

»Hab ich mir gedacht.«

»Die sind so ein bisschen nervig.«

»Verstehe.«

»Ich versteh's manchmal nicht. Ich bin einundzwanzig.«

»Auch wieder richtig.«

»Also: Sollen wir zu dir fahren? Ich muss nur noch mal telefonieren.«

Es hat etwas von einem Teenagerstreich, als Cora hinter mir in das Ferienhaus schlüpft, in Räume, die seit Jahren vermutlich nur ein Mann betreten hat, der nun auf dem Parkfriedhof Pulheim liegt.

»Alter«, sagt sie, »der Trick mit dem Lüften hat sich wohl noch nicht bis zu dir rumgesprochen.«

In diesem Moment sieht sie Vergil, der sich erst an meine Beine drückt und dann an ihrer Hand schnuppert. »Oha! Was haben wir denn da?«

Ich stelle die beiden einander vor, dann öffne ich ein Fenster und frage Cora, ob sie etwas trinken will.

»Was haste denn da?«

»Tee, Kaffee, Wasser, Milch.«

»Keinen Wein oder so?«

»Nee.«

»Kaffee ist okay. Bist du jetzt echt Nichttrinker?«

Ich überlege, wie ich darauf antworten kann, ohne dass es so wirkt, als wolle ich mich interessant machen, oder schlimmer noch: dass Cora mich wegen dem, was ich sage, tatsächlich für besonders interessant hält. Immerhin bereue ich bereits, den Selbstmord meines Vaters erwähnt zu haben.

»Mittlerweile vertrage ich Alkohol einfach schlecht«, sage ich.

»Das kommt hier auf dem Land gleich nach schwul«, sagt Cora und krault Vergils Nacken.

Ich mache uns einen Kaffee, während sie auf der Ledercouch sitzt und raucht.

»Hast du den Vergil genannt?« fragt sie, als ich mit zwei Bechern aus der Küche komme.

»Nein. Der ist adoptiert.«

»Der sieht echt abgefahren aus.«

»Sag das nicht zu laut. Das verletzt seine Gefühle.«

Ich setze mich neben sie auf die Couch. Sie sieht mich unvermittelt an: »Sag mal, dein Freund Hermann, der hat keine Freundin, oder?«

»Nein.«

»Also, ich meine, vielleicht sollte man dem mal sagen, dass man in der Hinsicht durch Rumhängen in Kneipen auch nicht unbedingt weiterkommt.«

»Mach ich.«

»Und bei dir?«

»Was?«

»Frauentechnisch.«

»Ich glaube, ich wurde im Frühling verlassen.«

Cora schüttelt lachend den Kopf: »Ihr Typen habt doch echt alle einen an der Waffel. ›Ich glaube, ich wurde im Frühling verlassen‹«, äfft sie mich nach und schüttelt noch einmal den Kopf.

Dann stellt sie den Becher ab und fährt sich kurz mit der ganzen Hand durch die Haare. Für einen Augenblick rutscht ihr rechter T-Shirt-Ärmel nach oben und ein Teil ihrer rasierten Achsel blitzt im Halbdunkel.

»Manchmal sind die Dinge eben kompliziert«, sage ich und ärgere mich sofort über meinen altklugen Tonfall.

»Vielleicht denkst du das auch nur. Als ich vor vier Monaten mit meinem Freund Schluss gemacht habe, dachte ich vorher auch immer, das wäre alles ganz kompliziert, und da wäre ganz viel dahinter. Ich hab sogar so Psycho-Bücher gelesen. In Wirklichkeit war es aber einfach nur aus und vorbei. Er hat mich nicht mehr richtig gemocht. Vielleicht auch nie so richtig gemocht. Er war bloß zu bequem, sich deshalb eine Neue zu suchen, und ich musste es dann zu Ende bringen.«

»Bist du traurig darüber?«

»Nee, mittlerweile bin ich total erleichtert. Ich sehe das jetzt alles ganz anders.«

Ich zünde mir eine weitere Zigarette an, ziehe zweimal an ihr und sage: »Stimmt schon. Vielleicht mache ich mir was vor.«

Cora lehnt sich ein Stück in meine Richtung und stößt mit dem Ellbogen gegen meinen Arm. »Das ist doch eh alles ein bisschen plemplem, oder?«

»Ja. So betrachtet.«

»So betrachtet«, äfft sie mich nach und lacht. »Hendrik, also mein Exfreund, der war ganz anders als du. Der hätte nie so geredet. Der hat nur manchmal ganz kurze Witze erzählt.«

»Und – waren die lustig?«

»Na ja«, sie lächelt. »Es geht.«

Ich lächle auch. Cora spielt mit ihrem Feuerzeug. Plötzlich wendet sie mir ihr Gesicht zu und sieht mich halb ernst, halb belustigt an: »Wir sind halt beide einsam.«

»Ja«, sage ich. Dann küssen wir uns.

Schließlich liegen wir auf dem Hochbett. Sie trägt nur noch ihre Unterhose und das T-Shirt mit dieser Blutbadewanne. Es beruhigt mich ein wenig, sie im Arm zu halten, an ihren Haaren zu riechen, die nach mädchenhaftem Shampoo duften. Gleichzeitig habe ich das Gefühl, dass jeden Augenblick etwas Schlimmes passieren kann. Ich fürchte mich vor dem Einschlafen oder dem Aufwachen und davor, dass sich Cora plötzlich in etwas Abscheuliches verwandelt.

Sie hört auf, mich zu küssen, legt eine Hand auf meine Brust und nuschelt: »Du bist ein komischer Vogel. Aber wirklich.« Nicht viel später merke ich an ihren gleichmäßigen Atemzügen, dass sie eingeschlafen ist. Ich weine so leise und reglos wie möglich.

16. KAPITEL

Kaum schlage ich die Augen auf, höre ich eine weibliche Stimme »Guten Morgen« sagen. Ich erinnere mich daran, vor unbestimmter Zeit ein Klopfen gehört und gedankenlos »Herein« gesagt zu haben. Vielleicht habe ich das aber auch geträumt.

Die Assistentin steht neben meinem Bett und erklärt, dass die Ergebnisse vorlägen. Wenn ich wolle, könne ich gleich jetzt ins Büro des Herrn Doktor kommen. Ich sehe mich im Zimmer um: ein weißer Schrank, ein Stuhl, über dem eine Hose hängt, ein Waschbecken, kein Fenster.

»Wo ist Vergil?«, frage ich.

»Ich habe leider keine Ahnung, wovon Sie sprechen.«

»Der Hund.«

Die Assistentin schüttelt den Kopf. »Sie finden das Büro zur Tür raus rechts, dann zweite Tür links.«

Ich würde mir gerne die Zähne putzen, aber es gibt keine Bürste. Alles, was ich aus dem Spiegelschränkchen über dem Waschbecken gebrauchen kann, ist eine Tube mit flüssiger Seife.

Ich wasche mein Gesicht. Es sieht im Spiegel krank aus,

aber vielleicht liegt das an dem ungemütlichen Licht, das von einer Röhre an der Decke strahlt.

Als ich an die Bürotür des Arztes klopfe, fühle ich mich noch nicht richtig frisch im Kopf Ich höre ein »Herein«, öffne die Tür und sehe den großen, blonden Mann hinter einem Schreibtisch sitzen. Er weist mir einen Stuhl zu, faltet die Hände und sieht mich ernst an. »Herr Hell, richtig?«

Ich nicke.

»Raucher oder Nichtraucher?«

»Raucher. Tut das was zur Sache?«

»Nein, aber ich hätte gerne eine Zigarette.«

Ich taste meine Taschen ab, finde aber keine Packung.

»Tut mir leid«, sage ich.

»Macht nichts. Mich wundert bloß, dass wir Sie in ein Nichtraucherzimmer gelegt haben.«

»Kann ja mal vorkommen.«

»Es kommt mir in der letzten Zeit etwas zu oft vor. Man könnte sagen: Es bündelt sich geradezu.«

»Das tut mir leid für Sie.«

»Na, Schwamm drüber. Erfreulicherweise kann ich Ihnen positiven Bescheid geben. Sophie Tolma, sechsundzwanzig Jahre alt, konnte ausfindig gemacht werden. Wie Sie insgeheim wissen dürften, ist Frau Tolma untergetaucht.« Der Doktor tippt auf einen Papierbogen, der vor ihm liegt. »Wir konnten alle diesbezüglichen Informationen auslesen.«

»Und das ist zuverlässig?«

»Nein, überhaupt nicht. Unser Bewusstsein muss ständig filtern. Sie erinnern sich nur an Bruchteile von dem, was Sie rund um die Uhr wahrnehmen. Sonst werden Sie verrückt. Die anderen Eindrücke sind jedoch nicht verloren. So haben Sie zum Beispiel wahrgenommen, dass Frau

Tolma Angst hat. Sie haben die starke Intuition, dass in ihrer Familie ein Gewaltverbrechen verübt wurde. Ebenfalls konnten Sie registrieren, dass sich Sophie vor dem Verbrecher verstecken muss und Sie nicht mit hineinziehen wollte.«

Ich atme laut aus. »Das sind sehr interessante Informationen, aber was soll ich damit anfangen, wenn sie überhaupt nicht zuverlässig sind?«

»Nicht zuverlässig?«

»Das haben Sie doch eben gesagt.«

»Ich meinte aber zuverlässig. Man wird sich ja wohl noch versprechen dürfen.«

»Klar. Schwamm drüber.«

»Sie finden Frau Tolma im vierten Tiefgeschoss.«

»Hier im Kaufhaus?«, frage ich nervös.

»Kaufhaus?«

»Oder wo immer wir hier sind.«

»Tja, da will ich ganz offen zu Ihnen sein, auch wenn das unter Ärzten verpönt ist: Ich weiß auch nicht alles. Wenn es nach mir ginge, könnte man ruhig öfter mal eingestehen, dass man etwas nicht weiß. Dann wüsste man unterm Strich mehr.«

»Zwingenderweise.«

»Wie bitte?«

»Auf jeden Fall. Man wüsste unterm Strich mehr.«

»Eben. Ich gebe Ihnen die Originale, und ich behalte die Kopien. Oder wäre es Ihnen andersherum lieber?« Der Arzt sieht mich an und hält die Papiere wie Spielkarten in die Höhe.

»Ich nehme das Original.«

»Möchten Sie noch mit Ihrer Mutter telefonieren?«

»Danke, aber die ist tot.«

»Wir arbeiten mit modernster Computertechnologie, aber auch mit Produkten, die ihre Entstehung den neusten Erkenntnissen der Biochemie und den Neurowissenschaften verdanken. Es ist selbst für mich immer wieder ein Wunder, zu welchen Durchbrüchen es in den letzten Jahren gekommen ist.«

»Ich fürchte, ich komme nicht mehr mit.«

Der Arzt nickt, als hätte ich lediglich bekräftigt, was er gerade gesagt hat.

»Wie Sie wissen, ist Wirklichkeit ein relatives Konzept. Eine Frage der Perspektive. Da müssen wir uns doch im achtzehnten Jahrhundert nichts mehr vormachen.«

»Sicher nicht. Ich danke Ihnen.«

»Im vierten Tiefgeschoss ist man da besonders fortschrittlich. Hier ist die Visitenkarte. Da finden Sie dann Frau Tolma.« Er reicht mir einen Fetzen Papier, auf dem das Wort »Barlington« steht.

»Das ist sehr freundlich.«

»Gut. Es freut mich, Ihnen helfen zu können. Es gibt mir viel, anderen etwas geben zu können. In meiner Freizeit spiele ich Orgel. Ehrenamtlich. Dürfte ich um Ihren Daumen bitten?«

Der Doktor hält ein kleines Scangerät in die Höhe, und ich drücke meinen Daumen auf das Display, das sich sonderbar organisch anfühlt. Ich registriere, dass mehrere Hunderttausend von meinem Vermögen subtrahiert werden.

Das vierte Tiefgeschoss empfängt mich mit gleißenden Lichtern und fürchterlichem Gedränge. Die Werbemonitore ragen viele Meter über die Köpfe der Menschen, die durch eine riesige Passage mit Marmorboden gehen. An der Stelle, an der ich den Fahrstuhl verlasse, ist alles in Bewegung, die Luft ist warm und von Lärm erfüllt. Mir graut davor, in dieses Gedränge einzutauchen. Es dauert allerdings nicht lange und eine Frau in der üblichen Uniform spricht mich von der Seite an. Obwohl ich mir kaum vorstellen kann, dass es etwas bringen wird, frage ich sie nach »Barlington«, und sie nickt und erklärt mir den Weg.

Ich muss eine elektrische Bahn nehmen, die fast lautlos durch mehrere Hallen gleitet und für wenige Sekunden in die Schwärze eines Tunnels eintaucht. Hinter dem Tunnel fahre ich noch drei Haltestellen weiter und steige an der vierten aus. Die »Astra-Passage«, in der ich mich wiederfinde, wirkt wie eine historisch korrekt nachgebaute Backsteinsiedlung aus dem frühen zwanzigsten Jahrhundert mit einem Himmel aus bemaltem Beton. Die Passanten, die ich sehe, wirken hingegen wie Touristen aus allen möglichen Ländern, die sich in allen möglichen Moden kleiden und die Passage durchwandern wie ein Museum.

Ich muss nicht lange suchen, bis ich ein Ladenschild mit der Aufschrift »Barlington« an einem der kleinen roten Häuser entdecke. Da es keinen Klingelzug gibt, ich aber auch nicht einfach so in den Laden platzen will, der eher wie ein Wohnhaus wirkt, klopfe ich an. Eine Männerstimme bittet mich herein, und wenige Augenblicke später betrete ich einen gemütlichen, mittelgroßen Raum mit dunkelbrauner Tapete. Es riecht nach gesüßtem Pfeifentabak. In der Mitte steht ein niedriger Tisch aus dunklem Holz, umgeben von zwei roten Sesseln und einer Couch gleicher Farbe.

»Nehmen Sie Platz«, fordert mich ein Mann mit ergrauten Schläfen auf. Er trägt eine altmodische Weste und eine schwarze Fliege über weißem Hemd. Ein imposanter schwarzer Schnurrbart trennt sein Gesicht in zwei Hälften.

»Darf ich Ihnen eine Tasse Tee anbieten? Mit Milch und Zucker?«

»Das wäre nett.«

Der Mann geht durch eine Tür in einen Nebenraum. Eine Weile lausche ich den Geräuschen, die er dort verursacht, und lasse dabei meinen Blick über eine Kommode und zwei Ölgemälde schweifen. Das eine Bild zeigt einen Schäfer nebst Herde unter einem wolkenverhangenen Himmel, das andere eine melancholisch blickende Frau mittleren Alters. Alles in allem wirkt der Raum weder wie ein Geschäft, in dem irgendetwas verkauft wird, noch wie ein Büro, noch wie ein wirkliches Wohnzimmer.

Der Mann kommt zurück und stellt ein silbernes Tablett mit Teeservice, Zuckerdose und Milchkännchen auf den Tisch.

»Womit kann ich Ihnen helfen?«

»Ich suche Sophie Tolma.«

»Haben Sie einen Datensatz auslesen lassen?«

Ich reiche dem Mann die Papiere des Arztes. Er sieht sie eine Weile durch, ohne dass ich den Eindruck hätte, dass er mit den Zahlen, Buchstaben und Kurven darauf mehr anfangen kann als ich.

»Sehr gut«, sagt er. »Sie sind bei mir an der richtigen Adresse. Ich würde mir erlauben, für die Zusammenführung einen Betrag von hundertneunundvierzigtausendneunhundertneunzig zu berechnen. Und als Zusatzgebühr würde ich Sie um Ihren Bauchnabel bitten.«

»Das klingt etwas exzentrisch.«

»Unter uns: Sie werden ihn nicht vermissen. Manche Leute finden den Bauchnabel richtiggehend hässlich.«

»Wie können Sie überhaupt garantieren, dass Sie Sophie finden?«

»Um ehrlich zu sein: Ich verstehe Ihre Frage nicht.«

»Wie funktioniert das Ganze?«

»Wie Sie womöglich schon gehört haben, sind unsere Möglichkeiten hier sehr fortschrittlich.«

»Ja, aber das ist doch keine Erklärung.«

»Ich bitte Sie! Wir haben den Datensatz.« Der Mann in der Weste hebt die Papiere in seiner Hand ein Stück in die Höhe und sieht mich dabei so aufmunternd an, dass mir weitere Fragen wie Zeitverschwendung erscheinen.

»Gut«, sage ich, »machen Sie, was Sie machen können.«

»Sollten Sie mit der Dienstleistung unzufrieden sein, erheben wir bei Barlington lediglich eine Bearbeitungsgebühr von neunundvierzigtausendneunhundertneunzig. In diesem Falle nehmen wir natürlich auch nicht Ihren Bauchnabel.«

»Wie errechnen Sie eigentlich diese Preise?«

Der Mann in der Weste sieht mich an, als ob ich eine ziemlich einfältige Frage gestellt hätte.

»Angebot und Nachfrage«, sagt er. »Selbstverständlich unter Kalkulation unserer Auslagen.«

»Darf ich noch eine Frage stellen, auch wenn sie Ihnen vielleicht etwas naiv erscheint?«

»Nur zu. Aber vergessen Sie nicht, dass ich nur ein Verkäufer bin.«

»Woher kommt das Geld, das ich habe?«

»Müssten Sie das nicht besser wissen als ich? Oder meinen Sie das generell, also philosophisch?«

»Ich wüsste gerne, woher die Summen kommen, mit denen ich bezahle.«

Der Händler streicht mit Daumen und Zeigefinger zweimal über seine Wangen. »Tja, auch da bestimmen Angebot und Nachfrage das individuelle Guthaben. Also, was können Sie, was nachgefragt wird, und wie viele andere können das auch.«

»Aber das ist doch Blödsinn.«

»Finden Sie? Gut, man muss das Alter noch berücksichtigen. Potenzielle Renditeerwartungen nehmen ja mit den Jahren ab.«

»Und wer legt das fest?«

»Jetzt wollen Sie mich aber auf den Arm nehmen.«

Ich schüttele kurz den Kopf. »Egal. Also, wie verbleiben wir?«

»Kommen Sie einfach in drei Stunden wieder. Bis dahin dürfte Frau Tolma hier sein.«

Ich gehe eine Weile durch das Viertel aus Backsteinbauten und komme zu einem sandigen Platz, auf dem ein großes, altmodisch aussehendes Zirkuszelt aufgebaut worden ist. Niemand steht am Eingang, und ich kann hineingehen, ohne etwas bezahlen zu müssen. Die Ränge sind nicht besonders stark besetzt. Nach einer Weile fällt mir auf, dass das Publikum ausschließlich aus Männern besteht. In der Manege hingegen sitzt eine blonde Frau in einem schwarzen Abendkleid breitbeinig auf einem Podest und raucht. Neben ihr steht ein kleiner, breiter Mann mit drahtigen, schwarzen Haaren und sortiert Schwerter auf einer Art Altar.

Die »Show« besteht darin, dass man sich melden, einen Betrag zahlen und dann der Frau eines der Schwerter in den Körper stecken kann, was sie merkwürdigerweise nicht zu verwunden scheint. Eine Variante der zersägten Frau, die mir eine leichte Übelkeit verursacht. Als der stämmige Mann in meine Richtung sieht, stehe ich auf und verlasse das Zelt.

Zurück bei Barlington bekomme ich einen weiteren Tee serviert. Dann verlässt der Händler mit langsamen, würdevollen Schritten den Raum. Ich merke, dass mein Herz rast. Ohne wirklich nachzudenken, ziehe ich meinen Pullover hoch und werfe einen Blick auf meinen Bauchnabel. Ich habe ihn noch nie richtig betrachtet, und nun weiß ich nicht, was ich dazu sagen soll: ein kleiner Krater in der Mitte meines Körpers, mit viel Fantasie einer fleischfarbenen Miniatursonne vergleichbar. Eigentlich zu nichts nütze.

Der Mann kommt zurück. Hinter ihm geht Sophie. Sie ist etwas blass und trägt einen schwarzen Pullover, der mir bekannt vorkommt, und eine blaue Jeans. Ich springe auf und mache einen Schritt in ihre Richtung.

»Thomas«, sagt sie. »Endlich.«

Ich gehe noch näher an Sophie heran, sodass zwischen uns nur noch eine Armeslänge Abstand bleibt. Ich habe so oft von diesem Wiedersehen fantasiert. Vor allem habe ich mir wieder und wieder Sophies Gesicht vorgestellt und muss nun feststellen, dass es sich offenbar in meiner Erinnerung so verändert hat, dass es mir ein wenig fremd vorkommt.

Diese Veränderung, zusammen mit der Situation, in der wir uns befinden, flößt mir Furcht ein, gleichzeitig macht dieser Hauch von Fremdheit Sophie für mich besonders attraktiv. Vermutlich geht es ihr ähnlich. Sie sieht mich an wie etwas höchst Erstaunliches. Ihre Mundwinkel ziehen sich nach oben, und plötzlich beginnt sie zu lachen, und ich kann nicht anders und lache ebenfalls.

»Du siehst so komisch aus«, sagt Sophie.

»Du auch«, sage ich und strecke meine Hand aus, um Sophies Arm zu berühren. Ich halte jedoch inne, als mir eine Unstimmigkeit in ihrem Gesicht auffällt. Ich sehe noch einmal genau hin. Kein Zweifel: Das schwarze Muttermal auf ihrer Nase fehlt.

»Wo ist denn der Punkt hin?«

»Welcher Punkt?«

»Der Punkt auf deiner Nase.«

»Was für ein Punkt auf meiner Nase?«

Der Mann in der Weste räuspert sich. »Verzeihen Sie, aber finden Sie die Frage nach einem Punkt auf der Nase nicht ein wenig kleinlich? Immerhin haben Sie gerade prinzipiell Ihren Bauchnabel hergegeben.«

Sophie sieht mich an. Das Lachen ist aus ihrem Gesicht verschwunden. »Was denn für ein Punkt? Von was für einem Punkt redest du da?«

Ich trete einen Schritt zurück. »Wie kann ich sicher sein, dass das die echte Sophie ist?«

»Ich bitte Sie: Sie sieht aus wie Sophie, sie spricht wie Sophie, sie riecht wie Sophie. Und sie erkennt Sie wieder. Wie können Sie da unsicher sein? Wegen einem Punkt?«

»Ja«, sage ich, lauter als beabsichtigt, »wegen einem Punkt. Was panschen Sie hier eigentlich zusammen?«

»Beruhigen Sie sich bitte.«

Sophie sieht mich aus zusammengekniffenen Augen an. »Was soll das? Woher weiß ich denn, dass du echt bist? Du hast doch bloß ein riesiges Vertrauensproblem.«

Für einen Augenblick kann ich nicht mehr sprechen. Auch mit dem Denken ist es nicht weit her.

»Irritationen beim Wiedersehen sind nichts Ungewöhnliches«, sagt Barlington oder wie auch immer der Mann in der Weste heißt. »Auch da lässt sich etwas machen.«

»Mir ist das zu viel«, sage ich.

»Sicher.« Der Händler nickt freundlich. »Es geht mir auch gar nicht darum, Ihnen um jeden Preis etwas aufzuschwatzen. Barlington ist ein seriöses Unternehmen. Dazu gehört, dass ich mich in meine Kunden hineinversetze und versuche, sie zu verstehen. Vielleicht ist das Angebot einfach nichts für Sie.«

Sophie hat die Arme vor der Brust verschränkt. Mit genervtem Gesichtsausdruck sagt sie: »Ich verstehe nicht, warum du es so kompliziert machen musst.«

»Sie haben vielleicht schon davon gehört«, mischt sich der Mann in der Weste wieder ein. »Es gibt ein stillgelegtes Tiefgeschoss. Dort finden Sie möglicherweise Gleichgesinnte. Menschen, die unsere Angebote ablehnen, ja, die sogar das gesamte Kaufhaus für eine schlechte Einrichtung halten. Ich kann Ihnen für hunderttausend den Weg dorthin ermöglichen. Am besten, Sie schlafen einmal darüber und wir sprechen uns morgen.«

Ich horche in mich hinein. Der Gedanke, erst einmal zu schlafen, gefällt mir ausgesprochen gut. Ich versuche, Sophie in die Augen zu sehen, aber sie weicht meinem Blick aus.

17. KAPITEL

Um mich herum ist es dunkel. In meinen Ohren hallt ein wiederkehrender Piepton. Ich habe Angst. In meiner Herberge sind wenig vertrauenerweckende Gestalten unterwegs. Die Korridore sind dunkel, die Geräusche aus manchen Zimmern furchteinflößend. Ich habe meine Tür von innen verriegelt und einen Stuhl davor gestellt. Etwas bewegt sich neben mir, und ich fahre mit einem Schrei in die Höhe. Meine Hand tastet nach einem Lichtschalter, kann aber keinen finden.

»Was?«, ruft jemand in unmittelbarer Nähe, und ich trete nach ihm. Noch immer ertönt das Piepen. Es wird hell. Eine Frau mit schwarzen Haaren starrt mich an. »Spinnst du?« Sie steht mit einem Ruck auf. Ich höre ein knarzendes Geräusch, tappende Füße, das Piepen verstummt.

»Fuck!« Die Stimme der Frau klingt von links unter mir.

»Es ist keine halb neun, und mein bekloppter Bruder ruft an.«

Wieder höre ich das Knarzen. Die Frau kommt zurück. Ich überlege, ob ich sie vielleicht kenne. Zumindest sieht sie mich an, als ob sie mich kennen würde.

»Alles klar?«

Ich nicke, obwohl ich mir noch nicht einmal sicher bin, was sie meint.

»Ich muss los. Und du solltest vielleicht mal zum Arzt gehen. Scheiße, wie komme ich hier überhaupt weg.«

»Warte«, sage ich, und dann, weil mir nichts Besseres einfällt: »Wie heiße ich?«

»Was ist denn das für ein Psychospiel?«

»Ich bin durcheinander«, sage ich.

»Allerdings. Du heißt Thomas und bist heute Nacht abgegangen wie ein Besessener. Ernsthaft: Geh mal zum Arzt. Und fahr mich bitte vorher nach Hause.«

»Du heißt Cora, richtig?«

Die Frau schüttelt den Kopf und sagt leise: »Alter.« Kurz darauf höre ich sie im Raum unter mir.

Ein paar Minuten später sitze ich mit Cora auf dem Ledersofa und trinke Kaffee. Sie sieht mich aus ernsten Schlittenhundeaugen an – neugierig und ein bisschen traurig. »Wie lange bleibst du überhaupt noch hier?«, fragt sie.

»Das weiß ich nicht.«

»Vermisst du Bonn nicht?«

Ich schüttele den Kopf.

»Sag mal, ist es okay, wenn ich fahre?«

Ich nicke.

Zwei Stunden später sitze ich alleine an der gleichen Stelle und rauche eine Zigarette. Ich denke an Cora, an ihre hohen Doc Martens, ihren Rat, zum Arzt zu gehen, und meine fast weinerliche Frage beim Abschied, ob ich sie bald anrufen dürfe.

Vergil stößt seine Schnauze gegen meine Hand. Reflexhaft streichele ich sein Fell, aber es dauert eine Weile, bis ich die Berührung spüre. Der Hund scheint mir nicht ganz echt. Vielleicht stimmt auch etwas mit meiner Hand nicht. Als hätte jemand die Essenz aus ihr herausgesogen.

Ich hole aus meinem Portemonnaie das Foto, das Sophie als Erwachsene zeigt. Ich betrachte das kleine Fotogesicht und versuche, mich an die Gesichter zu erinnern, die ich von Sophie gesehen habe: im Karstadt-Bistro, eine Augenbraue skeptisch hochgezogen; still und maskenhaft, nachdem ich in der Bonner Oper ihren Bruder kennengelernt habe; die kindlichen Züge im Haus ihrer Mutter; das ängstliche Gesicht, nachdem wir uns vor dem Haus hinter den Häusern geküsst haben. Ich überlege, wie viel von ihr ich gesehen und wie oft ich ihr wirkliches Gesicht mit einer Vorstellung von ihrem Gesicht übermalt habe. Ich muss mir eingestehen, dass ich von Anfang an gespürt habe, dass Sophie Probleme hat und dass ich es trotz aller Fehlschläge mit schwierigen Frauen und trotz aller Ermahnungen von Hermann wieder einmal nicht hatte lassen können. Tatsächlich hatte ich gehofft, Sophie könnte so etwas wie eine Rettung für mich sein, die Frau, mit der ein neues, besseres Leben möglich sein würde.

»Du verwechselst mich mit jemandem«, hatte sie im Haus am Waldrand gesagt. Sophie als russische Puppe, in der eine weitere Puppe mit einer weiteren Puppe und einer weiteren Puppe steckt, und ganz innen ist vielleicht nur ein hohler Raum.

Mir fällt ein Gedanke ein, den ich als Kind einmal gehabt habe. Genau genommen handelt es sich mehr um ein Gefühl als um einen Gedanken, ein den Boden unter den Füßen wegziehendes Gefühl: Nichts ist echt. Das Zimmer nicht, in dem ich liege. Mein Vater nicht, meine Mutter nicht, mein Bruder nicht, ich selbst nicht. Wir schweben durch erdachte Räume, wehen durch den nächsten hindurch, ohne ihn zu berühren, alles um uns herum ist unseren Vorstellungen entsprungen, so wie wir selbst den Vorstellungen anderer entsprungen sind.

Genau dieses Gefühl kehrt nun zurück. Nichts ist echt: auch die Zeit nicht. Die Gegenwart ist nicht real, und ich fürchte mich vor all der Vergangenheit, die noch in der Zukunft auf mich wartet. Immer wieder die gleichen Bilder, die gleichen Gedanken, die gleichen Ängste, die gleichen unstillbaren Wünsche, die gleichen nicht zu beantwortenden Fragen, die alles in Zweifel ziehende Verwirrung.

Ich gehe in die Küche, öffne den Kühlschrank und will nach einem Bier greifen. Dann fällt mir ein, dass ich keins im Haus habe. Es kommt mir so vor, als säße eine Raubkrabbe in meiner Brust und wühle so lange mit ihren Scheren darin herum, bis ich zum Supermarkt gehe und mir Bier oder Wein kaufe. Dabei habe ich keine wirkliche Lust darauf. Der Gedanke widert mich sogar an. Es ist bloß so, dass ich dieses Gefühl, mit einem Bein in der Panik zu stehen, nicht länger aushalten will. Könnte ich mich durch das Essen von Gurken betäuben, würde ich Gurken essen.

Ich sehe auf die Zigarettenpackung in meiner Hand, zerbrösele ihren Inhalt und werfe den Plunder in den Abfalleimer. Kurz darauf bereue ich, was ich getan habe. Ich überlege, ob ich Hermann anrufen soll, weiß aber nicht, was ich ihm sagen soll. Dann wünsche ich mir, mit Cora auf der Bank zu sitzen, auf die Kleinstadt zu schauen und ihren Worten zuzuhören. Ich wähle einen Teil ihrer Nummer, breche dann jedoch ab.

Das Sportprogramm gelingt mir so gut wie gar nicht. Dafür mache ich einen ungewöhnlich langen Spaziergang mit Vergil. Abends koche ich mir Spaghetti und höre Radio.

Die Angst vor der Nacht nimmt mir fast die Luft. Das Essen der Nudeln schlägt mir zusätzlich auf die Stimmung. Ich fühle mich schwer und traurig und hoffnungslos und gleichzeitig angespannt und schreckhaft. Ich werde hier zugrunde gehen, denke ich. Ich gehe im Zimmer auf und ab und denke kurz an meinen Vater. Ich suche die Zigaretten. Erinnere mich daran, dass ich sie zerrieben und weggeworfen habe. Ich blicke immer wieder auf mein Handy.

Ich lege mich auf die Ledercouch und starre auf den Unterboden des Hochbettes, das sich über mir spannt. Ich frage mich, ob ich Sophie je wiedersehen werde und ob es nicht vielleicht das Beste ist, noch einmal zu Barlington zu gehen.

Kaum habe ich diesen Gedanken gedacht, kommt es mir vor, als sei jemand oder etwas Fremdes im Raum. Ich kann niemanden sehen oder hören, und mein Verstand sagt mir, dass es ziemlich unwahrscheinlich ist, dass außer mir und dem Hund jemand in dem Häuschen ist. Trotzdem beherrscht mich das Gefühl, ungebetenen Besuch zu haben. Ganz in meiner Nähe, aber knapp außerhalb meines Sichtfeldes.

Ich stehe auf, gehe in die Küche und drehe das Radio an. Bilder aus Horrorfilmen fallen mir ein: schwarze Hunde, die unter Treppen hervorschnellen und Beine zerfetzen, Kinder, die sich umdrehen und ein Monstergesicht haben, grinsende Clowns, Tote, die plötzlich im Spiegel erscheinen.

Ich erinnere mich, solche Angst schon öfter gehabt zu haben. Als Kind in meinem Schlafzimmer. Ich habe die Tür nicht schließen, nicht alle Lichter löschen und mich nicht zur Wand drehen wollen. Auch habe ich Hände und Füße in meinem Schlafanzug versteckt. Das nackte Fleisch hätte das Wesen angelockt. Manchmal saß es im Schrank, manchmal sah es durch die Scheibe oder spiegelte sich in der Klinke meiner Schlafzimmertür. Es hatte Hände, die mir an immer länger werdenden Armen durch das ganze Haus folgten. Nachts, wenn ich durch den langen Korridor zur Toilette musste, in den endlosen Momenten, bis meine Hand den Lichtschalter gefunden hatte. Oft hatte ich an die Schlafzimmerdecke gestarrt und den Geräuschen im Haus gelauscht. Das Knacken in den Wänden, das Gluckern in den Leitungen, das Schlagen von Türen, Gegenstände, die zu Boden fielen, Glas auf Stein, die bedrohlichen, die hilflosen Stimmen meiner Eltern.

So albern es ist: Ich gehe durch die Zimmer und sehe mich um. Ich muss in allen Winkeln und Schränken nachsehen. Obwohl die Wohnung alles andere als groß ist, erscheint sie mir doch Platz genug für einen Eindringling zu bieten. Suche ich im Bad, hält er sich vielleicht im Hochbett versteckt. Sehe ich im Hochbett nach, sitzt er vielleicht gerade darunter auf der Ledercouch. Schaue ich auf oder unter die Ledercouch, steht er in der Küche, stets im Schatten, im toten Winkel meines Blickfelds.

Vielleicht kann er sich auch verwandeln, körperlos werden oder das Äußere von Gegenständen annehmen. Zwar hängt die Uhr nach wie vor an der Küchenwand, zwar stehen der Tisch und der Stuhl unverändert, aber genau genommen bin ich nicht sicher, ob es dieselbe Uhr, derselbe Tisch und derselbe Stuhl sind. Ich bilde mir ein, Fühler für solche Unstimmigkeiten entwickelt zu haben, und taste hellwach meine Umgebung ab. Der deutlichste Unterschied besteht darin, dass die Dinge plötzlich nicht mehr selbstverständlich sind. Sie wuchern aus einer anderen Welt in den Raum hinein und sind nichts anderes als die

Kleider und Masken eines einzigen formlosen, bösartigen Wesens.

Ich schiebe den Glastisch zur Seite und rolle den dicken, rot-blau gemusterten Teppich auf. Ich klopfe den darunterliegenden Boden ab. Dann fällt mir ein, dass es in der Decke der Diele eine Luke gibt. Im Kabuff mit den Putzmitteln finde ich eine Stange, an deren Ende ein Haken fixiert ist, mit dem man die Luke öffnen kann. Ich ziehe die Metallklappe zu mir und sehe eine kleine, ausfahrbare Leiter, die sich fast bis auf den Boden ziehen lässt.

Der Speicher ist ein schlichter, stickiger Raum. Im Licht einer nackten Glühbirne schweben Staubflocken. Unter einer milchigen Plastikplane stehen zwei Kartons und ein Koffer. In dem einen Karton sind Bücher, die meisten davon Schulbücher. In dem anderen Karton stapeln sich selbstgemacht aussehende Zeitschriften, Broschüren und Kataloge. Das oberste Heft heißt »Jessica« und enthält nichts als großformatige Fotos eines nackten Mädchens von vielleicht zehn Jahren. In der Mitte gibt es eine Doppelseite, auf der das Mädchen breitbeinig ihre Schamlippen auseinanderzieht und etwas schief in die Kamera lächelt. Aus der gleichen, leicht vergilbt wirkenden Reihe gibt es noch ein paar andere Ausgaben mit anderen Vornamen. Andere Zeitschriften, von denen mehrere Ausgaben vorhanden sind, nennen sich »FKK Magazin«, »Jimmy« oder »Sonnenfreund« und zeigen auch nichts anderes als nackte Kinder. Etwas tiefer im Stapel finde ich einen Katalog, der offensichtlich mit Schreibmaschine geschrieben und anschließend kopiert worden ist. Er listet Filme auf (»in VHS oder Beta Coloursystem Pal«), mit Titel, Preis, Lauflänge und Bestellnummer: »Nymphchen in Hitze (30 Minuten, DM 265,-)«, »Pissing Lolita 1 (25 Minuten, DM

195,-)«, »Aussiedler-Boys (45 Minuten, DM 295,-)«. Unter jedem Filmtitel steht eine kurze Inhaltsbeschreibung. Es ist die Rede von »hervorragenden Privatfilmen in Color«, »zum ersten Mal angestochenen Nuttchen« oder »gut entwickelten naturgeilen Elfjährigen«.

Der Koffer ist verschlossen, aber an dem Bund, den mir mein Vater mitgegeben hat, findet sich ein kleiner Schlüssel, der passt und gedreht werden kann. Ich klappe den Deckel hoch und sehe etliche DVDs, viele davon gekauft, andere privat gebrannt. Bei den Kauf-DVDs handelt es sich samt und sonders um Pornografie. Ich sehe mir einige der Fotos an, die zu den brutalen Titeln passen: »Anale Demütigung blutjunger Luder« zeigt zum Beispiel eine Frau, deren Haare abrasiert werden. Auf dem nächsten Bild stecken Penisse in ihr drin. Auf wieder einem anderen öffnet sie ihren Mund, um einen Urinstrahl zu trinken.

Ich studiere die Hüllen von Filmen, in denen Peitschen und Fäuste eingesetzt werden, und sehe Bilder von Frauen, die mit blau geschwollenem Auge und verlaufener Schminke verstört in Richtung Kamera blicken.

Ich sehe den gesamten Inhalt des Koffers durch. Auf den zwölf gebrannten DVDs, die in schlichten CD-Hüllen stecken, stehen mit Edding geschriebene Abkürzungen, die an den Chemieunterricht erinnern: »LO 2«, »SA 1 u. 2«, »LO 3« oder »Pics«.

Obwohl ich weiß, dass es keine gute Idee ist, nehme ich diese DVDs mit nach unten und lege eine davon in den DVD-Spieler. »LO 2« zeigt einen kleinen Jungen, der das Glied eines Mannes in den Mund nimmt, von dem man nur haarige Beine und nach vorne gestreckte Geschlechtsteile sieht. Die Szene spielt in einem Badezimmer, das aussieht wie Tausende von Badezimmern. Ich spule vor und sehe andere Akte mit dem gleichen kleinen Jungen, darunter eine dreizehn Minuten lange Sequenz, in der auch ein kleines Mädchen mitspielt und die Stimme einer Frau aus dem Off Anweisungen gibt.

Die beiden SA-Filme stammen nicht aus Deutschland. Im ersten ist eine kleine Asiatin zu sehen. Einmal wird sie so an den Haaren gezogen, dass ihr Gesicht direkt in die Kamera blicken muss. Eine Männerstimme spricht vor: »Say: That's a lot of cock.« Die Augen der Kleinen leuchten wie auf Knopfdruck, und sie zeigt zwei Reihen ziemlich schlechter Zähne: »That's a lot of cock.« Dann kichert sie mädchenhaft. In dem zweiten Film vergewaltigen drei englisch sprechende Männer in Uniform zwei Mädchen, von denen das Jüngere weder Schambehaarung noch entwickelte Brüste hat. Ich zucke zusammen, als einer der Soldaten mit der Faust ins Gesicht dieses Mädchens schlägt. Sie bleibt mit ausdruckslosem Gesicht auf einem Bett liegen. Der Mann in Uniform fasst mit Daumen und Zeigefinger in ihre Mundwinkel und zieht sie hoch zu einem Lächeln, das er seinen Kameraden präsentiert.

Mir ist längst klar, dass diese Bilder und Geräusche in meinem Gedächtnis wie kaum abzubauender Giftmüll lagern werden. Trotzdem lege ich auch noch die übrigen Filme ein, um ihren Inhalt im Schnelldurchlauf zu sichten. Bei der vorletzten DVD stoppe ich und spule zurück, weil ein Szenario meine Aufmerksamkeit auf sich zieht, ohne dass ich sagen kann, warum. Die Schwarz-Weiß-Aufnahme zeigt ein nacktes, verwahrlost aussehendes Mädchen von vielleicht fünfzehn Jahren. Der Raum ist karg eingerichtet und schlecht ausgeleuchtet. Das Mädchen kriecht über den fleckigen Teppich und brabbelt etwas Unverständliches. Minutenlang ist nichts anderes zu sehen als dieses offenbar geistig behinderte Mädchen, das auf die Kamera zukriecht oder sich auf dem Boden krümmt, während sich Schaum vor seinem Mund bildet. Neben dem Gebrabbel ist an einigen Stellen ein jungenhaftes Kichern zu hören. Der Film ist sinnlos und scheint kein Ende zu nehmen. Es gibt Schnitte, aber danach sieht man wieder den gleichen Raum. In einer Szene onaniert das Mädchen hemmungslos vor der Kamera und führt sich schließlich eine Kerze ein. Eine Jungmännerstimme sagt hin und wieder etwas oder gluckst und kichert. In einer anderen Szene taucht eine hässliche Kasperlepuppe auf, vor der das Mädchen offenbar große Angst hat. Der unsichtbare Kameramann quält das Mädchen mit der Puppe. Dann gibt es wieder einen Schnitt. Ich spule noch einmal zurück, weil ich auf dem Boden etwas wiederzuerkennen glaube. Das Bett hinten an der Wand, das Heizungsrohr, den von Spuckflecken übersäten Teppich, eine angelehnte Tür, die in ein kleines Badezimmer führt – all das kommt mir schlagartig bekannt vor. Zum Beweis, dass ich richtig liege, suche ich eine bestimmte Einstellung, in der für wenige Sekunden ein Stofftier im Bild ist. Als ich sie gefunden habe, rücke ich ganz nah an den Bildschirm und betrachte den Hasen: Arme und Beine, wie ein Mensch, und ein Bauch, an dem sich bereits ein Riss bildet.

So ruhig wie lange nicht betrachte ich den Rest des Films. Nach zwei weiteren Schnitten geht es nicht im Keller weiter. Stattdessen strampelt Beatrice verzweifelt im Pool der Tolmas, schafft es einmal fast bis zum Rand, erhält dort jedoch Tritte auf die Hände und ertrinkt erstaunlich schnell, während noch einmal das alberne Kichern zu hören ist.

Es ist bereits dunkel, als ich Fernseher und DVD-Spieler ausschalte. Ich lasse die DVD im Abspielgerät. Die anderen liegen in ihren Hüllen darauf. Vergil hat sich in eine Ecke verzogen. Jetzt kommt er wieder hervor und versucht, mich mit seiner Schnauze zu berühren. Ich stoße den Hund weg.

Ich gehe in die Küche, setze mich an den Tisch und blicke aus dem Fenster. Ein Teil der Grabsteine zeichnet sich deutlich im Licht einer Laterne ab. Nachdem ich eine ganze Weile dagesessen habe, wähle ich die Nummer meines Bruders.

Als er abhebt, erkläre ich ihm ohne Umschweife, dass er den Laptop und die Datenträger unseres Vaters nicht weggeben darf. Anstatt ihm den Grund dafür zu nennen, bitte ich ihn, diese Sachen aus den von uns gepackten Kartons zusammenzusuchen und darauf zu warten, dass ich nach Bonn zurückkomme.

Weil er keine Ruhe gibt, sage ich, dass unser Vater vermutlich interessante Sachen abgespeichert hat, die ich mir noch einmal ansehen will.

Als ich auflege, zeigt das Display 23.24 Uhr. Als Nächstes rufe ich Cora an. Es klingelt sieben Mal, bevor ihre verschlafen klingende Stimme ein »Ja« in den Hörer haucht. Ich entschuldige mich für den späten Anruf und bitte sie, zu mir zu kommen. Ich biete ihr an, sie mit dem Auto abzuholen, aber sie meint, das wäre nicht nötig, weil sie heute das Auto von ihrem Bruder benutzen könne.

Als ich eine halbe Stunde später Motorengeräusche auf der Straße vor dem Haus höre, öffne ich die Eingangstür und schaue nervös nach. Ich sehe, wie Cora aussteigt und den Weg zum Haus hochkommt, und spüre schlagartig große Lust, wegzulaufen oder ein paar Biere zu trinken. Sie bleibt vor mir stehen und kräuselt ihre Lippen zu einem skeptischen Lächeln.

»Sag mal, ist alles in Ordnung? Du bist kalkweiß.«

»Mir geht es ganz gut, glaube ich.«

»Du zitterst.«

»Ist mir gar nicht aufgefallen«, sage ich und werde mir im selben Moment zweier Dinge bewusst: erstens, dass Cora meinen Satz wahrscheinlich als Ironie auffasst, zweitens, dass ich tatsächlich zittere. Nun, wo ich es bemerke, wird das Zittern stärker. Cora sieht mich mit großen Augen an.

»Sag mal, schluckst du irgendwas?«

»Ich schluck nichts.«

»Kann ich dir helfen?«

»Keine Ahnung.«

»Soll ich dich mal in den Arm nehmen oder so?«

»Ich weiß nicht.«

Cora bleibt einen Moment unschlüssig vor mir stehen, dann verschränkt sie die Arme vor der Brust. »Komm, mach uns erst mal einen Kaffee.«

Wir sitzen auf der Ledercouch und trinken Kaffee. Ich habe nicht vor, Cora irgendetwas über die Filme zu erzählen. Eigentlich will ich ihr überhaupt nichts erzählen. Ich will, dass sie bei mir bleibt und mich in ihre Welt hineinnimmt, in der es hoffentlich um etwas ganz anderes geht als in meiner.

Cora zieht eine Schachtel Zigaretten aus ihrer schwarzen Jeans, öffnet sie und hält mir die Packung hin. Ich sage mir, dass ich zwar tapfer eine Packung weggeworfen habe, es aber vermutlich keine gute Idee ist, mit dem Trinken und Rauchen gleichzeitig aufzuhören. Genauso gut hätte ich versuchen können, einen Kraken ins Bett zu bringen und zuzudecken. Irgendein Tentakel lugt immer hervor.

»Sag mal, kann es sein, dass du hier so eine Art Entzug machst?«, fragt Cora ernst.

»Geht vielleicht in die Richtung.«

»Du hast doch einen Knall. So was macht man nicht alleine. Echt jetzt, geh zum Arzt.«

»Du hast recht. Kannst du heute bei mir bleiben?«

»Kann ich schon machen. Aber glaub bloß nicht, ich wär deine Mutter Teresa oder so.«

»Nein, bestimmt nicht. Die soll auch ein ziemliches Arschloch gewesen sein.«

»Ohne Witz: Mir reicht schon mein Bruder.«

Ich nicke und will mich entschuldigen, aber das würde es ja eher schlimmer als besser machen.

»Morgen fahre ich zurück nach Bonn«, sage ich.

»Gute Idee. In der Hütte hier wird man ja depressiv.«

Ich drücke meine Zigarette aus, verschränke die Arme vor der Brust und frage leise: »Kann ich noch eine Zigarette haben?«

Cora schiebt mir die Packung und das Feuerzeug über den Tisch zu. Dann spielt sie mit dem Saum ihres schwarzen T-Shirts. Ich erinnere mich an den Geruch von Coras Haaren und an den Geschmack ihrer Zunge beim Küssen und fühle mich für einen Moment wie befreit. Ich sage Cora, dass sie mich blöderweise in einer Scheißphase näher kennengelernt habe und dass sicher bessere Tage kommen und dass ich gut verstehen könne, dass sie nicht meine Therapeutin werden will.

»Ich bin ziemlich müde«, sagt Cora, als eine Pause in der Aneinanderreihung meiner Sätze entsteht.

Als ich bereits im Bett liege, putzt Cora noch ihre Zähne.

Als sie zu mir kommt, weiß ich nicht, wie ich ihr erklären soll, dass ich weder will, dass sie weggeht, noch dass sie mich berührt, aber irgendwie versteht sie es von selbst.

»Meinst du, wir machen in Bonn mal was zusammen?«, fragt sie, nachdem wir eine Weile still dagelegen haben.

»Klar«, sage ich.

»So was ganz Normales, wie Kino oder am Rhein sitzen?«

»Ja.«

»Das wäre schön«, sagt sie und ich merke, dass sie mich ansieht, ihr Gesicht groß und dunkel neben meinem.

»Wir müssen uns auch nicht darüber unterhalten, was hier abgegangen ist. Ich kapiere schon, dass das irgendeine Scheiße ist, die du mir nicht erzählen willst.«

Ich lege meine Hand vorsichtig auf ihren Bauch, aber sie schiebt sie sanft weg.

»Schlaf schön, aber tritt mich nicht wieder«, sagt sie und dreht mir den Rücken zu.

18. KAPITEL

Der Händler empfängt mich genauso höflich wie bei meinem ersten Besuch. Er serviert mir wieder Tee, setzt sich, schlägt die Beine übereinander und fragt, wie es mir geht. Ich nicke lediglich. Den Händler macht meine Schweigsamkeit redselig. Er könne meine Bedenken ja verstehen. Man könne schließlich tun, was man wolle, aber nicht wollen, was man nicht wolle. Was Sophie angehe, seien ja verschiedene reizvolle Fortgänge der Geschichte denkbar, und auf Wunsch helfe er mir gerne beim Aufspüren der bestmöglichen Variante. Genauso gerne verkaufe er mir aber Informationen und eine Karte, um in das stillgelegte Tiefgeschoss zu gelangen. Wenn es mir dort nicht gefalle, könne ich ja immer noch auf ihn zurückkommen.

Ich frage ihn, ob das stillgelegte Tiefgeschoss der Ort sei, an dem ich Gleichgesinnte treffen könne. Der Mann nickt: »Es gibt so etwas wie einen Widerstand. Erinnern Sie sich an diesen Putsch? Nein? Die Rebellen haben dabei das neunte Tiefgeschoss weitgehend zerstört und anschließend erobert. Allerdings hat die Kaufhaus-Administration die Energiezufuhr abgestellt. Seitdem ist es da unten sehr kalt und sehr dunkel.«

»Wie komme ich dahin?«

»Sie benötigen eine spezielle Karte, auf der zumindest einige der Zugänge in das neunte Tiefgeschoss eingezeichnet sind. Die Fahrstühle funktionieren nicht. Sie werden ein Kletterseil benötigen. Ich empfehle Ihnen auch eine Taschenlampe, eine Daunenjacke, Schal und Mütze. Unter uns: Ich habe bereits alles für Sie zusammengestellt. Wir hatten hunderttausend gesagt, nicht wahr?«

»Wer ist die Administration des Kaufhauses?«

»Ich kenne niemanden davon persönlich, aber es gibt die Redeweise ›Wer dem Kaufhaus am besten dient, herrscht‹. Wenn Sie gestatten, würde ich zunächst gerne die Bearbeitungsgebühr für gestern erheben.«

Ich zahle den gewünschten Betrag und lasse auch gleich die hunderttausend für Karte und Ausrüstung abbuchen. Nachdem mich der Verkäufer ausgestattet und verabschiedet hat, kaufe ich noch in einem von ihm empfohlenen Geschäft einen Rucksack und ein Jagdmesser. Als ich im achten Tiefgeschoss aus dem Fahrstuhl steige, liegt vor mir ein Platz, der durch zahllose Stände in Dutzende von Gängen unterteilt wird. Das Gedränge in diesem Basar ist allerdings nicht so groß wie im vierten Tiefgeschoss. Ich suche in meinen Taschen nach Zigaretten, finde aber keine. Ich passiere Stände mit exotischen Holzmasken. Große, weiße Augen mit rotem Punkt in der Mitte, gespaltene goldene Zungen, Nasen in allen erdenklichen Formen. Ich sehe Masken, die als »Zaubermasken« angepriesen werden, Tiermasken, Schamanenmasken, Hexenmasken. Grob geschnitzte Wintergeister wechseln sich ab mit Kobolden und Elfen, Riesen und Zwergen. In einem weiteren Gang sind die Gesichter berühmter Menschen als täuschend echte Masken erhältlich. Im kreuzenden Gang sehe ich lange Reihen voller Perücken und falscher Bärte. In einem anderen Bereich kann man Kostüme kaufen. Mein Blick fällt auf einige Superheldenkostüme. Die Leute um mich herum sind versunken in den Anblick der Mäntel und Hosen, Jacken und Rüstungen, Wappen und Kopfbedeckungen. In einem großen Glasbehälter schwimmen blaue Kugeln. Daneben stehen Reagenzgläser mit Flüssigkeiten. Eine Frau probiert eine komisch aussehende Brille, blickt in einen Spiegel und kreischt. Dann verfällt sie in ein mädchenhaftes Gelächter. Ein kleiner Junge probiert eine Ritterrüstung an, die ihm eindeutig zu groß ist. Turbane und Feze, Siebenmeilenstiefel und Handschuhe aus Katzenhaut säumen meinen Weg. Die Händler sprechen mich immer wieder an, aber ich winke jedes Mal ab.

Zu meiner Linken taucht ein Tunnel auf, der ein paar Meter abschüssig verläuft. Ich sehe auf die Karte. Wenn ich sie richtig lese, dann muss es in der Nähe eine öffentliche Toilettenanlage geben, durch die man ein Geschoss tiefer gelangen kann. Rund um die Anlage herum sind etliche Clubs und Diskotheken verzeichnet, was das Bass-Gewummer erklärt, das ich seit einigen Minuten höre. Ich folge einem Schild zum Club *Amenta* über eine kleine Brücke, unter der ein Bach im Neonlicht künstlich blau dahinfließt.

Im *Amenta* ist heute »großer Maskenball«. Die Menschen, die vor dem Eingang eine Schlange bilden, haben sich in die ausgefallensten Garderoben geworfen, sodass der Eindruck entsteht, im Club finde eine römische Orgie statt, bei der auch Götter, Tiere und Dämonen eingeladen sind. Mit meinem großen Rucksack sehe ich nicht gerade partytauglich aus, aber es spielt keine Rolle, da mich ohnehin niemand beachtet.

In den weitläufigen Toilettenanlagen herrscht ein ziemliches Gedränge. Elektronische Musik scheppert aus Lautsprechern. Es riecht nach Gummibärchen, Deodorant, Schweiß und Alkohol. Zwei als Satyre verkleidete Männer sagen der Klofrau, dass sie alt, arm und hässlich sei. Eine Frau mit verlaufener Schminke um die Augen zieht mich am Arm und fragt: »Uptown oder Downtown?« Sie öffnet kurz ihre Faust und zeigt mir zwei verschiedenfarbige Pillen. Aus einer Kabine höre ich einen Mann brüllen, als würde er abgeschlachtet. Ein paar junge Menschen vor der Kabine lachen.

Ich suche eine bestimmte Kabine und muss eine Weile stehen und mich durch die Leute schieben, bis ich am Ende einer langen Reihe von Toiletten eine Tür mit der Aufschrift »Wegen Bauarbeiten geschlossen« entdecke. Ich warte, bis die Nachbarkabine frei wird, dann stelle ich mich dort auf die Klobrille und schließlich den Spülkasten und klettere dann über die Trennwand. Jemand macht Witze über den »Toilet-Climber« und sein »Shit-Survival-Training«, aber niemand hindert mich daran, auf diese Weise in die abgesperrte Toilettenkabine zu gelangen. Es gibt darin weder Kloschüssel noch Spülkasten, noch liegen irgendwelche Werkzeuge herum. Im Boden klafft ein Loch, ein exaktes schwarzes Viereck, etwa einen Quadratmeter groß. Ich bin mir sicher, dass hier ein Schacht beginnt, der in die neunte Etage hinabführt. Um herauszufinden, wie tief das Loch ist, hole ich die Taschenlampe aus dem Rucksack und leuchte in die Tiefe. Der Strahl schafft es nicht bis zum Boden, sondern endet in der Finsternis. Ich suche in meinem Portemonnaie nach einer Münze. Irgendwo habe ich mal gehört, dass kleine Gegenstände etwa eine Sekunde brauchen, um zehn Meter zu fallen. Nach zwei Sekunden glaube ich den Aufschlag zu hören. Sicher bin ich mir aber nicht. Ich befestige das Seil an der Klinke der abgeschlossenen Tür, ziehe ein paar Mal fest daran und lasse es in die Tiefe. Irgendeine Absicherung um meine Hüfte scheidet aus. Ich fürchte, dass das Seil für solche Knotereien nicht lang genug ist. Ich ziehe mir die Handschuhe an, schultere den Rucksack und mache mich an den Abstieg. Mit den Füßen an der Wand habe ich ein recht stabiles Gefühl und komme die ersten Meter gut voran. Meine Hauptsorge ist, dass jemand so lange an der Klinke rüttelt, bis sich der Knoten im Seil lockert. Außerdem befürchte ich, dass der Schacht tiefer ist als zwanzig Meter. In diesem Falle muss meine Kraft reichen, um wieder nach oben zu kommen, wenn ich nicht ins Ungewisse springen will. Da der Schacht nicht sonderlich breit ist, kann ich mich mit dem Rücken abstützen, um zwischendurch auszuruhen. Bequem ist diese Stellung allerdings nicht.

Das Seil gleitet ruckweise durch meine Hände, und das erleuchtete Quadrat über mir wird kleiner und kleiner. Während Stimmengewirr und Musik zu einem Geräusch im Hintergrund abebben, dringen aus der Tiefe plötzlich zwei spitze Schreie, die mehr an alte Stahlmaschinen als an einen Menschen oder ein Tier denken lassen. Ich stoppe in der Bewegung, schließe die Augen und versuche, einen klaren Kopf zu behalten. Zurück nach oben sind es vielleicht zehn oder fünfzehn Meter. Wie weit es noch nach unten geht, kann ich nicht sagen. Vielleicht ist es gefährlicher Leichtsinn, aber weil ich es schon einmal bis hier geschafft habe, will ich jetzt nicht umkehren. Ich lasse meine Füße an der Schachtwand ein Stück nach unten rutschen und das Seil weiter durch meine Hände gleiten. Ein Meter, zwei Meter, drei Meter. Das Viereck ist bereits auf die

Größe einer Postkarte geschrumpft. Ich blicke nach unten, sehe aber nichts. Ein weiterer, alles durchdringender Schrei hallt zu mir herauf. Er klingt, als käme er aus einer riesigen Grotte. Wenige Atemzüge später stoßen meine Fußsohlen gegen etwas Festes: Boden.

Ich hole die Taschenlampe aus dem Rucksack und schalte sie an: Der Boden ist aus dem gleichen unverputzten Beton wie die Wände des Schachtes, die mich auch hier unten einschließen, abgesehen von einem türhohen Durchbruch, aus dem eisige Luft in den Schacht dringt. Etwa ein Meter des Seiles liegt auf dem Boden auf. Ich bin also ungefähr neunzehn Meter unter der Türklinke der abgesperrten Toilettenkabine. Nachdem ich noch einmal an dem Seil gezogen habe, hole ich die Mütze und die Daunenjacke aus dem Rucksack und ziehe sie an. Dann gehe ich durch das Loch in der Wand.

Der Raum, den ich betrete, muss gigantische Ausmaße haben. Zumindest reicht der Strahl meiner Lampe nicht weit genug, um seine Grenzen auszuloten. Auf dem Boden glitzern vereiste Pfützen. Die Luft ist so kalt, dass sie in meiner Lunge sticht, und mein Herz schlägt so laut, dass ich Angst habe, es könnte stehen bleiben. Ich lausche angespannt und mache dann vorsichtig den ersten Schritt. Zwar hilft mir die Lampe zu sehen, wohin ich trete, das Ausrutschen auf den vereisten Flächen zu vermeiden und die Orientierung zu behalten, andererseits macht sie mich auch weithin sichtbar. Als ein Schatten durch den Lichtstrahl zieht, schalte ich sie ohne nachzudenken aus und bleibe mit schmerzhaft klopfendem Herzen in der Dunkelheit stehen. Mein Atem ist so laut und gierig, dass ich fürchte, er ist bis in den letzten Winkel zu hören. Die Kälte beißt sich durch meinen Mund die Luftröhre hinab und setzt sich in meiner Lunge fest. Aus der Richtung, in der ich den etwa menschengroßen Schatten gesehen habe, höre ich etwas, das klingt, als flattere ein Ledermantel im Wind. Das Geräusch scheint sich auf mich zuzubewegen, dann aber ändert es die Richtung, und ich habe das Gefühl, dass es wiederholt einen Kreis um mich zieht und zu einem Schrei wird, dem andere gellende Schreie antworten. Ich stehe starr, versuche, so leise wie möglich zu atmen, dabei gleichzeitig zu ergründen, um was für ein Lebewesen es sich handeln könnte und ob es mich durch Seh-, Hör- oder Geruchssinn lokalisiert. Während meiner nutzlosen Überlegungen widerstehe ich dem Impuls, die Taschenlampe anzuknipsen. Langsam und beinahe lautlos streife ich den Rucksack von meinen Schultern, öffne ihn und taste nach der Lederscheide des Jagdmessers. Ich ziehe die Klinge und richte mich – in der rechten Hand das Messer, in der linken die Taschenlampe – wieder auf. Es ist möglich, dass mir die Angst einen Streich spielt, und vielleicht schärft sich während des Lauschens lediglich mein Gehör, aber es kommt mir so vor, als würden die Kreise, die das Wesen um mich zieht, enger. Noch beunruhigender sind weitere, ähnliche Geräusche und die vereinzelten Schreie, die in der Finsternis gellen und von Wänden widerhallen.

Die Kälte frisst sich nicht nur durch die Kleidung bis in meine Haut und mein Blut, sie verändert auch mein Denken. Trotz aufsteigender Panik sind meine Gedanken langsam und verschwommen. Es dauert lange, bis ich verschiedene Möglichkeiten durchdacht habe: Langsam zurück zum Durchbruch gehen, von dort einmal in die Halle leuchten und im Schacht verschwinden. Einfach weiter geradeaus gehen und etwaige Angriffe mit dem Messer abwehren. Die Lampe anmachen und sehen, was mich da umkreist. Oder:

Einfach stehen bleiben und abwarten. So bequem die letzte Möglichkeit erscheint, so weiß ich doch, dass sie mir am wenigsten weiterhilft. Je länger ich mit einer Entscheidung warte, desto mehr werden Kälte, Ratlosigkeit und Angst verhindern, dass ich mich überhaupt noch rühren kann. Ich stoße das Messer einmal nach vorne, dann setze ich einen Fuß vor den anderen. Das Rascheln meiner Jacke, meiner Mütze, des Rucksacks auf meinem Rücken erscheint mir so laut, dass es mich wundert, dass sich diese Wesen nicht von allen Seiten auf mich stürzen. Etwas knirscht verräterisch unter meiner Sohle, und ein paar Sekunden später höre ich das Flügelschlagen ziemlich nah hinter meinem Kopf. Ich drehe mich um, das Messer in Armeslänge vor meinem Körper. Direkt über mir zerreißt ein Schrei die Luft. Etwas Fleischiges, Stinkendes schlägt mir ins Gesicht. Ein Schmerz fährt in meine linke Schulter. Ich stoße mit dem Messer um mich, wirbele herum und schlage mit der Lampe nach meinem Angreifer. Tatsächlich treffe ich einen Körper, der sofort von mir ablässt, spüre aber schon einen Augenblick später stechenden Schmerz in meiner Wade. Ein dumpfes Pochen bis hoch in den Oberschenkel ruft das Bild eines klaffenden Lochs in meinem Bein hervor. Von links oben und schräg hinter mir höre ich wieder ledriges Flattern. Ich trete dorthin, wo eben noch meine Wade war, weiß aber schon nicht mehr, wo links und rechts ist und aus welcher Richtung ich eigentlich gekommen bin. Ein weiterer Schrei dringt wie ein Angriff durch meine Stirn. Mein gesamter Unterkiefer hat sich verselbstständigt und zittert. Kurz glaube ich, mein eigenes sinnentleertes Lachen zu hören. Dann hacke ich plötzlich ohne nachzudenken mit dem Messer nach schräg unten. Wider Erwarten dringe ich in eine eher weiche Masse ein. Das Messer zittert mit dieser Masse bis hinauf in meinen Arm. Ich drehe meine Hand und bohre mich so tief wie möglich in den zappelnden Körper des unsichtbaren Gegners. Ein Geruch nach Kloake und Aas schlägt mir entgegen. Das Zittern hört auf. Ich warte einen Moment, dann ziehe ich das Messer zurück. Ich kann der Versuchung nicht mehr widerstehen und drücke den Schalter der Lampe. Der Lichtstrahl fällt auf den Boden. Dort liegt ein grauer, von knotigen Beulen übersäter Körper, der entfernt an einen Schwan erinnert. Mein Kiefer zittert noch immer. Mein linker Arm hängt schlapp an der schmerzenden Schulter. Ich hebe die Lampe an und leuchte geradeaus. Kurz glaube ich, dass das Licht auf eine Masse grau-schwarzer Körper fällt. Es ist schlagartig still um mich herum. Seit ich eines der Wesen getötet habe, höre ich weder Flügelschlagen noch Schreie. Nur eine Art Knistern und ein leises Knirschen. Ich drehe mich um hundertachtzig Grad. Meine Wade und meine Schulter pochen. Ich drehe mich wieder in die Richtung, aus der die Töne zu kommen scheinen, und setze einen Fuß vor den anderen. Die Lampe lasse ich eingeschaltet, halte sie aber auf den Boden gerichtet. Plötzlich beginnt wieder der Lärm, nur viel lauter als vorher. Ohrenbetäubende Schreie. Ob ich will oder nicht: Ich bleibe stehen und kann keinen Schritt weitergehen. Wie versteinert. Gleichzeitig stelle ich fest, dass ich plötzlich keine Angst mehr habe. Von der einen Sekunde auf die andere fühle ich mich ruhig und gelöst, wie nach einem erholsamen Schlaf. Erinnerungen tauchen auf. Belanglose Szenen aus meiner Kindheit und Jugend. Ein Ritt auf einem Esel. Das Zimmer meines Vaters in Pfeifenrauch gehüllt. Ein Buch über Indianer mit Zeichnungen und Fotos. Mein Bruder beim Rasenmähen im Garten. Eine Nacht in den Alpen. Meine Mutter, die mir im Bett etwas ins Ohr flüstert und ihre Hand auf meine Hüfte legt. Dazwischen der Gedanke, dass ich sterben werde und dass das nicht schlimm ist.

In diesem Augenblick höre ich ein ohrenbetäubendes Pfeifen und gleich darauf ein chaotisches Keckern und Flügelschlagen. Das Pfeifgeräusch schrillt zwei weitere Male, und ich höre, dass die Wesen von mir wegfliegen. Ich hebe die Lampe. Der Lichtstrahl schlägt einen Tunnel durch die Dunkelheit, am Ende des Tunnels steht eine Gestalt. Ein Mensch in einem Mantel. Ein ziemlich kleiner und schmaler Mensch: ein Junge von vielleicht sieben Jahren. Den linken Arm hält er hinter seinem Rücken wie ein General. Mit der rechten Hand fasst er an seinen Mund. Noch einmal ertönt das Pfeifen, dann ist es ziemlich still.

»Was hast du hier zu suchen?«, höre ich die helle Stimme des Jungen.

»Ich habe gehört, hier gibt es Gleichgesinnte.«

»Komm näher.«

Ich gehe ein paar Schritte auf den Jungen zu. Als ich etwa vier Meter an ihn herangekommen bin, hebt er mir die Fläche seiner rechten Hand entgegen. »Stopp. Das reicht.« Sein Gesicht ist ernst und sehr schmal. Die Augen wirken fremd inmitten der glatten, jungen Haut. Sein Atem gerinnt zu weißem Dampf in der bitterkalten Luft. Mit dem dunklen Mantel und dem hochgeschlagenen Kragen sieht der Junge aus wie eine Kinderausgabe von Kapitän Ahab. Er betrachtet mich eine Weile, blinzelt dann, und ich senke die Lampe.

Für eine Weile habe ich vergessen, wie kalt es hier unten ist. Jetzt kehrt das Gefühl mit Macht zurück, lässt einen Schauer durch mich laufen, und ich fühle mich von der Kälte grün und blau geschlagen. Im Schein der gesenkten

Lampe sehe ich nur die untere Körperhälfte des Jungen: schwere, militärisch wirkende Stiefel, den Saum des dunklen Mantels, die untersten drei Knöpfe, eine schmale Hand, die aus dem rechten Ärmel lugt.

»Du suchst Gleichgesinnte?«, fragt der Junge.

»Ich suche einen Weg aus dem Kaufhaus.«

»Komm!« Er dreht sich auf den Absätzen und marschiert los. Ich folge ihm durch die Halle, durch einen breiten Korridor, gehe hinter ihm her durch Höhlen voller Stalaktiten und vorbei an eisbedeckten Seen. Einen dieser Seen passieren wir auf einem schmalen, rutschigen Pfad. Während der Junge schnell vorankommt, muss ich immer wieder innehalten und mich vorsichtig vorantasten. In einer weiteren Höhle türmen sich organische Abfälle, die aus zwei Röhren in der Decke sickern. Ich glaube, inmitten des gärenden Mülls die Leiche eines riesigen, unförmigen Tiers zu erkennen, vielleicht eines übergroßen Schweins.

Als ich längst nicht mehr weiß, ob ich den Weg zurück zum Schacht alleine finden würde, passieren wir einen kleinen Gang, an dessen Rändern sich Elektroschrott stapelt, und gelangen in einen Bereich, den der Junge als »Schlupfwinkel« bezeichnet. Es scheint sich dabei um eine verwinkelte Aneinanderreihung mehrerer Räume zu handeln. An den Wänden sind einige Ampeln angebracht, die die Umgebung in warmes, teilweise unruhiges Licht tauchen. Es gibt Stühle, Tische, auch mehrere Etagenbetten. Die Mehrheit dieser Möbel ist aus Kisten zusammengesetzt. In Regalen stehen Bücher, kleine Schatullen, Kerzenhalter, Dosen mit Lebensmitteln und allerhand unidentifizierbare, kleine Gegenstände. Ich sehe verschiedene Öfen, große Holzstapel und eine Kochnische mit Gasherd und Spülbecken. Darüber sind Spinde angebracht, in denen vermutlich Töpfe,

Teller und Tassen stehen. Weiter hinten türmt sich Holzbox auf Holzbox wie im Kontor eines Hafengebäudes. Direkt daneben wuchert ein Gebirge aus Konserven.

Der Junge deutet auf eine Kiste. »Setz dich.«

Ich setze mich und frage, was hier so brummt.

»Ein Generator«, sagt der Junge. Ich nicke. Mein Blick fällt auf ein paar Bilder, die an dem Kistenwall zu meiner Linken befestigt wurden: Wachsmalkreidezeichnungen von gespenstischen Tieren und Gesichtern. Nach wenigen Augenblicken schwindet meine Konzentration, und ich spüre wieder den Schmerz in meiner Schulter und der Wade. Ich betrachte die untere Hälfte meines rechten Beines: Der Stoff meiner Hose ist an einer Stelle zu einem kleinen Loch durchbohrt. Dahinter ist eine schmale, aber tiefe Fleischwunde zu erkennen. An meiner Schulter vermute ich eine ähnliche Verletzung.

Als der Junge sieht, wie ich die Wunde an meinem Bein begutachte, geht er in einen Teil des Raumes, den das Licht nicht erhellt, und kommt kurze Zeit später mit einem Verband und Wundsalbe zurück. Wortlos stellt er die Sachen vor mich auf die Kiste.

»Was sind das für Tiere?«, frage ich.

»Züchtungen«, sagt der Junge. »Sie verwenden nicht alle.«

»Wen meinst du mit ›sie‹?«

»Die im Kaufhaus.«

»Sind die im Kaufhaus böse?«

Der Junge sieht mich an und sagt: »Ich glaube, ich kenne dich.«

Als ich nichts dazu sage, fährt er fort: »Kennst du mich auch?«

Ich schüttele den Kopf und bestreiche meine Beinverletzung mit der Salbe. Der Junge hantiert unterdessen in der Kochecke herum. Offenbar kocht er Wasser für einen Tee. Seine linke Hand hält er dabei ständig vor mir verborgen.

Ich reiße den Verband in passende Stücke und lege ihn an. Die Schulter kann ich nicht selbst verbinden und muss den Jungen bitten, mir zu helfen.

»Schließ die Augen«, sagt er und beginnt damit, meine Schulter zu verbinden. Dabei habe ich das Gefühl, dass mit der einen Hand des Jungen etwas nicht stimmt.

»Was ist mit deiner Hand?«, frage ich, lasse die Augen aber geschlossen. Anstatt zu antworten, stellt der Junge eine Gegenfrage: »Gefällt dir unser Schlupfwinkel?«

»Ist gut eingerichtet. Das muss ich zugeben. Wer sind denn die anderen?«

»Die Gruppe.«

»Und wo sind die alle?«

»Sie haben einen Ausweg aus dem Kaufhaus gesucht.«

»Kommen die bald wieder?«

Ich öffne die Augen. Der Junge sieht mich an, als hätte ich einen dummen Scherz gemacht. Ich greife nach dem warmen Becher und nehme einen Schluck. Der Tee wärmt meine Brust und meinen Bauch, doch die Wirkung hält nicht lange vor. Die Kälte ist überall, um mich und in mir.

Ich werfe vorsichtig einen Blick auf den Jungen, sein Gesicht im Profil, die unruhigen Formen, die die Kerze auf unserem Tischchen auf seine Wange wirft. Er sitzt da, soldatisch gerade, und trinkt mit konzentrierter Miene. Obwohl ich so ein Gesicht noch nie gesehen habe – nicht bei einem Kind und nicht bei einem Erwachsenen –, wirkt es vertraut und weckt Vorstellungen, die wie Erinnerungen sind: das Sammeln von Dosen und Kisten im Schein von

Taschenlampen und Fackeln. Das Heranschleppen von Boxen, Truhen und Kartons. Das Füttern und Schlachten von seltsamen Tieren. Die Mahlzeiten in der Gruppe. Die Gespräche an den Öfen.

Das Gesicht des Jungen ist schön, und während ich es betrachte, werde ich so traurig, dass ich lange Zeit nicht sprechen kann.

»Du willst doch auch das Kaufhaus verlassen«, sagt er irgendwann. Ich nicke und will ihm erklären, dass ich ihn mitnehmen werde, aber mit einem Mal erscheint mir diese Äußerung anmaßend.

»Dann bringe ich dich dahin, wo sie es verlassen haben.« Der Junge steht auf. Wieder folge ich ihm durch Hallen und Korridore – manche von gewaltigen Regalreihen durchzogen, andere leer oder voller Gerümpel –, bis er nach ungefähr zwanzig Minuten am Eingang eines Raumes stehen bleibt.

»Da drin«, sagt er. Es ist völlig still. Ich höre nur das Blut, das in meinen Ohren rauscht. Der Junge reicht mir seine Taschenlampe, und ich leuchte in den Raum. Ich weiß es schon, bevor ich die erste Leiche sehe: Ungefähr zwanzig Menschen – Männer, Frauen und Kinder – liegen verkrümmt und starr auf dem Boden. Fast jede Leiche liegt für sich allein, kaum eine berührt eine andere.

»Vor zwei Wochen«, sagt der Junge, ohne dass ich eine Frage gestellt habe. »Es sind noch Giftkapseln übrig.«

Ich nicke und gebe ihm die Lampe wieder. Es kommt mir so vor, als ob der Junge eine Entscheidung oder zumindest einen Kommentar von mir erwartet, aber da ich zu keinem klaren Gedanken fähig bin, sage ich bloß: »Gehen wir zurück.«

Im Schlupfwinkel stellen wir drei der Kisten näher an einen der Öfen und befeuern ihn. Während der Junge ein weiteres Mal Teewasser aufsetzt, frage ich ihn, warum er noch lebt.

»Keine Ahnung. Ich habe mich bloß übergeben und bin eingeschlafen.« Er dreht sich zu mir um und sieht mich an: »Vielleicht wollte ich die Kapsel auch gar nicht nehmen. Ich weiß nicht, was feiger ist: hierbleiben oder den Ausweg nehmen. Was meinst du?«

»Gibt es denn keinen richtigen Ausweg?« Kaum habe ich die Frage gestellt, bereue ich es auch schon. Die Leute hier unten haben vermutlich jahrelang über dieses Thema nachgedacht und getan, was sie konnten, um eine Möglichkeit zu finden, sich von der Herrschaft des Kaufhauses zu befreien.

»Es gibt noch andere Gruppen«, sagt der Junge. »Ich habe überlegt, die zu suchen. Und es gibt alle möglichen Notizen«, sagt der Junge. »Wenn du willst, zeige ich sie dir.« Er führt mich zu einem Regal, in dem sich Kladden und Hefte stapeln. Ich blättere darin und finde Karten der neun Etagen, aber auch einen Übersichtsplan über das gesamte Kaufhaus, das laut dieser Skizze wie ein nach unten breiter werdender Trichter aufgebaut ist. Ich lese Beschreibungen zu den einzelnen Tiefgeschossen, in denen jeweils bestimmte Produkte angeboten werden. Mit Sex verknüpfte Artikel und Dienstleistungen im zweiten Tiefgeschoss, Lebensmittel im dritten und so weiter. Der Skizze zufolge existieren Zwischenstockwerke und abgetrennte Bereiche, in denen die Waren des Kaufhauses – in der Regel unter Ausschluss der Öffentlichkeit – produziert werden.

Eine Kladde trägt den Titel »Die Struktur des Kaufhauses« und enthält Einträge, bei deren Lektüre ich nicht entscheiden kann, ob sie tiefen Einsichten oder dem blanken Wahnsinn entsprungen sind. Zunächst geht es viele Seiten darum, dass das Kaufhaus zugleich eine Fabrik sei und dass zwischen einem von Menschen geschaffenen und einem »universellen Kaufhaus« unterschieden werden müsse, wobei das von Menschen geschaffene eine Kopie des universellen sei und in seiner Struktur die kosmische Struktur widerspiegele. Die Kopie könne zerstört werden, entstehe aber aus dem scheinbar unzerstörbaren Original immer wieder neu. Der Mensch werde vom universellen Kaufhaus produziert und produziere die Kaufhauskopie, in der ihrerseits alle erdenklichen Kopien produziert würden.

In einem zweiten Teil geht die Schrift kurz auf den Sinn des Kaufhauses ein und behauptet, das Produzieren und Konsumieren sei in dem Kaufhaus und all seinen Kopien nicht Mittel zu irgendetwas, sondern letzter Zweck. Alle Lebewesen seien dabei die Wirte eines parasitären Prozesses, in dem ein universeller Wille sich selbst materialisiere, vervielfache, zerstöre und wieder manifestiere. Dabei lenke das eine Kaufhaus die Menschen von der Existenz des anderen Kaufhauses ab.

Ein dritter Teil trägt die Überschrift »Innen und außen« und beginnt mit dem Satz: »Es gibt keinen Unterschied von innen und außen.« Das innere Wesen des Menschen werde über den Weg seiner Wahrnehmung zur äußeren Wirklichkeit, so wie die äußere Wirklichkeit durch diese Wahrnehmung verinnerlicht werde. Das Kaufhaus, das außen sei, sei das Kaufhaus, das innen sei. Der Mensch könne zwar ein »jenseits des Kaufhauses« formulieren, könne sich aber keinen Ort vorstellen, an dem er als Mensch existiere und der nicht im Kaufhaus sei. Erst da, wo der

Mensch nicht mehr sei, sei vielleicht das Kaufhaus nicht mehr.

In einem nächsten Teil geht es um den »Nicht-mehr-Menschen« und damit um eine Hypothese, die sich um künftige Wesen rankt, die aufgrund eines evolutionären Prozesses oder einer Gnade im Inneren frei sind von der Kaufhaus-Struktur und daher auch im Äußeren keine Kaufhäuser erschaffen. Das Kapitel schließt jedoch mit der Feststellung, dass ein solches Wesen ein »nicht-kosmisches« sein müsse und daher im Kosmos nicht existieren könne. Aus menschlicher Sicht sei dieses Wesen ein Nichts, so wie aus der Sicht dieses Wesens der Mensch dieses Universums ein Nichts sein müsse.

Ich überfliege einen weiteren Teil, der das Kaufhaus als Organismus beschreibt und mit dem Satz beginnt: »So wie Zellen einen Organismus bilden, so bilden alle organischen und anorganischen Entitäten das universelle Kaufhaus und die Gesamtheit der Menschen die Kaufhauskopie.« Der Einzelne könne nicht ohne das Ganze, das Ganze jedoch ohne den Einzelnen existieren. Erst wenn alle Einzelteile untergingen, ginge auch das Ganze unter. Jede Zelle sei ein Individuum und von allen anderen Zellen unterscheidbar, aber für das Kaufhaus sei nicht die Eigenständigkeit der Zellen, sondern ihre Quantität von Interesse. Während der Mensch seine Individualität als bedeutsam wahrnehme, sei sie den übrigen Menschen und dem Kaufhaus weitgehend oder komplett gleichgültig.

Das Handeln und Produzieren lasse die Menschen vergessen, dass sie selbst ein Produkt seien, dem ein jeweiliger Geldwert eingeschrieben sei, der ihren Produktwert festlege. Allerdings seien sie auch tatsächlich Produzenten, indem sie in ihren Träumen Energie für das Kaufhaus produzierten, deren unterschiedliche Intensität offenbar mit dem Geldwert in einer bisher nicht ergründeten Relation stünde. Jeder Einzelne enthalte strukturell das gesamte Kaufhaus und halte sich entsprechend für den Mittelpunkt des Universums und für ein von allen anderen getrenntes Wesen. Daher verwundere es nicht, dass zwar alle Zellen einen gemeinsamen Organismus bilden würden (oder genauer: dass ein Wille sich selbst als Organismus zahlloser Zellen manifestiere), aber zugleich gegeneinander um Ressourcen kämpften. Der Autor der Schrift vermutet, dass es gar keine Individualität gebe, sondern dass es sich dabei um eine Strategie des universellen Kaufhauses handele, sich selbst in einzelne Zellen hineinzukopieren. Der beste Sklave sei der, der sich für frei halte. Indem der Mensch sich selbst für wichtiger halte als das Ganze, werde er blind für die Tatsache, dass er für das Ganze völlig unwichtig sei.

Ich lege das Manuskript zur Seite und atme aus. Vermutlich ist es reine Zeitverschwendung, diesen Gedankengängen zu folgen.

»Und?«, ruft der Junge vom Ofen, in den er eben neue Holzscheite geschoben hat.

»Vielleicht beschäftige ich mich später noch einmal damit.«

»Gut«, sagt der Junge. »Aber irgendwann müssen wir eine Entscheidung treffen.«

Wir trinken einen weiteren Tee. Ich denke über unsere Möglichkeiten nach: Hier unten ausharren oder andere suchen oder eine Giftkapsel nehmen oder ins Kaufhaus hochsteigen und sich eine angenehmere Wirklichkeit kaufen. Ich will dem Jungen gerade meine Überlegungen mitteilen, als er seine linke Hand aus der Manteltasche zieht und sie vorsichtig neben seinen Becher auf die Kiste legt. Es ist keine richtige Hand, sondern eine verkrümmte Klaue; blau-schwarz und starr. Es dauert eine Weile, bis es mir gelingt, meinen Blick von dem verkrüppelten Körperteil abzuwenden.

»Sieht cool aus, oder?« Er sieht mich beinahe fröhlich an. »So eine Hand hat nicht jeder«, fügt er hinzu, als ich nicht antworte.

»Wie ist das passiert?« Ich spüre, dass der Junge die Unruhe in meinen Worten bemerkt.

»Sie ist erfroren, als ich von der Kapsel eingeschlafen bin.« Er hält die Klaue über die Flamme der Kerze. »Siehst du? Völlig gefühllos.«

»Du weißt, dass du daran sterben kannst?«

»Wie meinst du das?«

»Das tote Gewebe vergiftet deinen Körper. Stück für Stück. Das bleibt nicht so.«

Der Junge betrachtet nachdenklich die tote Hand, die er noch immer über die Kerzenflamme hält. »Es ist kaum mehr geworden«, sagt er.

Ich sehe den Jungen so lange an, bis er meinen Blick erwidert. Dann sage ich: »Die Hand muss amputiert werden.«

»Du meinst abgetrennt?«

»Sonst stirbst du.«

»Dann nehme ich eben vorher eine Kapsel.«

»Vielleicht verpasst du dann was.«

Langsam zieht er die Hand von der Kerze zurück und steckt sie wieder in seine Manteltasche. Seine Augen nehmen einen verträumten Ausdruck an, so als schaue er in eine wunderschöne Landschaft jenseits dieses unterirdischen Raumes.

»Ich glaube nicht, dass du recht hast. Ich glaube, das heilt wieder. Es ist nicht schlimmer geworden in den letzten Tagen. Irgendwann hört es bestimmt ganz auf.«

Ich schüttele den Kopf: »Du weißt, dass ich recht habe.«

»Woher? Ich bin kein Arzt. Du aber auch nicht!«

»Aber ich weiß, dass ein Mensch nicht mit einem toten Körperteil leben kann. Deshalb werden Arme, Beine, Hände und Füße amputiert.«

Der Junge sieht auf seine erfrorene Hand. »Keine Ausnahmen?«

»Nein.«

Eine Weile schaut der Junge wieder verträumt vor sich hin, dann erhebt er sich plötzlich und geht auf und ab, die rechte Hand auf dem Rücken, die linke in der Manteltasche. Ich ziehe meinen Rucksack zu mir heran, öffne ihn und hole das Messer heraus. Seine Klinge ist scharf. Wenn man damit große Tiere töten kann, dann kann man damit auch das schmale Handgelenk eines Siebenjährigen durchtrennen. Ich überlege, ob ich nicht mit dem Knochen Probleme bekommen werde, vermute aber, dass es nur eine Frage der Zeit ist.

»Ich brauche eine Flamme, um die Wunde auszubrennen und einen sauberen Stoff, um sie danach zu verbinden«, rufe ich dem immer noch hin und her gehenden Jungen zu. Er bleibt stehen und ruft zurück: »Ich will die Hand nicht hergeben.«

»Die Hand ist tot. Du hast sie schon verloren, und wenn du sie nicht hergibst, wirst du sehr bald sterben.«

Er dreht auf dem Absatz und beginnt wieder, die Länge des Raumes zu durchwandern. Seine Schritte tönen trocken im Halbdunkel. Mit geschlossenen Augen lausche ich diesen Schritten und massiere meine Schläfen mit den

Daumen. Irgendwann, die Augen noch immer geschlossen, sage ich laut: »Ich dachte mir, dass du zu feige bist. Du hast schon Mumm in den Knochen, so viel aber nun auch wieder nicht. Wir könnten noch richtige Abenteuer erleben.«

Die Schritte setzen ein paar Atemzüge lang aus, dann höre ich sie wieder. Sie setzen noch einmal aus, und ich höre etwas klappern. Schließlich kommen die Schritte auf mich zu. Als ich die Augen öffne, steht der Junge bereits neben mir. Wortlos legt er eine Schere, ein Sturmfeuerzeug und einen Mullverband auf die Kiste vor mir. Jetzt bekomme ich zum ersten Mal Angst, versuche aber, mir nichts anmerken zu lassen. Eine Kinderhand abtrennen – das ist nichts anderes, als ein gefrorenes Hähnchen in zwei Teile schneiden, sage ich mir.

»Warum willst du das machen?«

»Um dir zu helfen.«

»Du hast Angst, stimmt's?«

Ich zögere, dann nicke ich.

»Du hast das noch nie gemacht.«

»Das geht schon«, sage ich. »Dürfte kein Hexenwerk sein.«

»Hexenwerk«, plappert der Junge nach. »Du magst mich, sonst würdest du das nicht tun.«

»Stimmt.«

»Warum magst du mich?«

»Was soll das heißen: ›Warum‹?«

»Weil ich tapfer bin, oder?«

»Du bist sehr tapfer. Aber ich glaube nicht, dass ich dich deshalb mag.«

»Dann, weil ich klug bin.«

»Du bist auch klug, aber das ist auch nicht der Grund.«

»Dann verstehe ich es nicht.«

»Aber ich verstehe dich. Ich glaube, das ist der Grund. Vielleicht verstehe ich dich aber auch nur, weil ich dich mag. Egal jetzt. Wir sollten anfangen. Du könntest vorher Alkohol trinken, dann tut es nicht so weh, außerdem ist der gut zum Desinfizieren.«

»Schnaps?«, fragt der Junge.

»Wenn du welchen hast.«

Wieder geht der Junge zu den Spinden im hinteren Teil des Raumes. Ich sehe an seinem Gang, dass er zittert.

Ich helfe ihm mit der Flasche. Einen Schluck für Sophie, einen für Vergil, einen für alle einarmigen Banditen, einen für die Menschen der Widerstandsgruppen, einen gegen das Kaufhaus. Der Schnaps tut gut. Er verursacht ein warmes Strömen in meinem Bauch und meiner Brust.

Es dauert nicht lange, bis die Augen des Jungen glasig werden. Vier ordentliche Schlucke aus der Pulle und der kleine Körper ist abgefüllt.

»Okay«, sage ich. »Streck die Hand da aus!«

Der Junge tut, was ich sage. Ich rüttle an der Kiste, um mich zu versichern, dass sie stabil genug steht. Dann packe ich mit der linken Hand den dünnen Arm und schiebe Mantel und Pullover hoch.

»Abbinden«, sage ich halblaut. »Wir müssen den Arm noch abbinden, sonst spritzt das Blut in alle Richtungen.« Ich schneide ein Stück von dem Mullverband zurecht und binde ihn dann so fest ich kann um den Unterarm des Jungen.

»Danach werde ich ein Krüppel sein, oder?« Der Junge sieht mich an. Ich schaue lange in seine Augen, ohne etwas zu sagen.

»Ich weiß«, sagt er. »Ich bin schon ein Krüppel.«

»Ich muss leider in das gesunde Fleisch schneiden. Wir müssen sichergehen, dass kein totes Gewebe zurückbleibt.«

Der Junge nickt. Dabei hält er seinen Oberkörper kerzengerade. Ich taste seinen dünnen Arm ab, bis ich mir sicher bin, die geeignete Stelle gefunden zu haben. Dann drücke ich das Messer darauf. Mein Arm zittert, aber sobald ich den Druck erhöhe, wird er ruhiger.

»Jetzt Zähne zusammenbeißen.«

Der Junge nickt, schließt die Augen und hält die Luft an. Ich drücke das Messer mit aller Kraft auf seinen Unterarm und beginne mit kräftigen, sägenden Bewegungen. Es dauert nicht lange und erstaunlich helles Blut bricht aus dem größer werdenden Spalt. Ich ignoriere, dass der Junge mit der gesunden Hand mehrmals feste auf den Tisch schlägt, und schneide weiter, so kräftig und schnell, wie ich kann. Ich setze erst kurz ab, als der Körper des Jungen schwankt, für einen Augenblick erschlafft und auf die Kiste zu sinken droht. Er schreckt jedoch sofort wieder hoch wie ein Autofahrer aus dem Sekundenschlaf, mit bleichen, schmalen Lippen und schmerzverzerrten Zügen. Kurz darauf bin ich beim Knochen angekommen, und ein zähes, nicht enden wollendes Sägen beginnt, während dem der Junge noch zweimal kurz in Ohnmacht fällt. Seine Haut, das Messer und die Kiste sind mit Blut bedeckt, eine allzu große Sauerei gibt es jedoch nicht. Als ich das Gefühl habe, mit dem Knochen nicht vorwärts zu kommen, halte ich inne und schiebe Haut und Fleisch ein wenig zur Seite, um zu sehen, wie es darunter aussieht. Offenbar habe ich erst ein Drittel geschafft. Ich packe den Knauf des Messers und schlage damit auf den Knochen ein, bis ich ein splitterndes Geräusch höre, dann säge ich den zertrümmerten

Knochen entzwei und kämpfe mich noch durch die letzten Muskeln und Hautschichten. Der Junge bebt am ganzen Leib und übergibt sich halb auf die Kiste, halb auf den Boden. Als die Hand endlich vollständig abgetrennt ist, wirkt er plötzlich ruhig. Mit glasigen Augen sieht er auf den abgetrennten Teil, der vor ein paar Minuten noch zu ihm gehörte, nun aber daliegt wie ein Brocken Mondgestein.

»Wir sind noch nicht fertig«, sage ich und tätschele seine eiskalte Wange. Als ich Schnaps auf die Wunde gieße, zuckt der Junge zusammen, schreit aber nicht. Beim Ausbrennen der Wunde bricht aber ein Schrei aus ihm heraus, der kurz darauf in ein fiebriges Stöhnen übergeht.

Erst als ich den Stumpf verbunden, den Jungen auf ein Lager aus Decken und Fellen gelegt und so warm wie möglich eingepackt habe, stelle ich fest, wie erschöpft ich bin. Wie lange würden wir beide hier unten überleben? Auf welche Hoffnung könnten wir uns in diesem Überlebenskampf stützen?

Ich streiche dem schlafenden Jungen über die Stirn, die abwechselnd heiß und kalt wird. Er redet leise vor sich hin. Manchmal läuft ein Zucken durch die Muskeln seines Gesichtes. Während ich den Jungen betrachte, wird mir immer klarer, was zu tun ist. Sicher sind die oberen Geschosse des Kaufhauses irgendwie zwielichtig, aber es wäre Wahnsinn, mit einem schwer verletzten Kind hier unten zu bleiben. Abgesehen davon, dass der Junge eine ordentliche medizinische Versorgung benötigt, kann ich keinesfalls mit Sicherheit sagen, dass die Widerstandsgruppen weniger zwielichtig sind als die Ärzte und Händler und uniformierten Servicekräfte im Kaufhaus.

Ich suche in den Notizkladden nach möglichst brauchbaren Karten, um einen Aufgang ins achte Tiefgeschoss zu finden. Durch den Schacht werde ich kaum wieder nach oben gelangen, erst recht nicht, wenn ich dabei den Jungen tragen muss. Auch die Aufzüge scheiden aus, weil es hier unten keine Stromversorgung gibt. Allerdings entdecke ich Kartensymbole, die wie Leitern aussehen, die zumindest zu einem Zwischengeschoss zu führen scheinen, von dem es kürzere Aufstiege gibt, die ich vielleicht meistern kann. Ich weiß, dass ich nicht lange zögern darf. In der Wärme des Ofens spüre ich meine Erschöpfung, und wenn ich nicht bald aufbreche, werde ich einschlafen und den Jungen unbeaufsichtigt lassen.

19. KAPITEL

Ich höre ein schnorchelndes Geräusch, als liefe Kaffee durch eine Kaffeemaschine. Mal klingt es lauter, mal ferner, und ich erinnere mich an Phasen unbestimmter Dauer, in denen ich es gar nicht gehört habe, was mir aber erst jetzt zu Bewusstsein kommt, als ich es wieder höre. Ich lausche dem Schnorcheln und erinnere mich an Menschen, die gerade eben oder vielleicht doch eher vor einiger Zeit hier gewesen sind und von oben auf mich herabgesehen haben. Ich erinnere mich auch an eine tankförmige Röhre, in die ich hineingeschoben werden sollte, kann aber nicht sagen, ob es sich bei den Menschen und der Röhre um Traumgebilde handelte oder nicht.

Meinen Mundraum füllt ein Geschmack wie von kalten Kieseln, aber um mich herum ist es nicht mehr kalt. Um mich herum scheint gar keine Temperatur zu sein, und außer meinem Mundraum kann ich nichts fühlen, nur einen gleichgültigen Frieden.

Das Schnorcheln setzt wieder ein, woran ich erkenne, dass es für eine Weile aufgehört haben muss. Ich öffne die Augen und erkenne das Zimmer nicht, in dem ich liege. Die Vorhänge vor den beiden Fenstern sind zu zwei

Dritteln zugezogen, durch die unverdeckten Teile der Scheiben fällt Tageslicht. Es gibt ein zweites Bett, in dem ein Mensch mit grauen Haaren liegt, die sich wie Staub über ein Kissen verteilen. Von dort kommt das schnorchelnde Geräusch. Ich schließe die Augen. Keine Sekunde später habe ich das Gefühl, dass die Tür aufgeht und Frau Tolma hereinkommt. Sie sagt, wir wären verabredet, ich hätte sie angerufen, weil ich ihr etwas zeigen wolle. Richtig, denke ich, der Film. Ich will Frau Tolma von dem Film erzählen, aber sie hat kein Interesse an Einzelheiten. Sie scheint noch nicht einmal überrascht darüber zu sein, dass es eine Aufnahme gibt, die Beatrice kurz vor ihrem Tod zeigt. Frau Tolma will nur wissen, wo der Film ist. Ich denke nach und muss feststellen, dass ich nicht weiß, wo der DVD-Player steht, auf dem die Hüllen mit den Filmen liegen müssen. Etwas passt nicht zusammen. Ich versuche mich zu konzentrieren, um keinen Fehler zu machen. Frau Tolma erklärt mir, dass sie bereits eine Ahnung hat, was auf sie zukommt, und dass sie den Film alleine sehen will, bei sich zu Hause. Es sei doch wohl verständlich, dass sie dabei niemanden in ihrer Nähe haben wolle. Für einen Moment tut mir Frau Tolma leid, und ich stehe kurz davor, ihr den Film zu geben, aber dann fällt mir wieder ein, dass ich überhaupt nicht weiß, wo in diesem Zimmer der Film sein soll, und dass es sich abgesehen davon um Beweismaterial handelt, das ich zur Polizei bringen muss. Frau Tolma wird nicht wütend, als ich ihr sage, was ich denke. Sie will wissen, ob ich mir sicher sei und nicht das Gefühl hätte, einen großen Fehler zu machen. Wieder spüre ich eine Unsicherheit, weil ich befürchte, die Situation aus irgendeinem Grund nicht richtig einzuschätzen, während Frau Tolma so wirkt, als hätte sie alles verstanden und im Griff. Trotzdem sage ich noch einmal, dass ich ihr den Film nicht geben kann. Die Polizei müsse darüber entscheiden. Frau Tolma sieht mich eine Weile an. »Na schön«, sagt sie leise. Kurz darauf höre ich ihre Absätze auf den Boden schlagen und dann, wie die Tür geöffnet und wieder geschlossen wird.

Genauso unvermittelt wie Frau Tolma den Raum betreten und verlassen hat, taucht Nikolai auf und setzt sich an meine Bettkante, viel zu nah. Er sieht mich aus Asphaltaugen an und fragt nach dem Film. Ich sage, dass ich ihm den Film nicht geben werde. Mir würde eh keiner glauben, sagt er. Er sei auf dem uralten Film ja gar nicht zu sehen. Da stünde nachher Aussage gegen Aussage. Dann fragt er mich, ob ich Marc Aurel sei. Ich sage nichts. Nikolais Blick wandert durch den Raum. Dann fixiert er wieder mich und fragt, woher ich den Film habe. Weil ich nichts sage, redet Nikolai. Er spricht über Marc Aurel und darüber, was für eine arme Sau dieser Mensch sei. Nikolai erzählt ausführlich von einem Austausch in einem Forum und entwirft so etwas wie ein Psychogramm des Nutzers mit dem Nickname Marc Aurel. Offenbar glaubt er, mich damit provozieren zu können, aber ich kann mich kaum auf seine Worte konzentrieren und bin froh, als es klopft und Nikolai verstummt. Ich sage »Herein« und wache auf.

Die Krankenschwester hat schwarze Locken und ein rundes, müdes Gesicht. »Sie sind ja wach«, sagt sie und scheint sich darüber zu freuen. Dann überprüft sie Schläuche, die in meinem Arm stecken, und flüstert etwas, das ich nicht verstehe. Ich erkläre ihr, dass sie die Polizei anrufen soll. Sie tut so, als ob ich nicht wüsste, was ich sage, und als ob sie das schon gewohnt wäre. Ich solle mich ausruhen, sagt sie. Sicher hätte ich nur geträumt.

»Das kann sein«, sage ich. »Aber wenn Sie sich irren, ist das schlimmer, als wenn ich mich irre.«

Die Krankenschwester denkt kurz über meine Worte nach, dann nickt sie und meint, dass sie sehen werde, was sie tun kann.

Weil ich zwischendurch wieder eingeschlafen sein muss, weiß ich nicht, wie viel Zeit vergangen ist, bis mir die Krankenschwester ein Mobiltelefon gibt. Ich lasse mich mit der Polizei verbinden und spreche erst mit einem Mann und kurz darauf mit einer Frau, deren Stimme dumpf und rau an mein Ohr dringt. Anfangs scheint sie mich zu verstehen und meine Worte ernst zu nehmen, dann aber muss ich peinlich lange überlegen, wie die Adresse des Ferienhauses lautet. Ich merke, wie die Polizistin misstrauisch wird und wie sich ihr Misstrauen verstärkt, als ich behaupte, in einem Krankenhaus zu liegen, ohne mich daran erinnern zu können, wie ich dorthin gekommen bin. Als sie die Adresse des Krankenhauses wissen will, muss ich die Krankenschwester fragen. Ich komme mir unglaubwürdig vor und bin mir nicht sicher, ob ich nicht irgendeinen Unsinn erzähle, aber die Polizistin sagt, dass sie jemanden zu mir schicken werde, und dass ich dann eine Aussage machen könne.

Ich frage die Krankenschwester, wie lange ich hier bin, und sie antwortet »fünf Tage«. Es sei alles in Ordnung und der Doktor werde mir bald mehr erklären.

Der Doktor, der mir schließlich mehr erklärt, ist Mitte dreißig und vermutlich jünger als die Krankenschwester. Ein fast zwei Meter großer Mann mit blutunterlaufenen Augen, der erstaunlich unsicher wirkt, als er mir erklärt, eine junge Frau habe den Krankenwagen gerufen, da ich in eine Starre verfallen gewesen sei. Ich sei in einem Sopor oder Präkoma eingeliefert worden, und man habe sofort eine Computertomografie von meinem Kopf gemacht und anschließend, um den Befund zu erhärten, eine Magnetresonanztomografie. Dabei wäre ein kleiner Tumor in meinem Temporallappen entdeckt worden, aber ich müsse mir keine Sorgen machen. Der Tumor sei gutartig gewesen und bereits operativ entfernt worden.

Ich frage den Arzt, warum er so nervös ist, wenn doch alles in Ordnung sei. Er sieht mich ernst an, schüttelt den Kopf und sagt: »Es hat nichts mit Ihnen zu tun.«

Ich will wissen, wie lange ich den Tumor schon habe, aber er hebt entschuldigend die Hände. Die Neubildung sei in der histopathologischen Untersuchung. Dort könne man vielleicht auch herausfinden, wie alt sie sei.

Wenn es mich interessiere: Es hätte sich mit großer Sicherheit um ein pilozytisches Astrozytom gehandelt, dass sich durchaus schon bei Kindern und Jugendlichen bilden könne. Es sei ganz in der Nähe der linken Amygdala entstanden und hätte Teile von deren Gewebe verdrängt, sei aber offenbar sehr langsam gewachsen und habe, wie gesagt, noch keinerlei Bösartigkeit entwickelt.

Obwohl ich merke, dass der junge Arzt keine Lust hat, sich weiter mit mir zu unterhalten, frage ich ihn, wie solche Tumore entstehen, und er antwortet, dass man das in vielen Fällen noch nicht wisse. Er gebe das ganz einfach einmal zu. Er könne bloß sagen, dass ionisierende Strahlung mit großer Wahrscheinlichkeit Zellneubildungen auslöse. Unabhängig davon gebe es genetische Zusammenhänge, allzu viel sei da jedoch noch nicht gesichert. Es sei auch nicht jede Art von Tumor erforscht, man erlebe da noch immer Überraschungen.

Schließlich will ich etwas über die Auswirkungen wissen, die ein Tumor haben kann. Der Arzt lächelt und meint, dass er dann einige Stunden hier sitzen und alle möglichen Krankheitsbilder aufzählen müsste, je nachdem, in welchem Hirnareal welche Art von Tumor in welcher Phase seines Wachstums lokalisiert sei. Ich solle besser die Beschwerden nennen, die ich gehabt hätte.

»Können Tumore die Träume verändern?«, frage ich. Der Arzt zieht die Augenbrauen zu einem skeptischen Gesichtsausdruck zusammen.

»Was meinen Sie mit ›verändern‹?«

»Können Tumore verursachen, dass man extrem lebensecht träumt?«

»Denkbar.«

»Das heißt, Sie wissen es nicht.«

»Das heißt, dass ich Ihnen eine derart komplexe Materie jetzt nicht erläutern kann. Ich habe noch vierunddreißig andere Patienten auf der Station.«

Ich liege auf dem Bett und denke nach. Es gibt Lücken in meiner Erinnerung, die mich stören, aber nicht beunruhigen, vergleichbar mit einem Kreuzworträtsel, das nicht ganz aufzugehen scheint. Ich bilde mir ein, dass mein Kopf leichter geworden ist, als könnte ich die Abwesenheit des Tumors spüren, und mir gefällt der Gedanke, dass etwas Schädliches aus mir herausgeschnitten wurde.

Es wird draußen dunkel, als mir die Krankenschwester die Schläuche aus dem Arm nimmt. Kurz darauf bringt sie mir Grießbrei und Tee in einer verschlossenen Plastiktasse mit kleiner Öffnung im Deckel. Ich frage sie, in welcher Stadt wir uns befinden, und sie erklärt mir, ich läge im Uni-Klinikum in Bonn. Das Wort »Bonn« verstärkt ein

Gefühl der Behaglichkeit. Ich sage der Krankenschwester, dass ich mich lange nicht mehr so wohlgefühlt habe.

»Das habe ich schon öfter von Patienten gehört«, sagt sie. »Manche wollen gar nicht mehr weg.«

»Ist das eigentlich normal, dass man wegen eines Tumors ins Koma fällt?«

»Nein, das ist nicht normal.«

»Auch nicht bei einem pilozytischen Astrozytom?«

»Wo haben Sie denn dieses Wort her?«

»Von dem Stationsarzt.«

»Na, wenn der Herr Doktor das sagt.«

»Was sagen Sie denn?«

»Das Ding ist raus. Das ist die Hauptsache. Machen Sie sich mal keine Gedanken.«

Ich schalte meine Nachttischlampe an und drehe den Kopf so, dass ich zu dem anderen Bett im Zimmer herübersehen kann. Die Person wendet mir zum ersten Mal ihr Gesicht zu.

»Meine Mutter«, denke ich, aber dann geht das Deckenlicht an, und die Krankenschwester kommt in einer Uniform an mein Bett.

»Würde es Ihnen etwas ausmachen, wenn ich jetzt schon einmal Ihren Beitrag kassiere?«

»Nein.«

»Privat oder gesetzlich?«

»Gesetzlich.« Ich halte der Schwester meinen Daumen hin, und sie drückt ihn kurz gegen ein kleines Scangerät, das sie aus der Tasche gezogen hat.

»Zahlen Sie auch für den Jungen?«

»Klar.«

»Danke, und entschuldigen Sie die Störung.«

Das Schnorcheln setzt aus, das Schnorcheln setzt ein. Manchmal sind die Pausen kurz, dann von unbestimmbarer Länge. Draußen scheint die Sonne, und eine andere Krankenschwester kommt ins Zimmer. Sie trägt die übliche weiße Arbeitskleidung.

»Da ist Besuch für Sie.«

Cora legt eine Hand auf meine Decke und fragt, wie es mir gehe.

»Super«, sage ich. Sie schüttelt den Kopf und lächelt. Ich erkläre ihr, dass mir ein Tumor aus dem Kopf entfernt worden sei, den der Stationsarzt Astrozytom getauft habe. Nun sei der Zellklumpen in einem Labor, und mir gehe es sehr gut. Cora stellt ein paar Fragen über die Operation und den Tumor, und ich wiederhole das Wenige, was man mir erklärt hat.

»Moment«, sagt Cora, als es über das Medizinische nichts mehr zu sagen gibt. Sie holt etwas aus dem schwarzen Jutebeutel, der über ihrer Schulter hängt: ein Glas, in dem Wiener Würstchen stehen.

»Würstchen«, sage ich.

»Genau. Ich dachte, Blumen oder Schokolade hätten nicht gepasst. Also, was bringt man einem Mann im Krankenhaus am besten mit?«

»Sechs Bio-Wiener.« Ich drehe das Glas andächtig herum und lese einen Satz von der Rückseite vor: »Schmecken warm und kalt.«

»Bestimmt wegen dem zarten Saitling.« Cora zieht sich einen Stuhl heran und setzt sich. Der Schnorchler gibt plötzlich Ruhe, vermutlich weil er aufgewacht ist.

»Ich habe Vergil mit zu meinen Eltern genommen«, sagt Cora. »Er vermisst dich. Wirklich. Aber er ist ganz pflegeleicht. Mein Vater hat ihn schon richtig lieb und will ihn bestimmt gar nicht mehr hergeben.«

Wir reden eine Weile über Vergil und wie er sich in dem neuen Haushalt schlägt. Für einen Augenblick denke ich, dass ich in Zukunft viel öfter genau solche Gespräche führen will – harmlose Hundegeschichten. Ich möchte Cora gerade sagen, wie dankbar ich ihr bin, als sie unvermittelt sagt: »Du hast mir echt Angst gemacht.«

»Wie denn?«

»Du hast mal wieder im Schlaf geredet, und ich bin davon wach geworden. Aber dann hast du plötzlich ganz still dagelegen. Ich habe dich angesehen, und du hattest die Augen auf. Ich dachte erst, du verarschst mich.« Cora schaut auf ihre Knie und spricht wie zu sich selbst: »Du liegst da mit offenen Augen, und ich sage was, aber du reagierst nicht. Dann habe ich gesehen, dass deine Augen so komisch hin und her wandern. Richtig schnell. Ich könnte das nicht nachmachen.« Cora atmet aus und sieht mich an: »Das war echt nicht lustig.«

Ich nicke.

»Erst hatte ich Angst, aber nachher habe ich mich auch geärgert. Ich habe gedacht: Der Typ nimmt irgendwelches Zeug und sagt es mir nicht. Oder der ist Epileptiker oder so und ist sich zu fein, mir das zu sagen.«

»Ich hab aber nichts genommen. Und ich habe auch keine Krankheiten verschwiegen.«

»Du wusstest also nichts von dem Tumor?«

»Nee.«

Der Mann im Nachbarbett räuspert sich. Offenbar will er uns kundtun, dass er auch noch da sei.

»Na ja«, sagt Cora. »Aber irgendetwas hast du doch vor mir geheim gehalten. Warum du so durcheinander warst.«

Ich nicke und sage: »Das hat was mit meinem Vater zu tun. Hast du eigentlich in der Wohnung noch irgendetwas verändert?«

Cora sieht mich an, als ob ich eine ziemlich dreiste Frage gestellt hätte. »Ja, ich habe dir Sachen zusammengesucht. Was zum Anziehen, dein Handy, Schlüssel, die Zahnbürste und so.«

»Ja. Ich weiß. Danke. Hast du noch etwas anderes mitgenommen oder woanders hingelegt?«

»Muss ich die Frage verstehen?«

20. KAPITEL

Ich sitze auf den Stufen des Kölner Landgerichts und rauche eine Zigarette. Die Kälte der Herbstnächte ist bereits in den Stein gezogen, aber ich bin zu müde, um zu stehen. Auf der einen Seite bin ich erleichtert, dass vor wenigen Minuten der Prozess zu Ende gegangen ist, der in den letzten Wochen in mehreren Sitzungen gegen Nikolai geführt wurde, auf der anderen Seite bin ich erschöpft und traurig. Recht ist nicht Gerechtigkeit, und Gerechtigkeit ist nur eine Idee, die Tote genauso wenig lebendig macht wie die Praxis der Rechtsprechung aus Arschlöchern gute Menschen.

Ob »Totschlag« das richtige Wort ist, kann ich nicht sagen. Ich weiß auch nicht, ob fünf Jahre Gefängnis zu viel, zu wenig oder genau angemessen sind, wenn man seine Schwester ertrinken lässt und dabei filmt und Kopien dieser Aufnahme an Unbekannte verkauft. Nikolai hat sich von Anfang an kooperativ gezeigt und bereitwillig über scheinbar alles ausgesagt, was er über bestimmte Foren und User weiß. Aber nicht nur ich bezweifle, dass das zu weiteren Festnahmen führen wird. In der Kantine habe ich mit einer Gutachterin gesprochen, die meinte, dass die Konsumenten und Produzenten längst andere Nicknames und andere Chatrooms und Server benutzen würden. Sie meinte, dass die Polizei nicht nur in Fragen der angewandten Techniken und Strategien in der Regel einen Schritt hinterherhinke, sondern dass obendrein die unterschiedlichen Gesetzgebungen in verschiedenen Ländern die Strafverfolgung erschwere. Zum ersten Mal in meinem Leben habe ich von einem »deep web« gehört, dem Bereich des Internets, der nicht über gewöhnliche Suchmaschinen gefunden wird und der um ein Vielfaches größer ist als das sogenannte »surface web«.

Frau Tolma ist nicht verurteilt worden. Selbst wenn man ihr hätte nachweisen können, dass sie die Hintergründe des Todes ihrer Tochter gekannt und sich somit nach §258 des Strafgesetzbuches der Strafvereitelung schuldig gemacht hätte, wäre auf sie der sechste Absatz des Paragrafen angewendet worden: »Wer die Tat zugunsten eines Angehörigen begeht, ist straffrei.«

Dabei hätte wohl kaum jemand im Gerichtssaal etwas dagegen gehabt, wenn Frau Tolma ebenfalls für fünf Jahre eingebuchtet worden wäre, hatte sie doch bei ihrer Aussage Nikolai als Künstlertyp bezeichnet, der in einer bigotten Gesellschaft nicht genug Möglichkeiten und Anerkennung gefunden hätte. Warum die einen ihre Leidenschaften ausleben dürften, ihr Sohn aber nicht, entziehe sich ihrer Kenntnis. Als Frau Tolma die Frage aufwarf, warum es legal sei, jährlich viele Millionen Schweine zu töten, nicht aber Menschen, deren IQ womöglich noch unter dem dieser Säugetiere läge, verbat ihr der Richter den Mund und drohte, sie bei weiteren derartigen Äußerungen des Saales zu verweisen.

»Gibst du mir eine Zigarette?«

Ich sehe hoch. Sophie trägt mittlerweile eine Stoppelfrisur, die ihre Züge markanter macht. Vor ein paar Tagen haben wir das erste Mal hier auf den Stufen gestanden und miteinander gesprochen, und obwohl das Gespräch eher kryptisch und stockend verlief, fühlte es sich wohltuend vertraut an. Ich konnte es Sophie nachsehen, dass sie nicht viele Worte machen und die Fragen, die ich hatte, nicht beantworten konnte, schließlich hatte sie gerade gegen ihren Bruder ausgesagt und dabei erklärt, Nikolai habe Beatrice mehr oder minder offensichtlich gequält, ohne dass ihre Mutter oder sie etwas dagegen unternommen hätten, weil dieses Verhalten in der Familie als »necken« bezeichnet worden sei. An dem fraglichen Tag habe sie in ihrem Zimmer das Computerspiel *Diablo* gespielt und dabei wie üblich Kopfhörer getragen. Deshalb hätte sie nicht gehört, wie Nikolai in ihr Zimmer gekommen sei. Er habe ihr von hinten die Hände auf die Schultern gelegt, und sie habe sich erst sehr erschrocken und dann geärgert. Nikolai habe sie amüsiert angesehen und gefragt, ob sie an diesem Tag noch etwas anderes vorhätte als zu spielen. Sie habe keine richtige Antwort gegeben, und als Nikolai ihr Zimmer wieder verlassen habe, habe sie die Tür von innen abgeschlossen. In den Wochen vor diesem Ereignis habe sich Nikolai zweimal auf diese Weise an sie angeschlichen, und sie habe bereits beim zweiten Mal anschließend ihre Zimmertür abgeschlossen. Sie könne sich nicht daran erinnern, dass sich Nikolai bereits früher an sie angeschlichen hätte, und sie sei sich sicher, dass er es nie wieder getan habe, nachdem Beatrice im Schwimmbecken ertrunken sei.

Sophie hatte weiterhin ausgesagt, dass sowohl ihre Mutter als auch Nikolai die Schuld am Ertrinken ihrer Schwester ihr gegeben hätten, da sie angeblich vergessen hätte, die Kellertüre abzusperren, und sie sich den beiden zufolge ja ohnehin lieber in ihrem Zimmer verkrochen hätte, als auf Beatrice aufzupassen.

Ich frage Sophie, was sie von dem Urteil halte.

»Was soll ich davon halten? Besser als nichts«, sagt sie und richtet ihren Blick auf die rot und gelb verfärbten Blätter, die ein plötzlicher Wind über den Asphalt treibt.

»Es ist halt scheiße, keine Familie mehr zu haben«, sagt sie. »Eigentlich hat sich da ja nichts geändert, aber jetzt ist es offiziell.«

Ich nicke. Wir schauen auf die Blätter, verfolgen ihre Flugbahnen und schweigen so lange, dass ich mir an irgendeinem Punkt kaum noch vorstellen kann, je wieder etwas zu sagen.

»Bist du sehr böse?«, fragt sie.

Ich schüttele den Kopf.

»Ich hatte das Gefühl, alle wollen etwas von mir, was ich nicht will. Nikolai, meine Mutter, auch du. Es klingt abgedroschen, aber es war tatsächlich so, dass ich manchmal kaum noch Luft bekommen habe.«

»Warst du denn böse auf mich?«

Sophie sagt eine Weile nichts, dann schüttelt sie andeutungsweise ihren Kopf.

»Ich bin dir sogar dankbar. Mittlerweile. Du hast bei mir etwas ausgelöst. Plötzlich habe ich meine Familie mit ganz anderen Augen gesehen. Vielleicht mit deinen.«

»Aber ich hatte ja nichts gegen Nikolai.«

»Egal. Es war vorher so eine fest installierte Kulisse, und dann habe ich angefangen, dich interessant zu finden und mir plötzlich Fragen gestellt, die ich mir besser viel früher gestellt hätte. Ich habe vorher nie einen Freund mit nach Hause genommen.«

»Warum nicht?«

»Keine Ahnung. Vermutlich habe ich mir Typen gesucht, die sich nicht besonders für mich interessierten, und ich fand es ganz angenehm, von denen als hübsche Fassade betrachtet zu werden.« Sophie drückt ihre Zigarette auf der obersten Stufe aus. »Vielleicht habe ich mich kindisch verhalten«, sagt sie, »aber ich konnte nicht anders. Ich bin nach Hamburg gefahren, zu einer Frau, die ich aus einem Forum kenne. Das wurde aber ganz schnell schräg zwischen uns. Und dann habe ich in einer Kneipe einen Mann kennengelernt und habe mich in den verknallt, vermutlich weil ich einfach irgendjemanden gebraucht habe.«

»Und deswegen hast du dich nicht gemeldet?«

»Was hätte ich denn schreiben sollen? ›Bin weg, mach dir keine Gedanken‹?«

»Zum Beispiel.«

»Das kam mir jeden Tag bescheuerter vor. Ich habe ein paar Mal eine Mail an dich angefangen und dann immer wieder gelöscht. Ich kann dir das nicht richtig erklären.«

»Was ist mit dem Typen?«

»Können wir da ein anderes Mal drüber reden?«

»Wir müssen auch gar nicht darüber reden.«

Sophie lässt für einen Moment ihren Kopf gegen meine Schulter sinken. Dann richtet sie sich wieder auf und sagt: »Ich habe von dir geträumt. Zweimal habe ich dich mit Vergil durch ein Labyrinth laufen sehen, und du warst stark und sehr schön. Ich bin aufgewacht und habe geweint. Echt.«

»Ich habe auch von dir geträumt.«

»Am Anfang habe ich so gut wie gar nicht an dich gedacht, später konnte ich manchmal an nichts anderes denken. Ich habe über Liebe und Beziehung und den ganzen Quatsch nachgedacht. Ich glaube, wenn man in jemanden verliebt ist, dann sieht man ihn nicht so, wie er ist, sondern so, wie er sein könnte. Das kann zwar zu Enttäuschungen führen, aber man kann sich so auch gegenseitig helfen.«

»Wie denn?«

»Na, der eine sieht, was der andere sein kann, und dann wird es vielleicht leichter, tatsächlich so zu werden.«

»Lass mich raten: Ihr habt da in Hamburg auch ordentlich Gras geraucht.«

Sophie lacht. Zum ersten Mal, seit wir hier sitzen, ist ihr Gesicht nicht ernst und müde. Ich lege meine Hand um sie. Trotz des Wintermantels spüre ich ihre Hüfte warm und weich in meiner Handfläche. Ich habe gedacht, dass es unglaublich viel zu bereden und zu klären gäbe, wenn ich Sophie wiedersehe. Aber jetzt, wo sie neben mir sitzt, kommt es mir so vor, als ob schon alles Wichtige gesagt wäre.

»Mann«, sagt Sophie und lächelt. »Ich war echt durch den Wind.«

»Ich auch.«

»Und?«, fragt sie. »Siehst du jetzt klarer?«

»Ja«, sage ich und verstärke ein wenig den Druck meiner Hand an ihrer Hüfte. Sie fühlt sich sehr echt an.